KB059646

나랏말쓰미

7

열하일기

박지원

지음

민족문화추진회 편

솔

나랏말쌈 편집위원 (가나다순)

박찬수 (민족문화추진회 사무국장)　　　　송기호 (서울대 국사학과 교수)

신승운 (성균관대 문헌정보학과 교수)　　정　민 (한양대 국문학과 교수)

조수익 (한문학자)

일러두기

1. 이 책은 민족문화추진회 고전국역총서 『열하일기』를 대본으로 하였다.

2. 한문투의 번역은 원뜻에 벗어나지 않는 범위 내에서 현대적 문장으로 풀어 썼다.

3. 본문의 큰 제목과 소제목, 시, 인명, 지명 등은 되도록 원전의 한자를 살렸다.

4. 원문의 자주自註는 쉽게 읽을 수 있도록 본문 안에 풀어서 넣거나 뜻풀이표로
   처리하였다.

5. 부호의 쓰임은 다음과 같다.

   〔 〕: 뜻과 음이 같지 않은 한자를 묶는다.

   " ": 대화체나 인용문을 묶는다.

   ' ': 대화체나 인용문을 재인용하거나 단어와 문구의 강조 또는 편 단위 이상
       으로 구성된 책에서 작품명을 표기한다.

   『 』: 책이름을 표기한다.

   「 」: 편명이나 작품명을 표기한다.

   《 》: 각주에서 출전을 밝힌다.

   ＊ : 소제목에 달린 자주를 표기한다.

열하일기 · 차례

압록강을 건너며 · 渡江錄

성경잡지 · 盛京雜識

역마를 달리며 적은 수필 · 馹汎隨筆

압록강을 건너며 · 渡江錄

서문
序

무엇 때문에 '후삼경자後三庚子'라는 말을 이 글 첫머리에 썼을까. 길 가는 일정과 날씨의 흐리고 맑음을 적으면서 해를 표준 삼고 따라서 달수와 날짜를 밝힌 것이다. 무엇 때문에 '후'란 말을 썼을까. 숭정崇禎 기원紀元의 뒤를 말함이다. 무엇 때문에 '삼경자'라 하였을까. 숭정 기원 뒤 세 돌을 맞이한 경자년을 말함이다.

그렇다면 무엇 때문에 '숭정'을 바로 쓰지 않았을까. 장차 강을 건너려니 이를 잠깐 피한 것이다. 무엇 때문에 이를 피했을까. 강을 건너면 곧 청나라 사람들이 살고 있기 때문이다. 천하가 모두 청나라의 연호를 쓰고 있어서 감히 숭정을 일컫지 못함이다.

그렇다면 어째서 우리는 그대로 '숭정'을 쓰고 있을까. 명나라는 중화인데 우리 나라가 애초에 승인을 받은 상국上國이기 때문이다. 숭정 17년에 의종열황제毅宗烈皇帝[1]가 나라를 위하여 죽은 뒤 명나라가 망한 지 벌써 1백30여 년이 경과되었는데도 어째서 지금까지 숭정의 연호를 쓰고 있을까. 청이 들어와 중국을 차지한 뒤에 선왕先王의 제도가 변해서 오랑캐가 되었으되, 우리 동녘 수천 리는 강을 경계로 나라를 이룩하여 홀로 선왕의 제도를 지켰으니, 이는 명나라의 황실이 아직도 압록강 동쪽에 존재함을 말함이다. 우리의 힘이 비록 저 오랑캐를 쳐 몰아내고 중원中原을 숙청하여 선왕의 옛 것을 광복시키지는 못할지라도 사람마다 모두 숭정의 연호라도 높여 중국을 보존하였던 것이다.

숭정 156년 계묘(1783)에 열상외사洌上外史[2]는 쓰다.

'후삼경자'는 곧 우리 성상聖上[3] 4년이다.

6월 24일, 보슬비가 온종일 뿌리다 말다 하다.

오후에 압록강을 건너 30리를 가 구련성九連城에서 하룻밤 지내다. 밤에 소나기가 퍼붓더니 이내 개다.

앞서 의주義州에서 묵은 지 열흘 만에 방물方物[4]도 다 들어왔고

---

1 명나라의 최후 황제. 1635년 이자성李自成의 반란으로 북경이 함락되자 자살하였다.
2 연암의 별호.
3 정조正祖를 가리킨다.

떠날 날짜가 매우 촉박하였다. 그러나 그 동안 장마가 져 강물이
불어나 물살은 더욱 거세어 나무와 돌이 함께 굴러 내리고, 탁한
물결이 하늘과 맞닿았다. 날이 흐린 지도 벌써 나흘이나 되었다.

이는 대체로 압록강이 시작되는 그 발원지가 먼 까닭이다. 『당
서唐書』를 상고해보면,

"고려의 마자수馬訾水는 말갈의 백산白山에서 나오는데, 그 물
빛이 마치 오리의 머리처럼 푸르므로 압록강이라 불렀다."
하였으니, 백산이란 곧 장백산을 가리킨다.

『산해경山海經』에는 불함산不咸山이라 일컬었고, 우리 나라에서
는 백두산이라 일컫는다. 백두산은 모든 강이 발원되는 곳인데, 그
서남쪽으로 흐르는 강이 곧 압록강이다. 또 『황여고皇輿考』에는

"천하에 큰 물 셋이 있으니, 황하·장강·압록강이다."
하였고, 『양산묵담兩山墨談』[5]에는,

"회수淮水 이북은 북쪽 가닥이다. 모든 물이 황하로 모여들기
때문에 강이라 이름한 것이 없는데, 다만 북쪽으로 고려에 있는
것을 압록강이라 부른다."
하였다.

대개 이 강은 천하에 큰 물로 그 발원하는 곳이 지금 한창 가물
고 있는지 장마가 졌는지 천 리 밖에서 예측하기 어려웠으나, 이

---

4 선물용 지방 산물.
5 명나라 효종 때 사람 진정陳霆이 지었다.

제 이 강물이 이렇듯 넘쳐흐름을 보아 저 백두산의 장마를 짐작할 수 있겠다. 더구나 이곳은 보통 나루터가 아님에랴. 지금은 마침 한창 장마철이라 나룻가에서 배 닿을 곳은 찾을 수도 없거니와, 중류의 모래톱마저 흔적이 없어져서 사공이 조금만 실수한다면 사람의 힘으로는 도저히 걷잡을 수 없을 정도이다.

그리하여 일행 중 역원譯員들은 서로 다투어 옛일을 끌어대면서 날짜 늦추기를 굳이 청하고 의주부윤도 비장裨將을 보내어 며칠만 더 묵도록 만류하였으나, 정사正使는 기어이 이날 강을 건너기로 하여 장계狀啓에 벌써 날짜를 써넣었다.

아침에 일어나 창을 열고 보니, 짙은 구름이 하늘에 꽉 덮였고 비 기운이 산에 가득했다. 세수가 끝나자 여장을 정돈하고, 집에서 온 편지와 모든 곳의 답서를 손수 봉하여 파발 편에 부치고 나서 아침에 죽을 조금 마시고는 천천히 관관館으로 갔다.

모든 비장들은 벌써 군복과 전립戰笠을 갖추었는데, 머리에는 은화銀花·운월雲月을 달고 공작의 깃을 꽂았으며, 허리에는 남방사주藍紡紗紬 전대를 두르고 환도環刀를 찼으며, 손에는 짧은 채찍을 잡았다. 그들은 서로 마주보고 웃으면서,

"모양이 어떤가."

하고 떠들었다.

그 중에 상방비장上房裨將 참봉 노이점盧以漸은 철릭[帖裏]⁶을

---

6 무관들이 입는 공복公服. 직령直領으로서 허리에 주름이 잡히고, 넓은 소매가 달

입었을 때보다 훨씬 헌걸차게 보였다. 상방비장 진사 정각鄭珏이 웃으며 맞으면서,

　"오늘은 참으로 강을 건너게 되었군요."

하자 노참봉이 옆에서,

　"이제 곧 강을 건너갈 것입니다."

하기에 나는 그 두 사람에게 그렇다고 대답하였다.

　거의 열흘 동안이나 관에서 묵었기에 모두들 지루한 생각이 들어 훌쩍 날고 싶은 기분이었다. 가뜩이나 장마에 강물이 불어 더욱 마음이 조급하던 터에 떠날 날짜가 닥치고 보니, 이제는 비록 건너지 않으려 해도 어쩔 수 없게 되었다.

　멀리 앞 길을 바라보니 무더위가 사람을 찌는 듯하다. 돌이켜 고향을 생각하니 구름 낀 산이 아득하여, 인정이 여기에 이르자 서글퍼서 물러서고 싶은 생각이 나지 않을 수 없었다. 이른바 평생의 장한 유람이라 하여 늘,

　"꼭 한번 구경을 해야겠다."

하고 벼르던 것도 이제는 실로 둘째 문제이고,

　"오늘에야 강을 건넌다."

하면서 그들이 떠드는 것도 결코 좋아서 하는 말만은 아니며, 이는 곧 어쩔 수 없는 사정에서일 뿐이다.

　역관譯官 이품 당상관 김진하金震夏는 늙고 병이 위중하여 여기

　렸다.

에서 뒤떨어지게 되어 정중하게 하직하니 서글픔을 금하지 못하였다.

아침밥을 먹은 후 나는 혼자서 떠났다. 말은 자줏빛에 흰 정수리, 날씬한 정강이에 높은 발굽, 날카로운 머리통에 짧은 허리, 게다가 두 귀가 쫑긋한 품이 참으로 만리를 달릴 듯싶다. 창대昌大는 앞에서 경마를 잡고 하인 장복張福은 뒤를 따랐다. 안장에는 주머니 한 쌍을 달았는데, 왼쪽에는 벼루를 넣고, 오른쪽에는 거울, 붓두 자루, 먹 한 장, 조그만 공책 네 권, 이정록里程錄 한 축을 넣었다. 행장이 이렇듯 단출하니 짐 수색이 아무리 엄하단들 근심할 것이 없다.

성에 못미처 소나기 한 줄기가 동쪽에서 몰려온다. 말을 급히 달려 성 문턱에서 내린 다음 홀로 걸어 문루門樓에 올라 성 밑을 굽어보니, 창대만 혼자 말을 잡고 서 있고 장복은 보이지 않았다. 조금 뒤에 장복이 길옆 조그마한 각문角門에 버티고 서서 위아래를 기웃기웃 바라보더니, 이윽고 삿갓으로 비를 가리며 손에는 조그만 오지병을 들고 재빠르게 걸어왔다. 알고 보니 둘이서 저희들 주머니를 털어 돈 스물여섯 푼이 나왔는데, 우리 돈을 갖고는 국경을 넘지 못하고 그렇다고 길에 버리자니 아깝고 해서 술을 샀다고 한다.

"너희들 술을 얼마나 마시느냐?"

고 내가 물었더니 그들은,

"입에 대지도 못합니다."

하고 대답했다. 나는,

"네놈들이 어찌 술을 마실 줄 알겠나."

하고 한바탕 꾸짖었다. 그러나 나는 다시 스스로 위안하는 말로,

"이도 먼 길 가는 나그네에겐 한 가지 도움이 되겠구나."

하였다.

혼자 잔에 술을 따라 마시면서 동쪽으로 의주·철산의 모든 산봉우리를 바라보니 모두가 만 겹의 구름 속에 들어 있었다. 이에 술 한잔을 가득 부어 문루의 첫 기둥에 뿌려 스스로 이번 길에 아무 탈 없기를 빌고, 다시 한잔을 부어 다음 기둥에 뿌려서 창대와 장복을 위해 빌었다. 그러고도 병을 흔들어보니 술이 아직 몇 잔 더 남아 있기에 창대를 시켜 술을 땅에 뿌리게 하여 말을 위해 빌었다.

그리고 담에 기대어 서서 동쪽을 바라보니, 무더운 구름이 잠깐 피어오르고 백마산성白馬山城 서쪽의 한 봉우리가 그 반쪽을 드러내는데, 그 빛이 너무 푸르러 흡사 우리 연암서당燕巖書堂에서 불일산佛日山 뒷봉우리의 모습을 바라보는 것 같았다. 나는 여기서 혜풍惠風 유득공柳得恭이 일찍이 심양瀋陽에 들어갈 때에 지었던,

　　　홍분루 높은 다락 막수莫愁[7] 아씨 여의고는
　　　두어 기마 가을바람에 변방을 달리었네

7 당나라 때 석성石城에 살았던 여인으로, 가요를 잘하였다고 한다.

그림배에 실은 퉁소·장고 어이해 소식 없나
애타게 생각나네, 우리 청남[8] 첫째 고을

紅粉樓中別莫愁　　秋風數騎出邊頭
畫船簫皷無消息　　腸斷淸南第一州

이라는 시를 몇 번이나 소리 내어 읊고 나서,

"이것은 국경을 넘는 이가 부질없이 무료한 정서를 읊은 것이
겠지. 이곳에서 무슨 그림배·퉁소·장고 따위를 얻어서 놀이를
했단 말인가."

하고, 혼자서 크게 웃었다.

옛날에 형경荊卿[9]이 역수易水를 막 건너려고 하면서 머뭇머뭇
떠나지 않자 연燕 태자太子는 그의 마음이 변하지나 않았나 의심
하고, 진무양秦舞陽[10]을 먼저 보내고자 했다. 그러자 형경이 노하
여 태자에게 꾸짖기를,

"내가 지금까지 머뭇거리는 이유는 나의 동지 한 사람을 기다

---

8 청천강淸川江의 남쪽이라는 뜻으로, 평안도의 청천강 이남 지방을 가리킨다.
9 전국시대 제나라의 자객 형가荊軻를 가리키는데, 경은 그의 자인 경경慶卿의 약
　칭이다. 형가는 연태자 단丹을 위하여 진시황을 죽이러 갔었으나 실패하고 말았
　다.
10 형가가 진시황을 죽이러 진나라에 들어갈 때에 지도를 갖고 형가를 따랐던 협객
　의 이름이다.

려 함께 떠나려 함이다."

하였다.

　그러나 이것은 형경이 부질없이 무료한 말을 했을 뿐이다. 만일
태자가 형경의 마음을 의심하였다면 이는 그를 깊이 알지 못하였
다고 말했을 것이다. 그러나 형경이 기다리는 사람이란 또한 참으
로 하나의 성명을 가진 실재 인물은 아닐 것이다. 무릇 비수 한
자루를 끼고 불측한 진나라에 들어가려면 진무양 한 사람이면 충
분할 것인데 무엇하러 별도로 동지를 구했겠는가.

　다만 쌀쌀한 바람에 노래와 축筑으로 오늘의 즐거움을 만끽했
을 뿐이었는데, 이 글을 지은 이는 그 사람이 길이 멀어서 오지
못할 것이라고 변명하였으니, 그 '멀리'라는 말이 진정 교묘한 평
계로다. 그 사람이란 천하에 둘도 없는 절친한 벗일 것이요, 이
약속이란 천하에 다시 변할 수 없는 일일 것이다. 천하에 둘도 없
는 절친한 벗으로서 한번 가면 다시 못 올 장도에 임하여 어찌 날
이 저물도록 오지 않겠는가.

　그렇다고 그 사람이 살고 있는 곳이 반드시 초楚・오吳・삼진三
晉 같은 먼 곳도 아닐 것이요, 또한 반드시 이날 진나라로 들어가
기를 기약하여 손잡고 맹세한 일도 없었을 것이다. 다만 형경이
자기 마음속에 문득 생각나는 어떤 벗을 기다린다고 하였을 뿐이
었다. 그런데 이 글을 지은 이는 곧장 형경의 마음속의 벗을 이끌
어다가 '그 사람'이라고 자세히 설명하였으나 '그 사람'이란 어떤
사람인지 알 수 없는 사람이다. 알 수 없는 사람을 두고서 막연히

먼 곳에 살고 있는 사람이라고 하여 형경을 위로하고, 또 그 사람이 혹시 기다릴까 염려하여 오지 못할 것이라고 하였으니, 이는 형경을 위하여 그 사람이 오지 못한 것을 다행으로 여긴 것이다.

참으로 천하에 그 사람이 있었다면 나도 그를 보았을 것이다. 응당 그 사람의 키는 7척 2촌, 짙은 눈썹에 검은 수염, 볼은 풍만하고 이마는 쪼뼛했을 것이다. 어째서 그럴 줄 아느냐 하면, 유혜풍의 이 시를 읽고 나서 안 것이다.

정사正使의 전배前排[11]가 성을 출발하니, 삼종제 내원來源과 주부主簿 주명신周命新이 상방비장으로 두 줄로 갔다. 채찍을 옆에 끼고 몸을 솟구쳐 안장에 올라앉으니 어깨가 높직하고 머리가 꼿꼿한 품이 그야말로 날쌔고 용맹스럽기는 하나, 부대 차림이 너무 너털거리고, 하인들의 짚신이 안장 뒤에 주렁주렁 매달렸다. 내원의 군복은 푸른 모시로 만든 것인데, 헌것을 자주 빨아 입어서 몹시 더부룩한 것이, 지나치게 검소하다고 할 만하다.

조금 뒤에 부사副使의 행차가 성에서 나가기를 기다려 말고삐를 잡고 천천히 몰아 가장 뒤떨어져 구룡정九龍亭에 이르니, 거기가 곧 배 떠나는 곳이었다. 이때 의주부윤은 벌써 막을 치고 기다리고 있었다. 언제나 서장관書狀官이 맑은 새벽에 먼저 나가서 의주부와 함께 합동 수사하는 것이 전례이다. 이리하여 곧 사람과 말을 사열하는데, 사람은 성명·거주·연령 또는 수염이나 흉터

---

11 깃발과 곤봉 따위를 들고 앞서가는 무리.

같은 것이 있는지 없는지, 키가 작은지 큰지를 적고, 말은 그 털 색깔을 적는다. 깃대 셋을 세워서 문을 삼고 금지된 물품을 수색 하는데, 중요품으로는 황금·진주·인삼·수달피 및 포[12] 이외의 남은濫銀[13]이었고, 자질구레한 것은 새것이나 헌것을 통틀어 수십 종에 달하여 이루 다 헤아릴 수 없었다.

하인들의 경우에는 윗옷을 풀어헤치기도 하고 바짓가랑이도 내리훑어보며, 비장이나 역관의 경우에는 행장을 끌러본다. 이리 하여 이불 보퉁이와 옷꾸러미가 강 언덕에 너울거리고 가죽상자 와 종이곽이 풀밭에 어지러이 뒹군다. 사람들은 제각기 주워담으 면서 흘깃흘깃 서로 돌아다보곤 한다. 대체 수색을 하지 않으면 나쁜 짓을 막을 수 없고, 수색을 하자면 이렇듯 체모에 어긋난다. 그러나 이것도 실은 형식에 지나지 않는 일이다. 하기야 의주의 장사꾼들은 이 수색보다 앞서 몰래 강을 건너가버리니 누구라도 금할 재간이 있겠는가.

만일 금지된 물건이 발견되었을 경우, 첫째 문에서 걸린 자는 중곤重棍을 때리는 한편 물건을 몰수하고, 다음 문에서 걸린 자는 귀양을 보내고, 마지막 문에서 걸린 자는 목을 베어 달아서 뭇사 람에게 보이게 되어 있다.

그 법 자체는 엄하기 짝이 없다. 이번 길에는 원포原包조차 반

---

12 사신들이 중국에 갈 때 가져가는 일정 한도의 노자. 은이나 인삼을 주었다.
13 정해진 숫자 이외의 은.

도 차지 못하고 빈 포도 많으니, 남은이 있고 없음이야 따질 나위
나 있겠는가.

교자상은 초라하고 그나마 들어오자마자 곧 물렸는데, 이는 대
개 강 건너기에 바빠서 젓갈을 드는 이가 없기 때문이다. 배는 고
작 다섯 척뿐인데, 한강의 나룻배와 비슷하면서 조금 클 뿐이다.
먼저 방물과 인마를 건네고, 정사가 탄 배에는 표문表文·자문咨
文과 수역首譯[14]을 비롯하여 상사의 하인들이 함께 타고 부사와
서장관 및 그 하인들이 또 한 배에 탔다. 그러자 의주의 이교吏校
·방기房妓·통인通引과 평양에서부터 수행해 온 영리營吏·계서
啓書들이 모두 뱃머리에 나와 차례로 하직 인사를 한다. 상사의 마
두인 시대時大의 외쳐대는 소리가 채 끝나기도 전에 사공이 삿대
를 들어 선뜻 물에 넣는다.

물살은 매우 급한데 뱃노래가 일제히 터져나왔다. 사공이 힘들
인 공역으로 배가 마치 번개처럼 빨리 달리니, 갑자기 정신이 아
찔하여 하룻밤을 지낸 듯싶었다. 저 통군정統軍亭의 기둥과 난간
그리고 헌함軒檻이 팔면으로 빙빙 도는 것 같고, 전송 나온 사람들
이 아직까지 모래펄에 섰는데 마치 팥알처럼 조그마하고 까마득
하게 보인다.

내가 수역 홍명복洪命福 군에게,

"자네, 길을 잘 아는가?"

---

14 역관의 우두머리.

물으니 홍군은 팔짱을 끼고,

"아닙니다. 그게 무슨 말씀입니까?"

하기에, 나는 또,

"길이란 알기 어려운 것이 아닐세. 바로 저 강 언덕에 있다네."

하였다. 홍군은,

"이른바 '먼저 저 언덕에 오른다'는 말씀입니까?"

고 묻기에 나는 또,

"그런 말이 아니네. 이 강은 바로 저 언덕과 우리와의 경계이므로 응당 언덕이 아니면 곧 물일 것이네. 무릇 세상 사람의 윤리와 만물의 법칙이 마치 이 물가나 언덕이 있는 것과 같은 것이니, 길이란 다른 데서 찾을 게 아니라 곧 이 물과 언덕가에 있는 것이란 말일세."

하고 대답했다. 홍군이 또,

"외람되이 다시 여쭙니다만, 무엇을 뜻하는 말씀입니까?"

하고 묻기에, 나는 다시 다음과 같이 대답했다.

"옛 글에 인심人心은 오직 위태해질 뿐이고, 도심道心은 오직 희미해질 뿐이라고 하였네. 저 서양 사람들은 일찍이 기하학에 있어 한 획의 선을 변증할 때도 선이라고만 해서 그 미세한 부분을 표현하기에 부족할 경우 곧 빛이 있고 없음의 가늠으로 표현하였고, 불씨佛氏는 다만 붙지도 않고 떨어지지도 않는다는 말로 설명하였지. 그러므로 그 당시 잘 처하기는 오직 길을 아는 사람이라야 할 수 있는 것이니, 옛날 정나라 자산子産 같은 사람이면 충분히 그렇게 할 수 있었을 것일세."

　이렇게 주거니 받거니 이야기하는 사이 배는 벌써 언덕에 와 닿았다. 갈대가 마치 베를 짜놓은 듯 빽빽이 들어서서 땅바닥이 보이지 않는다. 하인들이 다투어 언덕으로 내려가 갈대를 꺾고는, 바삐 배 위에 깔았던 자리를 걷어서 펴려 하였다. 그러나 갈대의 그루터기가 마치 창날처럼 예리한데다 바닥이 질퍽질퍽한 검은 진흙이어서 어쩔 수 없이 정사 이하 모두가 우두커니 갈대밭에 서 있을 뿐이었다.

　"앞서 건너간 사람과 말은 다 어디 있느냐?"
하고 물었으나 모두들,
　"모릅니다."
하고 대답한다. 다시,
　"방물은 어디 있느냐?"
고 물어도 역시,
　"모릅니다."
라고 대답하고는 멀리 구룡정 모래톱을 가리키면서,
　"우리 일행의 인마가 아직도 거지반 건너지 못하고 저기 개미처럼 옹기종기 모여 있는 것이 그들인 것 같습니다."
고 한다. 그러자 멀리 의주 쪽을 바라보니, 한 조각 성은 마치 한 필의 베를 펼쳐놓은 것 같고 성문은 마치 빤히 뚫린 바늘구멍과 같아서 그곳으로 드는 햇살이 마치 한 점의 별빛처럼 보인다.

　이때 커다란 뗏목이 거센 물살에 떠내려온다. 시대가 멀리서,

"웨이!" 하고 고함을 친다. 이는 대개 남을 부르는 소리인데, 저들을 높이는 말이다. 한 사람이 뗏목 위에 일어서서,

"당신네들은 어찌 철도 아닌데 조공을 바치러 중국엘 가십니까? 이 더위에 먼 길을 가시려면 얼마나 고생이 되겠소."

하고 대꾸를 한다. 시대가 또,

"너희들은 어느 고을에 살고 있는 사람이며, 어디 가서 나무를 베어 오는 거냐?"

하고 묻자 그는 대답하기를,

"우리들은 모두 봉황성鳳凰城에 사는데, 지금 장백산에서 나무를 베어 오는 길입니다."

는 말이 미처 끝나기도 전에 뗏목은 벌써 까마득하게 가버렸다.

이곳은 두 갈래 강물이 한데 어울려서 중간에 섬 하나를 이루고 있는데, 먼저 건너간 인마가 여기에 잘못 내렸으니, 그 거리는 비록 5리밖에 되지 않았으나 배가 없어서 다시 건너지 못하고 있는 순간이었다. 그러자 사공에게 엄명을 내려 배 두 척을 불러서 재빨리 인마를 건네게 하였으나 사공은,

"저렇게 거센 물살을 거슬러 배로 올라가려면 아마 하루 이틀에는 어려울 것 같습니다."

하고 여쭙는다. 사신들이 모두 화가 나서 배 일을 맡은 의주의 군교軍校를 벌주려 하였으나 군뢰軍牢[15]가 없다. 알고 보니 군뢰 역

---

15 군대에서 죄인을 다루는 병졸.

시 먼저 건너다 잘못 중간 섬에 내렸기 때문이었다. 부사의 비장 이서귀李瑞龜가 분함을 참지 못하여 마두에게 호통을 쳐서 의주의 군교를 잡아들였다. 그러나 그 사람을 엎드리게 할 자리가 없으므로 볼기를 반쯤만 까놓고 말 채찍으로 네댓 번 때리고는 끌어내어서 빨리 거행하라고 호통을 친다. 그러자 군교가 한 손으로는 전립을 쥐고 또 한 손으로는 바지춤을 추키면서 연신, "예이, 예이" 하며 대답한다.

그리하여 배 두 척을 내어 사공이 물에 들어서서 배를 끌었으나 물살이 워낙 거세어 한 치쯤 전진하면 한 자나 후퇴하고 만다. 아무리 호통을 친들 어쩔 수 없는 상황이었다.

조금 있다가 배 한 척이 강기슭을 타고 날 듯이 내려오고 있었는데, 이는 군뢰가 서장관의 가마와 말을 거느리고 오는 참이었다. 장복이 창대를 보고,

"너도 오는구나."

하니, 대개 기뻐서 하는 말이다.

이에 두 놈을 시켜서 행장을 점검해보니 모두 탈이 없으나 비장과 역관이 타던 말이 오기도 하고 혹은 오지 않기도 했으므로 정사가 먼저 떠나기로 했다. 군뢰 한 쌍이 말을 타고 나팔을 불며 길을 인도하고, 다른 한 쌍은 보행으로 앞을 인도하되 버스럭거리면서 갈대숲을 헤치고 나아간다.

나는 말 위에서 칼을 뽑아 갈대 하나를 베어보았다. 껍질이 단단하고 속이 두꺼운 게 화살을 만들 수는 없으나 붓자루를 만들

기에는 알맞을 것 같았다. 이때 놀란 사슴 한 마리가 보리밭머리를 나는 새처럼 빠르게 갈대를 뛰어넘어 일행이 모두 놀랐다.

10리를 가서 삼강三江에 이르니 강물이 맑고 잔잔하기가 마치 비단결 같았다. 이 강 이름은 애라하愛剌河라고 한다. 어디서 발원하는지는 알 수 없으나, 압록강과의 거리가 10리 남짓밖에 안 되는데도 강물이 거세게 넘쳐 흐르지 않는 것으로 보아 압록강과 서로 근원이 다름을 알 수 있었다.

배 두 척이 보이는데, 모양새가 마치 우리 나라의 놀잇배와 비슷하다. 길이와 넓이는 모두 그만 못하지만 제품은 매우 튼튼하고 치밀한 편이었다. 배를 젓는 사람들은 모두 봉황성 사람으로 사흘 동안을 여기서 기다리느라 식량이 떨어져 굶주렸다고 말한다. 대개 이 강은 너나없이 서로 나다니지 못하는 곳이다. 그러나 우리 역학譯學이나 중국 외교문서를 불시에 교환할 일이 생기므로 봉성장군鳳城將軍이 여기에 배를 준비해둔 것이라 한다. 배 닿는 곳이 몹시 질퍽질퍽하기에 나는, "웨이" 하고 한 되놈을 불렀다. 이 말은 아까 시대에게서 배운 말이다.

그 자가 냉큼 상앗대를 놓고 나에게로 오기에 나는 얼른 몸을 솟구쳐 그의 등에 업혔다. 그러자 그 자는 히히덕거리면서 나를 배에 내려놓고는 후유 하고 긴 숨을 내쉬더니,

"흑선풍黑旋風16의 어머니가 이토록 무거웠다면 아마도 기풍령

16 『수호지』에 등장하는 인물.

沂風嶺에 오르지 못했을 겁니다."

한다. 주부 조명회趙明會가 이 말을 듣고 큰소리로 껄껄 웃으므로

나는,

"저 무식한 놈이 강혁江革[17]은 모르면서 이규李逵 흑선풍만 아

는군."

했다. 조군이,

"그 말 가운데는 깊은 의미가 들어 있습니다. 이 말은 애초에

이규의 어머니가 이렇게 무거웠다면 그의 신통한 힘으로도 어머

니를 등에 업은 채 높은 고개를 넘지 못했으리라는 의미였습니다.

또 이규의 어머니가 호랑이에게 물려갔는데 그는 이렇게 살집이

좋은 분을 만일 저 주린 호랑이에게 주었다면 오죽 좋겠느냐는

의미이기도 했습니다."

하고 설명해준다. 나는,

"그들 따위가 어찌 이처럼 유식한 문자를 쓸 줄 안단 말이오."

했다. 조군은,

"옛말에 눈을 부릅떠도 고무래 정丁자도 모른다고 한 것은 정

말 저런 놈을 두고 이른 말이지만, 그는 패관稗官·기서奇書를 입

에 발린 상용어로 쓰니, 이른바 그들의 표준어라는 것이 바로 이

런 것입니다."

---

17 후한後漢 때의 큰 효자. 어려서 아버지를 여의고 홀어머니를 모시다가 난리를
   만나자, 그 어머니를 등에 업고 이곳 저곳을 다니면서 갖은 고생을 겪고서 마침
   내 어머니를 잘 보전하였다.

한다.

이 애라하의 넓이는 우리 나라 임진강과 비슷하다. 여기서 곧 구련성으로 향하는데, 우거진 숲은 푸른 장막처럼 둘러 있고, 군데군데 호랑이를 잡는 그물을 쳐놓았다. 의주의 창군鎗軍이 가는 곳마다 나무를 찍는 소리가 온 들판을 뒤흔든다. 홀로 높은 언덕에 올라 사면을 바라보니, 산은 곱고 물은 맑으며, 정경이 툭 트이고 나무는 하늘에 닿을 듯한데, 그 속에 은은히 큰 마을이 자리잡고 있어 개와 닭소리가 들리는 듯하며, 토지가 비옥하여 개간하기에도 알맞을 것 같다. 패강浿江 서쪽과 압록강 동쪽은 이와 비교할 만한 곳이 없으니, 이곳이 큰 진이나 부府를 설치하기에 꼭 알맞겠건만, 너나없이 모두 이를 버려두어 아직까지 빈 땅으로 있다. 어떤 이는 이르기를,

"고구려시대에 이곳에 도읍한 일이 있었다."

하는데, 이것이 이른바 국내성國內城이다. 명나라 때에 진강부鎭江府가 되었었는데, 청나라가 요동을 함락시키자 진강 사람들이 머리 깎기를 싫어하여 어떤 사람은 모문룡毛文龍에게로 가고 어떤 사람은 우리 나라로 귀화하였다. 그런데 그 후 우리 나라로 온 사람은 청나라의 요구에 따라 모조리 돌려보냈고, 모문룡에게로 간 사람들은 대부분 유해劉海의 난리 때 죽었다. 이리하여 버려진 땅이 된 지 벌써 1백여 년이나 지나 쓸쓸하고 산 높고 물 맑은 것만 눈에 들어올 뿐이다.

노둔露屯 친 곳을 돌아다니면서 구경을 했다. 역관은 삼삼오오

끼리끼리 막 하나씩을 쳤고, 역졸과 마부들은 다섯씩 열씩 어울려 시냇가에 나무를 얽어매고 그 속에 들었다. 밥 짓는 연기가 자욱하고 사람소리 말 울음소리로 떠들썩한 품이 어엿한 마을 하나를 이루었다. 의주에서 온 장사꾼 한 패는 저희들끼리 한 곳에 모였는데, 시냇가에서 닭 수십 마리를 잡아 씻고, 한쪽에서는 그물을 던져서 물고기를 잡아 국을 끓이고 나물을 볶으며, 밥알은 낱낱이 기름기가 번지르르한 게 그들의 모습이 가장 풍요로워 보였다.

얼마쯤 있자니 부사와 서장관이 차례로 당도했다. 해는 황혼이 되었다. 이때부터 30여 군데에 횃불을 놓는데, 모두 아름드리 큰 나무를 톱으로 잘라다 먼동이 틀 때까지 환하게 밝혔다. 군뢰가 나팔을 한 번 불면 3백여 명이 일제히 소리를 맞추어 고함을 지르는데, 이는 호랑이로부터 보호하기 위해서였다. 이 소리는 밤새도록 그치지 않았다.

의주부에서 가장 기운 센 자를 군뢰로 뽑아왔는데, 그들은 이 일행 하인들 중에서 일도 가장 많이 하고 먹성도 가장 세다고 한다. 그들의 차림새란 몹시 우스워서 허리를 잡아야 할 지경이다. 남색 운문단雲紋緞으로 받쳐 댄 전립氈笠에 털 상투의 높은 정수리에는 운월이나 다홍빛 상모象毛를 걸고, 벙거지 이마에는 황금색으로 누빈 날랠 용勇자를 붙였으며, 아청빛 삼베로 만든 소매 좁은 군복에 다홍빛 무명 배자褙子를 입고, 허리에는 남방사주 전대를 둘렀으며, 어깨에는 주홍빛 무명실로 짠 겉옷을 걸치고, 발에는 미투리를 신었다. 그 모양이야말로 의젓한 일대의 씩씩한 건

아이다. 다만 그들의 말 타는 것을 보면, 이른바 반부담半駙擔이어서 안장 없이 짐을 실었는가 하면, 말에 타는 것도 탄다기보다는 오히려 걸터앉은 셈이다.

등에는 남색으로 된 조그마한 영기令旗[18]를 꽂았고, 한 손에는 군령판軍令版[19]을, 또 한 손에는 붓·벼루·파리채와 마가목馬家木으로 된 팔뚝만한 짧은 채찍 하나를 잡았다. 또한 입으로는 나팔을 불며, 앉은 자리 밑에는 10여 개의 붉게 물칠한 곤장을 비스듬히 꽂았다.

각방各房에서 약간이 호령이 있을 때 갑자기 군뢰를 부르면, 군뢰는 일부러 못 들은 체하다가 연거푸 10여 차례 부르면 그제서야 무어라 중얼거리며 혀를 차곤 하다가는, 방금 처음 들은 듯이 커다란 소리로 "에이" 하고 곧 말에서 뛰어내려, 돼지처럼 달리고 소처럼 식식거리면서 나팔·군령판·붓·벼루 등을 한쪽 어깨에 메고 막대 하나를 끌며 나간다.

한밤중이 못 되어서 소낙비가 억수로 퍼부어 위에서는 장막이 새고 밑에서는 습기가 스며들어 피할 곳이 없었다. 조금 뒤에 비가 개자 하늘엔 총총히 별들이 떴다. 손을 내밀어 어루만질 수 있을 것 같았다.

---

18 영令자를 쓴, 군령을 전하는 깃발.
19 군령을 적은 널판지.

25일, 아침에 가랑비가 내리더니 낮에 개었다.

각방과 역관들이 여기저기 노숙한 곳에서 옷과 이불을 꺼내어 말렸다. 간밤 비에 젖었기 때문이다.

쇄마刷馬[20] 마부 중에 술을 갖고 온 자가 있어, 어의御醫 변주부卞主簿의 마두 대종戴宗이 한 병을 사서 바치기에 서로 이끌며 시냇가에 자리잡고 앉아 잔을 기울였다. 강을 건넌 뒤로 우리 나라 술은 아주 생각도 안 하다가 갑자기 얻어 마시니, 술맛이 좋을 뿐 아니라 한가히 시냇가에 앉아서 마시는 그 멋이란 이루 말할 수 없었다.

마부들이 서로 다투어 낚시질을 했다. 나도 취한 결에 낚싯대 하나를 빌려 풀에 던지자 곧 조그마한 고기 두 마리가 걸려 나왔다. 이 냇물고기가 낚시에 단련되지 못한 까닭이었으리라.

방물이 미처 도착하지 않아 또 구련성에서 노숙하였다.

26일, 아침에 안개가 끼었다가 늦게야 개었다.

구련성을 출발하여 금석산金石山 밑에 이르러 점심을 먹고 총수葱秀에서 노숙하였다. 60리를 걸었다.

날이 새자마자 안개를 헤치고 새벽길을 떠났다. 상판사上判事[21] 의 마두 득룡得龍이 쇄마 구종들과 어울려 강세작康世爵의 옛일을

이야기한다. 안개 속으로 어슴푸레 보이는 금석산을 가리키면서 그는,

"저기가 형주 사람 강세작이 숨었던 곳이오."

라고 하였다. 그 이야기가 퍽 재미있어 들을 만하였다. 그들의 이야기에 의하면 대략 이렇다.

세작의 조부인 임霖이 양호楊鎬를 따라 우리 나라를 구원하다가 평산平山 싸움에서 죽고, 그의 아버지 국태國泰는 청주통판淸州通判을 지내다가 만력萬曆[22] 45년에 죄를 지어 요양遼陽으로 귀양오게 되었다.

그때 세작의 나이는 열여덟 살이었는데, 자기 아버지를 따라 요양에 와 있었다. 그 이듬해에 청이 무순撫順을 함락시키자 유격장군游擊將軍 이영방李永芳이 항복하고 말았다. 그러자 경략經略 양호가 여러 장수를 나누어 파견할 때, 총병摠兵 두송杜松은 개원開原으로, 왕상건王尙乾은 무순으로, 이여백李如柏은 청하淸河로 각각 나오고, 도독都督 유정劉綎은 모령毛嶺으로 나왔다. 이때 강국태 부자는 유정의 진중에 있었는데, 청의 복병이 산골짜기에서 몰려나오자 명나라 군사의 앞뒤가 단절되어 유정은 분신 자살하고 국태도 화살을 맞고 쓰러졌다.

세작이 해 저문 뒤에 아버지의 시신을 찾아 산골에 묻고 돌을 모아 표를 해두었다. 이때 조선의 도원수 강홍립姜弘立과 부원수

---

22 명나라 신종神宗의 연호. 1573~1620.

김경서金景瑞는 산 위에 진을 쳤고, 조선의 좌·우 영장營將은 산 밑에 진을 쳤다. 그래서 세작은 조선 도원수의 진에 투신했다. 그 다음날 청나라 군사들이 조선의 좌영左營을 쳐 한 사람도 남기지 않자 산 위에 있던 군사들이 바라보고는 모두 어찌할 줄 모르고 허둥댔다.

그러자 강홍립은 싸우지도 않고 항복해버렸다. 청나라 군사는 홍립의 군사를 겹겹으로 둘러싸고 도망쳐 온 명나라 군사를 샅샅이 뒤져내어 모조리 목을 베어 죽였다. 세작도 청병에게 붙들려 묶인 채로 바위 밑에 앉았었는데, 어쩐 일인지 그를 맡은 자가 잊어버리고 그냥 가버렸다. 그러자 세작은 조선 군사에게 자기의 포박을 풀어달라고 눈짓으로 애걸했으나 조선 군사들은 모두가 서로 기웃기웃 보기만 하고 손 하나 까딱하는 사람이 없었다. 세작은 어쩔 수 없어 스스로 등을 돌 모서리에 부비적거려서 포승 줄을 끊고 죽은 조선 군사의 옷을 바꾸어 입고 조선 군대 속으로 들어가 죽음을 면하였다.

어렵게 목숨을 부지한 그는 요양으로 돌아갔는데, 그때 웅정필熊廷弼이 요양을 지키면서 세작을 불러 아버지의 원수를 갚으라고 하였다. 이 해에 청나라 군사들이 잇따라 개원·철령을 함락시키자 웅정필 대신 설국용薛國用이 요양을 지키게 되었다. 세작이 곧 설국용의 군중에 머물러 있었는데 심양마저 함락되었다. 그러자 세작은 낮에는 숨고 밤에는 걸어 봉황성에 이르러 광녕廣寧 사람 유광한劉光漢과 함께 요양의 패잔병을 소집하여 그곳을 지켰다.

그러나 얼마 안 되어 광한은 전사하고 세작도 10여 군데나 상처를 입었다. 세작은 고향인 중원으로 가는 길이 끊어졌으니, 차라리 동쪽나라 조선으로 가서 저 피발被髮·좌임左袵[23]하는 되놈을 면하는 것이 낫겠다 생각하고는 싸움터를 탈출하여 금석산 속에 숨었다. 먹을 것이 없자 세작은 양가죽 옷을 불에 구워 나뭇잎에 싸서 먹으면서 두어 달 동안 목숨을 부지하였다.

드디어 압록강을 건넌 세작은 관서 여러 고을을 두루 돌아다니다가 회령會寧에 들어와서 조선 여자에게 장가들어 아들 둘을 낳고 나이 여든이 넘어서 죽었다. 그의 자손이 널리 퍼져서 지금은 1백여 명이나 되었는데도 아직까지 한 집에서 살고 있다는 것이다.

득룡은 가산嘉山 사람으로 열네 살 때부터 북경에 드나들어 이번까지 30여 차례에 이른다. 중국어에 아주 능숙하여, 무슨 일이든 책임 있게 해낼 자가 일행 중에는 득룡밖에 없다. 그는 이미 가산을 비롯하여 용천부·철산부 등의 중군中軍을 지내 품계는 가선嘉善에까지 이르렀다. 사신의 행차가 있을 때마다 미리 가산에 통첩하여 그의 가족을 감금시켜 도피를 막는 것으로 보아도 그 사람됨의 재간을 충분히 짐작할 수 있다. 처음으로 조선을 나왔을 때 세작은 득룡의 집에 기거하면서 득룡의 조부와 친하여 서로 중국말과 조선말을 배웠다. 득룡이 그토록 중국어를 잘하는 것도 집안에 대대로 전해 내려오는 학문이기 때문이라고 한다.

---

23 머리를 풀어헤치고 옷깃을 왼쪽으로 여민다는 뜻으로 야만인을 말한다.

날이 저물어 총수에 이르렀다. 이곳은 우리 나라 평산의 총수와 흡사하다. 그제야 우리 나라 사람들의 지명을 짓는 예가 생각났다. 혹시 평산의 총수도 이곳과 유사해서 그렇게 이름을 지은 것이 아닐까?

27일, 아침에 안개가 끼었다가 늦게야 걷혔다.

아침 일찍 길을 떠났다. 길에서 되놈 대여섯 명을 만났는데, 모두 조그마한 당나귀를 탔고 벙거지와 옷들이 남루하며 얼굴은 지친 듯 파리했다. 봉황성의 갑군甲軍으로 애라하에 수자리를 살기 위해 가는데, 품삯에 팔려가는 사람들이라 한다. 이 일을 보니, 우리 나라는 염려할 것이 없으나 중국의 변방 수비는 너무나 허술하게 느껴졌다.

마두 및 쇄마 구종들이 나귀에서 내리라고 호통을 치자 앞서가던 두 사람은 곧 내려서 한쪽으로 비켜 가는데 뒤에 가는 세 사람은 내리기를 거절한다. 마두들이 일제히 소리를 높여 꾸짖으니, 그들은 눈을 부릅뜨고 똑바로 쏘아보면서,

"당신네 상전이 우리들과 무슨 상관이 있소."
한다.

그러자 마두가 그에게 바짝 달겨들어 채찍을 빼앗아 그의 맨종아리를 후려갈기면서 꾸짖었다.

"우리 상전께서 받들고 온 것이 어떤 물건이며 싸가지고 온 것이 어떤 문서인 줄 아느냐. 저 노란 깃발에 '만세야어전상용萬歲爺

32

御前上用[24]'이라고 써 있지 않느냐. 너희놈들이 눈이 성하다면 황제께서 친히 쓰실 방물인 줄을 모른단 말이냐!"

하니, 그제야 그들은 곧 나귀에서 내려 땅에 엎드리면서,

"그저 죽을죄를 지었습니다."

한다. 그 중 한 놈이 일어나더니 자문을 지닌 마두의 허리를 꼭 껴안고 얼굴에 웃음을 가득 띤 채,

"영감님, 제발이지 참아주십시오. 저희들의 죄는 죽어 마땅합니다."

한다. 마두들은 모두 껄껄 웃으면서,

"머리를 조아려 사죄하렷다."

하자 그들이 진흙 바닥에 꿇어 엎드려 머리가 땅에 닿도록 조아리니, 이마가 온통 진흙투성이가 되었다. 이것을 본 일행이 모두 크게 웃고,

"빨리 물러가라!"

하고 호통을 친다. 나는 이들을 보고,

"내가 듣기엔 너희들이 중국에 들어갈 때마다 여러 가지로 소란을 피운다더니, 이제 내 눈으로 보건대 과연 앞서 들은 바와 틀림이 없구나. 아까 한 일은 도무지 부질없는 짓이니, 이 다음에는 행여 장난 삼아 소란을 피워서는 안 된다."

하니 모두들,

---

24 만세야는 청나라 황제를 말한 것으로서, 그에게 올릴 물건이란 뜻.

"이런 짓거리라도 하지 않으면 멀고 먼 길 허구한 날을 무엇으로 심심풀이를 합니까?"

한다.

멀리 봉황산을 바라보니 온 산을 돌로 깎아 세운 듯 평지에 우뚝 솟아 있다. 그 모습이란 마치 손바닥 위에 손가락을 세운 듯하며, 반쯤 핀 연꽃 봉오리 같기도 하고, 하늘가에 뭉게뭉게 떠도는 여름 구름의 기이한 자태와도 같아서 무어라 형용하기 어려울 정도이나 다만 맑고 윤택한 기운이 모자라서 흠이다.

내가 일찍이 우리 나라 서울의 도봉산과 삼각산이 금강산보다 낫다고 한 일이 있다. 왜냐하면 금강산은 그 골짜기를 보건대, 이른바 1만 2천 봉이 그 어느것이나 기이하고 높고 웅장하고 깊지 않은 것이 없어서 짐승이 끄는 듯 새가 날아가는 듯 신선이 공중에 솟는 듯 부처가 도사리고 앉아 있는 듯이 음산하고 그윽함이 마치 귀신의 굴속에 들어간 것 같다.

일찍이 신원발申元發과 함께 단발령에 올라 금강산을 바라본 일이 있다. 때마침 끝없이 파란 가을 하늘에 석양이 비쳤으나, 다만 창공에 닿을 듯 빼어난 빛과 제 몸에서 우러난 윤태가 없음을 느껴 금강산을 위해서 한 번 긴 탄식을 하지 않을 수 없었다. 그러고 나서 배를 타고 상류에서 내려오면서 두미강頭尾江 어귀에서 서쪽으로 한양을 바라보니, 삼각산의 모든 봉우리가 깎아지른 듯이 파랗게 하늘에 솟구쳤다. 엷은 내와 맑은 안개 속에 밝고 곱게 아리따운 자태가 나타났다. 또 일찍이 남한산성의 남문에 앉아서 북쪽

으로 한양을 바라보니, 마치 물위의 꽃이나 거울 속의 달과 같았다. 어떤 이는 말하기를,

"초목에서 이는 광택이 공중에 어리는 것은 곧 왕기旺氣이다."

하였으니, 왕기旺氣가 곧 왕기王氣이고 보면, 우리 서울은 실로 억만년을 누릴 용이 서리고 범이 걸터앉은 형세여서, 그 신령스럽고 밝은 기운이야말로 당연히 범상한 산과는 다를 수밖에 없다. 이제 이 봉황산의 기이하고 높고 빼어난 형세가 아무리 도봉산·삼각산보다 나은 점이 있다 할지라도 공중에 어린 광택은 한양의 모든 산에 미치지 못할 듯하다.

넓은 들판이 질펀하다. 비록 개간은 안 되었지만 곳곳에 나무를 찍어낸 조각들이 흩어져 있고, 소 발자국과 수레바퀴 자국이 풀섶에 여기저기 섞여 있는 것으로 보아 책문柵門이 여기서 가깝고, 또 이 지방 백성들이 자주 이곳을 드나들고 있음을 알 수 있겠다.

말을 급히 몰아 7, 8리를 가서 책문 밖에 닿았다. 양과 돼지는 산에 질펀하고 아침 연기는 푸른빛으로 둘러 있다. 나무쪽으로 울타리를 세워서 경계를 만들어놓았는데, 버들가지를 꺾어서 울타리를 만든다는 말이 곧 이를 두고 한 말인 듯싶었다. 책문에는 이엉이 덮여 있고 널빤지 문이 굳게 닫혀 있었다.

울타리에서 수십 보 되는 거리에 세 사신의 막을 치고 조금 쉬려니까 방물이 다 이르렀으므로 책문 밖에 쌓아두었다. 뭇되놈들이 울타리 안에 죽 늘어서서 구경을 하는데, 전부가 맨머리 바람에 담뱃대를 물고 손으로는 부채질을 하고 있었다. 어떤 녀석은

검은 공단으로 지은 옷을 입고, 또는 수화주秀花紬·생포生布·생저生苧·삼승포三升布·야견사野繭絲 등으로 지은 옷들을 입었으며, 바지들도 마찬가지였다. 허리에 주렁주렁 차고 있는 것이 많았는데, 수놓은 주머니 서너 개와 조그마한 칼에 모두 쌍아저雙牙箸를 꽂았고, 담배쌈지는 호리병처럼 생겼는데, 거기에다 꽃·풀·새 또는 옛사람의 이름난 글귀를 수놓은 녀석도 있었다. 역관과 모든 마두들이 다투어 울타리에 다가서서 그들과 손을 잡고 반가이 인사를 한다. 그들은,

"언제쯤 한성을 떠났으며, 오는 길에 비나 겪지 않았습니까? 댁에는 모두들 안녕하시며, 포은包銀²⁵도 넉넉히 갖고 오셨습니까?"

하고, 사람마다 거의 똑같은 말로 수작을 건다. 또 다투어

"한상공과 안상공도 오십니까?"

한다. 이들은 모두 의주에 사는 장사꾼들로, 해마다 연경으로 장사를 다녀서 수단이 매우 능란하고 또 저쪽 사정을 익히 아는 자들이라 한다. 이른바 '상공相公'이란 장사꾼끼리 서로 존대하는 호칭이다.

사신의 행차가 있을 때에는 으레 정관正官에게 팔포八包를 내리는 법이다. 정관은 비장·역관까지 모두 서른 명이다. 팔포란 예전에 나라에서 정관에게 인삼 몇 근씩 주던 것을 말하는데, 지금은 이것을 나라에서 주지 않고 제각기 은을 갖고 가게 하면서 다

---

25 중국에 가는 사신이 가져가는 은. 수량이 정해져 있다.

만 그 포 수를 제한하여 당상관은 3천 냥, 당하관은 2천 냥으로 한다.

그런데 이것을 지니고 연경에 가서는 여러 가지 물건을 바꾸어 이익을 남기기도 한다. 가난하여 스스로 갖고 갈 수 없으면 그 포의 권리를 파는데, 송도·평양·안주 등지의 장사꾼들이 이를 사서 대신 은을 충당해 가지고 간다. 그러나 이들은 혼자 힘으로는 연경에 들어갈 수 없으므로 이 포의 권리를 모두 의주 장사꾼들에게 넘겨주어 물건을 바꾸어 온다.

한이나 안 같은 장사꾼들은 해마다 연경을 드나들어서 연경을 마치 자기 집 문전처럼 여기며, 저쪽 장사꾼들과 서로 뜻이 잘 맞아서 물건값의 오르내리는 것이 모두 그들의 손아귀에 달려 있다. 우리 나라에서 중국 물건값이 날로 오르는 것은 실로 이 무리들 때문인데도, 온 나라가 이를 이해하지 못하고 역관만 나무란다. 그러나 역관도 이들 장사꾼들에게 권리를 빼앗긴 뒤에는 어쩔 도리가 없다.

여러 곳의 장사꾼들도 이것이 의주 장사꾼들의 농락인 줄을 모르는 것은 아니지만, 제 눈으로 직접 본 것이 아니므로 화만 내고 무어라 말을 하지 못한다. 이렇게 된 지가 벌써 오래인데, 요즘 의주 장사꾼들이 잠깐 몸을 숨기고 나타나지 않는 것도 그들의 흥정하는 술책의 하나이다.

책문 밖에서 아침밥을 먹었다. 행장을 정돈해보니 양쪽 주머니 중 왼쪽 열쇠가 간 곳이 없다. 풀밭을 샅샅이 뒤졌으나 끝내 찾지

못했다. 장복을 보고,

"너는 행장에 깊이 유의하지 않고 늘 한눈만 팔더니 겨우 책문에 이르러 벌써 이런 일이 생겼구나. 속담에 사흘 길을 하루도 못가서 늘어진다는 격이 되었으니, 앞으로 천 리를 더 가서 연경에 당도할 무렵이면 네 오장인들 어디 남겠느냐. 내가 듣건대, 구요동舊遼東과 동악묘東岳廟는 본디 좀도둑이 많이 드나드는 곳이라 하니, 네가 또 한눈을 팔다가 무엇을 잃어버릴지 모르겠구나."

하고 꾸짖으니 장복은 민망하여 머리를 긁으며,

"이제야 알겠습니다. 그 두 곳을 구경할 때에는 꼭 제 두 손으로 눈을 꽉 붙들고 있겠습니다. 그러면 어느 놈이 빼어갈 수 있겠습니까?"

한다. 나는 하도 어이가 없어서 "옳다" 하고 응낙하였다. 장복은 아직 나이가 어리고 또 처음 길인데다 본바탕이 워낙 멍청해서, 동행하는 마두들이 흔히 장난말로 놀리면 장복은 곧잘 참말로 알아듣고 그러려니 한다. 매사가 다 이러하니 앞으로 먼 길을 데리고 갈 일을 생각하면 한심하기 그지없다.

책문 밖에서 다시 책문 안을 바라보니, 수많은 민가들은 모두 들보 다섯 개가 높이 솟아 있고 띠 이엉을 덮었는데, 집 등성마루가 훤칠하고 문호가 가지런하며 네거리는 쭉 곧아서 양쪽 거리가 마치 먹줄을 친 것 같다. 담장은 모두 벽돌로 쌓았고, 사람이 탄 수레와 화물 실은 차들이 길에 즐비하며, 진열해놓은 그릇들은 모두 그림을 넣은 자기들이었다. 그 규모가 어디로 보나 시골티라고

는 조금도 없다. 앞서 친구 홍대용洪大容은,

"그 규모도 크지만, 심법心法이 세밀하다."

고 하였다. 이 책문은 중국의 동쪽 변두리임에도 이러하니, 앞으로 더욱 번화가로 갈 것을 생각하자 갑자기 한풀 꺾이어 여기서 그만 되돌아가버릴까 보다 하는 생각에 온몸이 화끈해졌다. 순간 나는 깊이 반성하기를, '이는 하나의 시기하는 마음이다. 내가 본디 성미가 담박하여 남을 부러워하거나 시기하는 마음은 조금도 없었는데 이제 한 번 다른 나라에 발을 들여놓자, 아직 그 만분의 일도 보지 못하고 벌써 이런 망령된 마음이 일어나는 것은 무슨 이유일까. 이는 곧 견문이 좁은 탓이다. 만일 석가여래의 혜안으로 시방세계를 두루 살핀다면 어느것이나 평등하지 않은 것이 없을 것이니, 모든 것이 평등하면 저절로 시기와 부러움이 없어질 것이다' 하고 장복을 돌아보며,

"네가 만일 중국에서 태어났다면 어떻겠느냐?"

하고 물으니 그는,

"중국은 되놈의 나라이기 때문에 저는 싫습니다."

하고 대답한다.

잠시 후 어떤 소경이 어깨에 비단주머니를 걸고 손으로 월금月琴을 뜯으면서 지나간다. 나는 그를 보고 크게 깨달은 점이 있어,

"저이야말로 평등한 눈을 가진 이가 아니겠느냐."

하였다.

조금 뒤에 책문이 활짝 열렸다. 봉성장군鳳城將軍과 책문어사柵

門御史가 금방 와서 가게에 앉아 있다 한다. 여러 되놈들이 책문이 메이게 나와서, 다투어 방물과 개인의 짐보따리의 무게를 가늠해 본다. 대체로 이곳에서부터는 으레 되놈의 수레를 세 내어 짐을 운반하게 마련이다.

그들은 사신이 앉아 있는 곳에 와서는 담뱃대를 물고 힐끗힐끗 쳐다보더니 손가락으로 가리키면서 저희들끼리,

"저 사람이 왕자인가?"

하고 중얼거린다. 이는 임금의 친족으로 정사가 된 사람을 왕자라 고 칭하기 때문이다. 그 중에 잘 아는 자가,

"아니다. 저 머리 희끗희끗한 분이 부마 어른인데, 지난해에도 왔었다."

하고 부사를 가리키면서,

"저 수염 좋고 쌍학雙鶴 무늬 놓은 관복을 입은 분이 얼대인〔乙 大人〕이지."

하며 서장관을 보고는,

"산대인山大人인데, 모두 한림翰林 출신이오."

한다. 얼은 둘째요, 산은 삼으로 셋째이며, 한림 출신이란 곧 문관 을 가리키는 말이다.

때마침 시냇가에서 왁자지껄 다투는 소리가 나는데, 새 지저귀 는 소리와 같아서 한마디도 알아들을 수가 없었다. 급히 가보니 득룡이 뭇되놈들과 예물이 많고 적음을 다투고 있었다. 본디 예단 을 나누어 줄 때는 반드시 전례에 의거해서 하는 것임에도 불구

하고, 봉황성의 교활한 청나라 사람들은 꼭 명목을 덧붙여서 그 가짓수대로 채워주기를 강요한다.

이에 대해 처리를 잘하고 못하는 것은 모두 상판사上判事의 마두에게 달린 것이다. 만일 그가 일에 서투른 풋내기라든지 또 중국말이 능숙하지 못할 경우에는 그들과 시비를 따지지 못하고 그들이 요구하는 대로 줄 수밖에 없다. 금년에 한번 이렇게 해놓으면 명년에는 벌써 전례가 되기 때문에 기어코 아귀다툼을 해서라도 분명히 따져야 한다. 사신들은 이런 내용을 모르고 항상 책문에 들어가기에만 급급하여 반드시 역관을 재촉하고 역관은 또 마두를 재촉하여 그 폐단의 유래가 오래되었다.

상판사의 마두 상삼象三이 막 예단禮單[26]을 나누어 주려 하는데 되놈 1백여 명이 삥 둘러섰다. 그 중 한 놈이 갑자기 고함을 치며 상삼을 욕하자, 득룡이 수염을 쓱 쓰다듬고 눈을 부릅뜬 채 내달아서 그의 멱살을 움켜잡고 주먹을 휘둘러 곧 때리려는 시늉을 하며, 뭇청인들을 보고,

"이 뻔뻔스럽고 무례한 놈 봐라. 지난해에는 대담하게도 어른의 쥐털 목도리를 훔쳐가고, 또 그 다음해에는 어른께서 주무시는 틈을 타서 나의 허리에 찼던 칼을 뽑아 어른 칼집에 달린 술을 끊어 훔치고, 다시 내가 차고 있던 주머니를 훔치려다가 내게 들켜

---

26 선물의 목록 또는 그 선물을 말하기도 하는데, 여기서는 조선 사신이 가는 길에 청나라 관원에게 선사하는 선물을 말한다.

서 주먹 한 대에 톡톡히 경을 치지 않았나. 그때는 아주 백방으로 애걸복걸하면서 목숨을 살려주신 부모 같은 은인이라고 하던 놈이, 이번에는 오랜만에 오니까 혹시나 어른께서 네놈을 모르실 줄 알고 함부로 떠들고 야단이냐. 이런 쥐새끼 같은 놈은 봉성장군에게 끌고 가야겠다.”

하고 야단을 하니, 여러 되놈은 모두 용서해줄 것을 권했다.

특히 그 중에서 수염이 아름답고 옷을 깨끗이 입은 한 노인이 앞으로 나서더니, 득룡의 허리를 껴안고,

“형님, 제발 좀 참아주시오.”

하고 사정한다. 득룡은 그제야 노여움을 풀고 빙긋 웃으면서,

“내가 만일 동생의 안면을 보지 않는다면 이놈의 콧잔등이를 한 주먹 갈겨서 저 봉황산 밖에 던지고 말 텐데.”

하며 을러댄다. 그의 날뛰는 꼴이란 참으로 우습다. 판사 조달동趙達東이 마침 내 곁에 와 섰기에 아까 그 광경을 이야기하고 혼자서 보기에는 아깝더라고 하니 조군이 웃으면서,

“그야말로 살위봉법殺威棒法[27]이군요.”

한다. 조군이 득룡에게,

“사또께서 이제 곧 책문으로 들어가실 테니, 예단을 빨리 나누어 줘야지.”

하고 재촉하니, 득룡은 계속 “예이” 하며 짐짓 바쁜 척하고 서둔

---

[27] 십팔기十八技의 하나. 곧 도둑의 덜미를 먼저 잡는 방법.

다. 나는 일부러 그곳에 오래도록 서서 그 나눠 주는 물건의 목록을 자세히 보았더니, 매우 잡스러운 것들이었다.

뭇되놈들이 아무 소리 없이 받아가지고 가버리자 조군이,

"득룡은 수단이 참으로 능합니다. 그는 지난해에 휘항揮項[28]이며 칼이며 주머니 등을 잃어버린 일이 도무지 없답니다. 공연히 생트집을 잡아 그 중 한 놈만 꺾어놓으면, 그 나머지는 저절로 수그러져서 서로 돌아보고는 무료하게 물러서곤 하더군요. 만일 그렇게 하지 않았던들 사흘이 지나도 끝이 나지 않아 좀처럼 책문 안에 들어갈 가망이 없을 것입니다."

한다.

이윽고 군뢰가 와 엎드려,

"문상어사門上御史와 봉성장군이 수세청에 나와 계십니다."

하고 아뢴다. 그러자 삼사가 차례로 책문으로 들어간다. 장계는 전례대로 의주의 창군에게 부치고 돌아왔다.

이 문을 한번 들어서면 중국땅으로 고국의 소식이 이로부터 끊어진다. 섭섭한 마음에 동쪽 하늘을 바라보고 섰다가 한참 뒤에 몸을 돌려 천천히 책문 안으로 향했다.

길 오른편에 초가집 세 칸이 있는데 어사 · 장군 이하 아역衙譯에 이르기까지 반열을 나누어 의자에 걸터앉고, 수역 이하는 팔짱을 끼고 그 앞에 서 있었다.

---

28 머리에 쓰는 방한구의 한 가지. 남바위처럼 생겼다.

사신이 이에 이르면 마두가 하인을 호통하여 가마를 멈추고 잠시 말을 쉬게 하여 마치 행차를 중지하려는 것같이 하다가 이내 재빨리 달려서 그곳을 통과한다. 부사와 서장관도 이와 같이 하여 마치 서로 구원하는 듯한 모양이 하도 우스워 허리를 잡을 지경이었다. 비장이나 역관들은 모두 말에서 내려 걸어서 지나가는데, 변계함卞季涵만이 말을 탄 채로 그냥 지나간다. 그러자 말석에 앉은 한 청인이 갑자기 조선말로,

"여보 왜 그리 무례하오. 어른 몇 분이 여기 앉아 계시는데 외국의 수행원이 어찌 이렇게 당돌하단 말이오. 사신께 빨리 고해서 볼기를 쳐야겠구만."

하고 고함을 지른다. 그 소리는 비록 크고 거세나 혀가 굳고 목이 꺽꺽하여 마치 어린아이가 어리광을 부리는 소리나 주정꾼이 노닥거리는 소리와 같았다. 이 사람은 호행통관護行通官 쌍림雙林이었다. 그러자 수역이 얼른 대답하기를,

"이 사람은 우리 나라 어의인데 처음 길이라 실정을 잘 몰라서 그런 것이며, 또 어의란 국명을 받아 정사를 보호하는 직분이므로 정사께서도 그를 마음대로 다룰 수 없는 처지입니다. 여러 어른들께서는 위로 황제께서 우리 나라를 사랑하시는 마음을 본받으시어 깊이 따지지 않으신다면, 대국의 넓은 도량을 더욱 잘 알 것입니다."

하니, 그들은 모두 머리를 끄덕이고 빙그레 웃으면서,

"그렇소, 그래."

한다. 그러나 쌍림만은 눈을 부라리고 소리를 지르는 것이, 아직 노여움이 덜 풀린 모양이었다. 수역이 나를 보고 그만 가자고 눈짓을 한다. 길에서 변군을 만났더니 변군이,

"큰 욕을 보았어."

한다. 나는,

"볼기 둔臀자를 잘 생각해봐."

하고, 한바탕 웃었다. 그와 나란히 가면서 구경하는데 가끔 감탄의 소리가 절로 나왔다.

책문 안의 인가는 2, 30가구에 지나지 않으나 모두 웅장하고 널찍했다. 짙은 버들 그늘 속에 푸른 주기酒旗가 공중에 솟아 나부긴다. 변군과 함께 그곳을 들어가보니 조선 사람이 그 안에 가득했다. 맨종아리며 민둥한 살쩍에 걸상을 가로타고 앉아 떠들던 그들은 우리를 보고는 모두 피하여 밖으로 빠져나가버린다. 주인이 화를 내어 변군을 가리키면서,

"눈치도 없는 저 벼슬아치가 남의 영업을 방해하는군."

하고 투덜거린다.

그러자 대종戴宗이 주인의 등을 어루만지며,

"형님, 잔소리할 것 없소. 두 어른은 한두 잔만 자시면 곧 나가실 텐데 그런 망나니들이 어찌 제멋대로 걸상을 타고 앉아 있을 수 있겠소. 잠시 피한 것이니 그들이 곧 다시 돌아오면, 이미 마신 술값은 치를 것이고 채 못 마신 술은 다시 흉금을 터놓고 마실 것입니다. 그러니 형님은 마음놓고 우선 술 넉 냥만 부으시오."

하니 주인이 그제야 웃는 얼굴로,

"동생, 지난해에도 보지 않았소. 야단법석을 떠는 바람에 이 망나니들이 모두 먹기만 하고는 뿔뿔이 사라져버려 술값 받을 데가 있었어야지요."

한다. 대종은 다시,

"형님, 염려 마시오. 이 어른들이 자시고 곧 일어나시면, 내가 기어코 그들을 모두 이리로 몰고 와서 술을 사게 할 테니."

하자 주인은,

"그러시오. 그러면 두 분이 합해서 넉 냥으로 하실까요, 아니면 각기 넉 냥으로 하실까요."

한다. 대종은,

"따로따로 넉 냥씩 부으시오."

하자, 변군이 나무라면서,

"넉 냥어치 술을 누가 다 마신단 말이냐."

하니, 대종이 웃으면서,

"넉 냥이란 돈을 말한 것이 아니고 술 무게를 말한 것입니다."

한다.

그리고 보니 탁자 위에 벌여놓은 술잔이 한 냥에서 열 냥까지 제각기 그릇이 다르다. 모두 놋쇠와 주석으로 만들었는데, 빛깔을 내어서 마치 은빛처럼 번쩍번쩍한다. 넉 냥 술을 청하면 넉 냥들이 잔으로 부어주니, 술을 사는 이가 그 많고 적음을 따질 필요가 없다. 그 간편하기가 이와 같다. 술은 모두 백소로白燒露인데, 맛

46

이 그리 좋지 못하고 취하자마자 금방 깬다.

그 주위의 진열해놓은 것을 둘러보니 모든 것이 고르고 단정하여, 한 가지 일이라도 구차스럽게 미봉해놓은 법이 없고 물건 한 가지라도 어지럽게 늘어놓은 것이 없었다. 심지어는 외양간이나 돼지우리까지도 모두 법도 있게 제 곳에 위치해 있으며, 나뭇더미나 거름무더기까지도 보기 좋게 해놓은 품이 마치 그림 같았다. 아, 이러한 연후에 비로소 이용利用이라 할 수 있겠다. 이용이 있는 연후에 후생厚生이 될 것이요, 후생이 된 연후에야 정덕正德이 될 것이다. 이용이 되지 않고서 후생할 수 있는 경우는 드물 것이다. 생활이 제각기 넉넉하지 못한데, 어찌 그 마음을 바로 지닐 수 있겠는가.

정사의 행차가 이미 악씨鄂氏 성을 가진 사람의 집을 사처로 잡아 들어갔다. 주인은 신장이 7척에다 기개가 호탕하고 성격이 매서운 사람이었다. 그의 어머니는 나이 일흔에 가까우나 머리에 가득히 꽃을 꽂았고, 눈매가 아직도 아름다워 보인다. 그는 자손이 앞에 가득한 원만한 가정이라 한다.

점심을 먹고는 내원·정진사와 함께 구경을 나섰다. 봉황산은 이곳에서 6, 7리쯤밖에 되지 않는다. 그 전면을 바라보니 참으로 기이하고 뾰족해 보인다. 산속에는 안시성安市城의 옛터가 있어 성첩城堞[29]이 지금까지 남아 있다 하나 그건 그릇된 말이다. 삼면

---

29 성 위에 덧쌓은 낮은 담.

이 모두 깎아지른 듯하여 날으는 새라도 오를 수 없을 것 같고 오직 정남향 한쪽만이 좀 편평하나 그것도 주위가 수백 보에 지나지 않은 것으로 보아, 이런 탄알만한 작은 성에 그때의 대군이 오랫동안 머물러 있었다는 것은 말도 안 된다. 여기에 아마 고구려 때의 조그마한 보루가 있었을 것이다.

세 사람이 함께 큰 버드나무 밑에서 땀을 식히고 있었다. 바로 옆에 벽돌로 쌓은 우물이 있는데, 위에는 넓은 돌을 다듬어서 덮고 양쪽에 구멍을 뚫어서 겨우 두레박만 드나들게 만들어놓았다. 이는 사람이 빠지거나 먼지가 들어가지 않게 하기 위함이었고, 또 물의 본성은 음陰하기 때문에 태양을 가리워서 살아 있는 물을 보존하기 위함이었다. 우물 뚜껑 위에는 도로래를 만들어 양쪽으로 줄 두 가닥을 드리워놓았으며, 버들가지를 엮어서 둥근 그릇을 만들었는데 그 모양이 바가지 같으나 비교적 깊어서 한 편이 오르면 한 편이 내려가므로, 종일토록 물을 길어도 사람의 힘을 허비하지 않게 되어 있다. 물통은 모두 쇠로 테를 두르고 조그마한 못을 촘촘히 박은 것이다. 대나무로 만든 것은 오래 지나면 썩어서 끊어지기도 하거니와 통이 마르면 대나무 테가 저절로 헐거워서 벗겨지므로, 이렇게 쇠로 된 테로 메우는 것이 좋은 방법이다.

물을 길어가지고는 모두 어깨에 메고 다니는데, 이것을 편담扁擔이라 한다. 그 법은 팔뚝만큼 굵은 나무 하나를 길이가 한 길쯤이나 되게 잘라 다듬어서 그 양쪽 끝에 물통을 거는데, 물통이 땅으로부터 한 자쯤 떨어지게 하는 것이다. 이렇게 하면 물이 출렁

거려도 넘치지 않는다.

우리 나라에는 평양에만 이 법이 있는데, 그것도 어깨에 메지 않고 등에 지고 다니기 때문에 고샅길 같은 좁은 골목에서는 여간 거추장스럽지가 않다. 그러니 이렇게 어깨에 메는 법이 훨씬 편리할 것이다. 옛날에 포선鮑宣의 아내가 물동이를 들고 물을 길었다는[30] 대목을 읽다가 왜 머리에 이지 않고 손으로 들었을까 하고 의심을 했었는데, 이제 보니 이 나라 부인들은 모두가 머리에 쪽을 지은 것이 워낙 높아서 물건을 일 수 없음을 알겠다.

서남쪽은 탁 트여서 평원한 산과 담담한 물이 있었다. 우거진 버들에 그늘은 짙은데, 띠지붕과 듬성한 울타리가 숲 사이로 은은히 보이며, 가없이 푸른 방축 위에는 소와 양이 여기저기서 풀을 뜯고 있다. 멀리 강 다리에 행인들이 혹은 짐을 지고 또는 무엇을 끌고 가는 것을 바라보고 있노라니, 자못 길 가는 피로를 잊을 것만 같다.

동행한 두 사람은 새로 지은 불당을 구경하기 위하여 나만 남겨두고 가버렸다. 때마침 말 탄 사람 10여 명이 채찍을 휘두르며 달리는데, 모두 수놓은 안장에 재빠른 말들로 자못 의기가 양양했다. 그들은 내가 홀로 서 있는 것을 보고 고삐를 돌이켜 말에서 내려 서로 다투어 나의 손을 잡고 인사를 정답게 한다. 그 중에

---

30 한나라 때 포선의 아내 환씨桓氏가 부덕婦德이 훌륭하여 시집오자마자 물동이를 끼고 물을 길었다는 고사.

한 소년은 아주 미남이었다. 나는 땅에 글자를 써서 의사를 소통하고자 하였으나 그들은 모두 머리를 숙이고 가만히 들여다보며 고개를 끄덕일 뿐이었다. 이는 아마 무슨 말인지 몰라서 그랬던 것인 듯싶다.

비석이 둘 있는데 모두 푸른빛이 나는 돌이다. 하나는 문상어사門上御史의 선정비善政碑이고, 또 하나는 세관稅官 아무개의 선정비이다. 이들은 모두 만주 사람이고 이름이 넉 자이다. 비문을 지은 사람도 만주 사람이어서 글이나 글씨가 모두 옹졸하다. 다만 비석의 제도가 매우 아름다우면서도 공력과 경비가 매우 절약된 것이 본받을 만하다. 비석의 양쪽은 같지 않고 벽돌로 담을 쌓아 올려 비머리가 묻히게 하고 위에는 기와를 이어서 지붕을 만들었다. 이리하여 비석은 그 안에서 비바람을 피하게 되었으니, 일부러 비각을 세워서 비바람을 가리는 것보다 훨씬 나을 거라 생각했다.

비석 좌대에 새긴 거북과 비문의 양쪽 변두리에 새긴 패하霸夏[31]가 다 그 털끝을 셀 수 있을 만큼 정교하다. 이는 궁벽한 시골 백성들이 세운 것에 불과하지만, 그 치밀하고 고아한 품이 이루 말할 수 없다.

저녁때가 될수록 더위가 한결 더 기승을 부린다. 급히 사관으로 돌아와서 북쪽 들창을 높이 떠 괴고 옷을 벗고 누웠다. 뒷들이 편

---

31 짐승 이름.

평하게 넓은데, 파 · 마늘을 심어놓은 밭두렁이 금을 그은 듯이 곧고 방정하다. 오이 덕과 박 덩굴을 올린 시렁이 어지럽게 뜰을 덮고, 울타리 가에는 붉고 흰 촉규화와 옥잠화가 한창 막 피었고, 처마끝에는 석류 몇 그루, 팔선화 한 그루, 추해당 두 그루가 심어져 있었다. 주인 악군의 아내가 손에 대바구니를 들고 나와서 차례로 꽃을 딴다. 이는 저녁 화장에 쓰기 위해서이다.

창대가 술 한 그릇과 삶은 달걀 한 쟁반을 가지고 와 올리면서

"어디엘 가셨습니까. 저는 기다리느라고 죽을 뻔했습니다."

한다. 어리광을 떨며 제 충성을 나타내려는 모양이 밉살스럽기도 하고 우습기도 하나, 술은 내가 본디 즐기는 것이요, 더구나 찐 달걀 역시 좋아함에랴.

이날 30리를 갔다. 압록강에서는 여기가 1백20리 되는 곳이다. 우리 나라 사람은 여기를 책문이라 하고, 이곳 사람은 가자문架子門이라 하며, 중국 사람들은 변문邊門이라고 부른다.

28일, 아침에 안개가 끼었다가 늦게 개었다.

아침 일찍 변군과 함께 먼저 길을 떠났다. 대종이 멀리 큰 집을 가리키면서,

"저것은 통관 서종맹徐宗孟의 집입니다. 황성皇城에는 또한 저보다 더 큰 건물이 있었답니다. 종맹은 본래 탐욕스런 관리로 불법적인 행위가 많았고, 조선 사람의 고혈을 빨아서 큰 부자가 되었는데, 늘그막에 이 사실을 예부에서 알게 되어 황성에 있던 집

은 몰수당하고 이것만 그대로 남아 있답니다."

하고 또 한 군데를 가리키면서,

"저것은 쌍림의 집이고, 그 맞은편 대문은 문통관文通官의 집이
라 합니다."

한다. 대종은 말솜씨가 무척 민첩하고 능숙하여, 마치 오래 익혀
둔 글을 외듯 하였다. 그는 선천宣川 사람인데, 벌써 예닐곱 차례
나 연경을 드나들었다고 한다.

봉황성에 이르기까지는 30리 정도가 된다. 옷이 흠뻑 젖고, 길
가는 사람들의 수염에는 이슬이 맺혀 마치 볏모〔秧針〕에 구슬을
꿰어놓은 것 같다.

서쪽 하늘에 짙은 안개가 문득 트이며 한 조각 파란 하늘이 살
며시 나타난다. 영롱하게 구멍으로 비치는 것이 마치 작은 창에
끼어놓은 유리알 같다. 잠깐 동안에 안개는 모두 아롱진 구름으로
변하여 그 무한한 광경이란 이루 말할 수 없었다. 머리를 돌려 동
쪽을 바라보니, 이글이글 타는 듯한 한 덩이 붉은 해가 벌써 세
발쯤이나 올라왔다.

강영태康永太의 집에서 점심을 먹었다. 영태의 나이는 스물세
살로 자칭 기하旗下[32]라 하는데, 희고 아름다운 용모에 서양금西洋
琴을 잘 탄다.

"글을 읽었느냐?"

32 청나라 군대 제도의 하나. 팔기八旗에 소속된 장정이나 군인.

고 물으니 그는,

"벌써 사서四書를 외우긴 하였지만, 아직 강의는 하지 못하였습니다."

한다. 그들에게는 이른바 '글 외기'와 '강의하는 것'의 두 길이 있어서, 우리 나라에서 처음부터 음과 뜻을 겸해 배우는 것과는 다르다. 처음 배우는 사람은 그저 사서의 장구章句만 배워서 입으로 욀 뿐이고, 외는 것이 능숙해진 뒤에야 다시 스승에게서 그 뜻을 배우는 것을 강의라 한다.

설령 죽을 때까지 강의를 하지 못하였더라도 입으로 익힌 장구가 바로 그들이 매일매일 사용하는 표준어이기 때문에, 세계 어느나라의 말 가운데에서도 중국말이 가장 쉽다는 것이 또한 일리가 있다.

영태가 살고 있는 집은 매우 쇄락하고 화려하여, 여러 가지 기구가 모두 예전에 미처 못 보던 것들뿐이다. 방안에 깔아놓은 것은 모두 용과 봉황을 그린 담요이고, 걸상이나 의자에도 모두 비단 요를 펴놓았다. 뜰에는 시렁을 매고 가는 삿자리로 햇볕을 가리웠으며, 그 네 면에는 누른 발을 쳐놓았다. 앞에는 석류나무 대여섯 그루가 죽 놓였는데, 그 중 몇 그루에는 하얀 석류꽃이 활짝 피었다.

또 이상한 나무 한 그루가 있는데 잎은 마치 동백잎 같고 열매는 마치 탱자와 비슷하다. 그 이름을 물어보니 무화과라 한다. 열매가 모두 두 개씩 나란히 꼭지가 잇대어 열리고 꽃이 피지 않은 채 열매를 맺기 때문에 그렇게 이름지은 것이라 한다.

서장관 조정진趙鼎鎭이 찾아왔는데, 알고 보니 그가 나보다 다섯 살이나 위였다. 이어서 부사 정원시鄭元始도 찾아와서 먼 길에 괴로움을 같이한 정분을 털어놓는다.

김문순金文淳은,

"형이 이 길을 떠나신 줄 알면서도 우리 나라 지경이 무척 시끄러워 미처 찾아뵙지 못했습니다."

하고 사과한다. 나는,

"타국에 와서 이렇게 서로 알게 되니, 이역의 친구라고 할 만하군요."

하니, 부사와 서장관이 모두 크게 웃으면서,

"모르겠습니다. 어떤 곳이 이역이 될는지는요."

한다.

부사는 나보다 두 살 위다. 우리 조부님과 부사의 조부님과는 일찍이 같은 동문에서 과거공부를 했으므로 아직까지 『동연록同研錄』[33]이 보존되어 오는 사이다. 조부께서 경조당상京兆堂上[34]으로 계실 때에 부사의 조부님께서는 경조랑京兆郎으로 계시면서 우리 집에 찾아오시어, 우리 조부님과 인사하고 서로 지난날 함께 공부한 일들을 이야기하셨다. 그때는 내가 여덟아홉 살쯤되었을

---

33 동문同門의 명단을 기록한 문헌.
34 한성부의 당상관이라는 뜻.

때인데, 옆에서 이런 이야기를 들었으므로 대대로 교분이 있음을 알겠다. 서장관이 흰 석류꽃을 가리키면서,

"일찍이 이런 것을 본 일이 있소?"

하고 묻기에 나는,

"아직껏 본 적이 없소."

하고 대답하니 서장관은,

"내가 어렸을 때에는 우리 집에만 이런 석류가 있었고 전국 어느 곳에서도 이런 종류가 없었는데, 도대체 이 석류는 꽃만 피고 열매는 맺지 않는다더군요."

한다.

그들과 대략 이런 환담을 마치고는 일어섰다. 강을 건너던 날에는 우거진 갈대 속에서 비록 서로 얼굴을 알았으나 이야기를 주고받을 겨를이 없었고, 또 이틀 동안 책문 밖에서 천막을 나란히 하고 노숙을 하였으나, 역시 서로 만날 기회가 없었으므로 이제 이렇게 이역이니 하면서 농지거리를 한 것이다.

점심때가 아직도 멀었다기에 그냥 기다릴 수 없어서 배고픈 것을 참고 구경을 나섰다. 처음엔 오른편 작은 문으로 들어왔기 때문에 이 집이 얼마나 웅장하고 사치스러운지를 몰랐다. 이제야 앞문으로 나가보니, 바깥 뜰이 수백 칸이나 되어 세 사신과 그 부하들이 다 함께 이 집에 들었건만 어느 곳에 들었는지 알 수가 없을 지경이다. 우리 일행만 거처하고도 남음이 있을 뿐 아니라 오가는 장사꾼들이나 나그네들이 끊일 사이 없고, 또 수레가 20여 대나

문이 그득하게 들어온다. 그 수레마다 말과 노새가 대여섯 마리씩이나 되었지만 떠드는 소리라고는 조금도 없고, 깊이 간직해둠으로써 텅 빈 것처럼 조용하다. 대개 배치해놓은 모든 것이 제대로 규모가 있어서 서로 거리끼는 일이 없다. 밖으로 보아서 이러하니 속속들이 세세한 것은 말할 나위도 없을 것이다.

천천히 걸어서 문밖으로 나섰다. 그 번화하고 사치스러움이 비록 연경인들 이보다 더할 수 있을까 싶다. 중국이 이처럼 번영된 나라인 줄은 참으로 뜻밖이었다. 길 좌우에 즐비하게 늘어선 노점들은 모두 아로새긴 들창에 비단 장막을 드리운 문, 그림을 그린 기둥, 붉게 칠한 난간, 푸르게 단장한 주련柱聯[35] 그리고 황금 빛깔의 현판 등이 눈부시게 찬란하다. 그 안에 펼쳐놓은 것은 모두 그 나라의 진기한 물건들이다. 변문의 보잘것없는 이 땅에 이처럼 정치하고 아담한 취향이 있었다니……

또 한 집에 들어가니, 그 웅장하고 화려함이 아까 본 강씨의 집보다도 더 호화로우며 그 규모는 대략 같다. 무릇 집을 짓는 데는 반드시 수백 보의 터를 마련한 다음, 길이와 넓이를 알맞게 잡고 사면을 반듯하게 깎아서 측량기로 높고 낮음을 재고 나침반으로 방위를 잡은 다음에 대臺를 쌓는데, 대의 밑은 돌을 깔고 그 위에는 혹 1층이나 2층 또는 3층을 모두 벽돌로 쌓고, 다시 돌을 다듬어서 대를 장식한다.

---

35 기둥이나 바람벽 등에 장식으로 그림이나 글씨를 써넣어 걸치는 물건.

그리고 그 위에 집을 세우는데, 모두 한 일자로 하여 구부러지게 하거나 잇달아 붙여 짓지 않는다. 첫째가 내실內室이고, 그 다음이 중당中堂, 셋째는 전당前堂, 넷째는 외실外室이다. 외실 밖은 한길이므로 점방이나 시장 가게로 쓴다. 당마다 좌우에 각기 방이 하나씩 있으니, 이것이 곧 행랑과 재방齋房이다.

집 한 채의 길이는 대략 6영楹 내지 8영·10영·12영으로 되어 있고, 기둥과 기둥 사이는 매우 넓어서 대략 우리 나라의 보통집 두 칸 간격에 해당한다. 그리고 재목에 따라 길게 하거나 짧게 하지 않고 또한 마음대로 넓히거나 좁히지 않으며, 꼭 자로 재어서 간가間架[36]를 정한다. 집은 모두 들보를 다섯이나 일곱으로 하여 땅바닥에서 용마루까지 그 높이를 따져보면, 처마는 한 중간쯤 있게 되므로 물매가 매우 싸서 마치 병을 거꾸로 세운 것처럼 가파르다.

집 좌우의 후면은 부연婦椽[37]이 없이 벽돌로 담을 쌓는데 서까래가 거의 보이지 않을 정도로 집 높이만큼 가지런하게 쌓아 올린다. 동서의 양쪽 담벽에는 각기 둥근 창구멍을 뚫고, 남쪽에 모두 문을 내며, 그 중 한가운데 한 칸을 드나드는 문으로 쓰는데, 반드시 앞뒤가 꼭 맞서게 하였으므로 집이 서너 겹일 경우 문은 여섯 겹 또는 여덟 겹이나 되어도 활짝 열어젖히면 안채로부터

---

36 집의 칸살의 얽이.
37 들연 끝에 덧얹은 짧고 네모진 서까래. 며느리서까래.

바깥채에 이르기까지 문이 마치 화살처럼 똑바르다. 그들이 말한,

"저 곁문을 활짝 여니 내 마음을 통하게 하는구나."

라는 것은, 그 곧고 바름을 여기에 견주어 한 말이다.

길에서 삼품 당상역관 동지同知 이혜적李惠迪을 만났다. 이군이 웃으면서,

"궁벽한 시골 구석에 무어 볼 만한 게 있겠습니까?"

하기에 나는,

"연경인들 이보다 나을 수 있겠어요."

하였더니 이군은,

"그렇습니다. 비록 크고 작고 호화스럽고 검소한 구별은 있겠지만, 그 규모는 거의 한가지입니다."

한다.

무릇 집을 짓는 데 있어 그들은 온통 벽돌만을 사용한다. 벽돌의 길이는 한 자, 넓이는 다섯 치여서, 둘을 가지런히 놓으면 정사각형이 되고 두께는 두 치이다. 한 기계에서 찍어낸 벽돌이지만, 귀가 떨어져나간 것이나 모서리가 이지러진 것은 못 쓰며, 바탕이 뒤인 것도 못 쓴다. 만일 벽돌 하나라도 이런 원칙을 어기고 그냥 쓰면 그 집 전체가 잘못되고 만다. 이러므로 같은 기계로 찍어낸 벽돌이지만 그 중에 혹 잘못된 것이 있을까 염려하여, 반드시 기역자자로 재고 자귀로 깎고 돌로 다듬어서 애써 가지런히 하여, 그 벽돌 개수가 아무리 많아도 한 금으로 그은 듯이 정확하다.

쌓는 법으로 말하자면, 한 계단은 세로, 한 계단은 가로로 놓아

서 저절로 감(☵)괘와 이(☲)괘가 이룩된다. 그 틈서리에는 석회를 이겨서 마치 종이처럼 얇게 바르는데, 이는 두 벽돌 사이가 겨우 붙을 정도여서 그 흔적이 마치 실낱 같아 보였다. 회를 이길 때는 굵은 모래도 섞지 않고 진흙도 꺼린다. 모래가 굵으면 붙지 않고 진흙이 들어가면 갈라지기 쉬우므로 반드시 검고 부드러운 흙을 회와 섞어 이겨서 하기 때문에 그 빛깔이 거무스름하여 마치 새로 구워 내놓은 기와 같다. 대개 그 특성은 진흙도 쓰지 않고 모래도 쓰지 않으며, 또 그 빛깔이 순수함을 취할 뿐만 아니라 거기다가 어저귀 같은 삼 따위를 터럭처럼 가늘게 썰어 섞는다. 이것은 마치 우리 나라에서 초벽하는 흙에 말똥을 섞는 것과 같은데, 이는 질겨서 갈라지지 않게 하기 위함이다. 또 동백기름을 타서 젖처럼 번드럽고 미끄럽게 하는데, 이는 잘 붙어서 떨어지거나 금이 가는 것을 예방하기 위함이다.

기와를 이는 법은 더구나 본받을 만한 것이 많다. 기와의 모양은 마치 동그란 통대를 네 쪽으로 쪼개놓은 것과 같고, 그 크기는 흡사 두 손바닥을 펴놓은 것만하다. 일반 민가에서는 짝기와를 쓰지 않고, 서까래 위에는 산자橵子[38]를 엮지 않고 삿자리 몇 겹씩만 펼 뿐이며, 삿자리 위에는 진흙을 얹지 않고 곧장 기와를 인다. 한 장은 엎고 한 장은 뒤집어서 암키와와 수키와가 서로 맞게 하고 그 틈서리는 또한 한층 한층 비늘진 데까지 온통 회로 발라붙여

---

38 서까래 위에 흙을 받기 위해 나뭇개비나 수수깡을 가로로 펴고 엮는 것.

때운다. 이렇게 하기 때문에 쥐와 새가 지붕을 뚫는 폐단이나, 가장 염려되는 위가 무겁고 아래가 허한 것 등의 폐단이 저절로 없게 된다.

우리 나라의 기와 이는 법은 이와는 아주 달라서, 지붕에는 진흙을 잔뜩 올리기 때문에 위가 무겁고 바람벽은 벽돌로 쌓지 않기 때문에 네 기둥이 의지할 데가 없어 아래가 허하게 된다. 기왓장은 너무 크고 굽어 있기 때문에 저절로 빈 곳이 많아져서 진흙으로 메우지 않을 수 없다. 무거운 진흙이 내리누르므로 기둥이 휘어지는 폐단이 생기고 젖은 흙이 마르면 기와 밑이 저절로 떠서 비늘진 곳이 물러나며 틈새가 생기게 된다. 이리하여 바람이 들고, 비가 새고, 쥐가 서식하고, 뱀이 서리고, 고양이가 뒤적이는 등 폐단을 면치 못하는 것이다.

아무튼 집을 짓는 데는 벽돌의 공이 가장 크고, 꼭 높은 담장을 쌓는 데만 필요한 것이 아니라 집 안팎 어느 곳을 막론하고 쓰이지 않는 곳이 없다. 저 넓고 넓은 뜰에도 보이는 곳마다 번듯번듯하게 마치 바둑판을 그린 것처럼 쌓아놓았다.

지붕이 벽을 의지하므로 위는 가볍고 아래는 튼튼하며, 기둥은 벽 속에 들어 있어서 비바람을 맞지 않는다. 그러므로 불이 번질 염려가 없고, 도둑이 뚫고 들어올 염려도 없으며, 더구나 새·쥐·뱀·고양이 같은 놈들의 걱정이야 있을 수 없다. 한가운데 문 하나만 닫으면 저절로 굳은 성벽이 이룩되어 집안에 있는 모든 물건은 궤 속에 간직한 셈이 된다. 이로 본다면, 많은 흙과 나무를 들이지도 않고, 번거롭게 못질과 흙손질을 구태여 할 필요도 없이, 벽돌만 구워놓으면 집은 벌써 이룩된 것이나 다름없다.

때마침 봉황성을 새로 쌓는데 어떤 사람이,

"이 성이 곧 안시성이다."

한다.

고구려시대 방언에 큰 새를 '안시'라 하니, 지금도 우리 시골말에 봉황을 '황새'라 하고 뱀을 '배암[白巖]'이라 한 것으로 보아,

"수·당 때에 이 나라 말을 따라 봉황성을 안시성으로, 사성蛇城을 백암성白巖城으로 고쳤다."

는 전설이 자못 그럴싸하기도 하다. 또 예로부터 전하는 말에,

"안시성주 양만춘楊萬春이 당 태종의 눈을 쏘아 맞히자 태종이 성 아래에 군사를 집합시켜 시위하고 양만춘에게 비단 1백 필을 하사하여, 그가 제 임금을 위하여 성을 굳게 지키는 것을 가상하게 여겼다."

한다. 그러므로 삼연三淵 김창흡金昌翕이 연경에 가는 그의 아우 노가재老稼齋 김창업金昌業에게 보낸 시에,

천추에 크나큰 담략 우리 양만춘
용 수염 범 눈동자 한 살로 떨어뜨렸네

千秋大膽楊萬春　　箭射虯髯落眸子

라 하였고 목은牧隱 이색李穡의 「정관음貞觀吟」에는,

주머니 속 미물이라 하잘것없이 여겼으니
검은 꽃이 흰 날개에 떨어질 줄 어이 알랴

爲是襄中一物爾   那知玄花落白羽

라 하였으니, '검은 꽃'이란 눈을 말한 것이고, '흰 날개'란 화살을
뜻한다.

　이 두 노인이 읊은 시는 반드시 우리 나라에서 옛날부터 전해
내려온 이야기에서 나온 것일 게다. 당 태종이 천하의 군사를 징
발하여 하찮은 이 탄알만한 작은 성을 함락시키지 못하고 황급히
군사를 돌이켰다는 것은 그 사실이 의심스럽다. 그런데 김부식金
富軾은 다만 옛글에 그의 성명이 전하지 않았음을 애석히 여겼을
뿐이다. 대체로 김부식이 『삼국사기』를 지을 때에 중국의 사서史
書에서 한 번 골라 베껴내어 모든 사실을 그대로 인정하였고, 또
당나라 유공권柳公權의 소설을 인용하여 당 태종의 포위된 사실을
입증까지 하였으나, 『당서唐書』와 사마광司馬光의 『통감通鑑』에는
모두 기록되지 않았으니, 이는 아마 그들이 중국의 수치를 감안하
여 숨긴 것이 아닌가 싶다. 그러나 우리 본토에서 옛날부터 전해
내려오는 사실까지 단 한마디도 쓰지 못했으니, 미더운 사실이건
아니건 간에 모두 빠뜨리고 말았던 것이다. 나는,

"당 태종이 안시성에서 꼭 눈을 잃었는지는 상고할 길이 없으나 대체로 이 성을 '안시'라고 한 것은 잘못이라고 본다.『당서』를 상고해보면, 안시성은 평양의 거리가 5백 리요, 봉황성은 왕검성王儉城이라고도 하였고,『지지地志』에는 봉황성을 평양이라 하기도 한다고 하였으니, 이는 무엇으로 이름한 것인지 모르겠다. 또 『지지』에 옛날 안시성을 개평현蓋平縣의 동북쪽 70리에 있다고 하였는데, 대체로 개평현에서 동으로 수암하秀巖河까지가 3백 리이고, 수암하에서 다시 동으로 2백 리를 가면 봉황성이다. 그러니 만일 이 성을 옛 평양이라고 한다면『당서』에 이른바 5백 리라는 말과 서로 부합된다."

고 여긴다. 그런데 우리 나라 선비들은 단지 지금의 평양만 알고 있으므로, 기자箕子가 평양에 도읍했다 하면 지금의 평양으로만 믿고, 정전井田이 평양에 있다 하면 또한 지금의 평양으로만 믿으며, 기자묘가 평양에 있다 하면 역시 지금의 평양으로만 믿어서, 만일 누가 봉황성이 곧 평양이라고 한다면 크게 놀랄 것이다. 더구나 요동에도 하나의 평양이 있었다고 하면, 이는 해괴한 말이라고 나무랄 것이다.

그들은 아직 요동이 본디 조선의 땅이며, 숙신肅愼·예穢·맥貊·동이東夷의 여러 나라가 모두 위만의 조선에 예속되었던 것을 모르고, 또 오랄烏剌·영고탑寧古塔·후춘後春 등지가 본디 고구려의 옛 땅임을 모른다.

아, 후세 사람들이 이러한 경계를 밝히지 않고 무턱대고 한사군을 모두 압록강 이쪽에다 몰아넣어서 억지로 사실을 끌어다 맞추어 구구하게 분배하고 또는 패수浿水를 그 속에서 찾는데, 압록강을 가리켜 패수라 하고 혹은 청천강을 패수라 하며 혹은 대동강을 패수라 한다. 이리하여 조선의 강토는 싸우지도 않고 저절로 줄어들었다. 무엇 때문일까. 평양을 한 곳에 정해놓고는 그때그때의 사정에 따라 패수의 위치를 앞으로 내고 뒤로 물리고 했기 때문이다.

나는 일찍이 한사군의 땅은 요동에만 있는 것이 아니고 틀림없이 여진女眞에까지 들어간 것이라고 했다. 왜냐하면 『한서漢書』의 「지리지」에 현도와 낙랑은 있으나 진번과 임둔은 보이지 않기 때문이다.

대체로 한나라 소제昭帝의 시원始元[39] 5년에 한사군을 합하여 2부府로 하고, 원봉元鳳[40] 5년에 다시 2부를 2군으로 고쳤다. 현도 세 고을 중에 고구려현이 있고, 낙랑 스물다섯 고을 중에 조선현이 있으며, 요동 열여덟 고을 중에 안시현이 있다. 다만 진번은 장안長安에서 7천 리에 있고, 임둔은 장안에서 6천1백 리에 있다. 김윤金崙[41]이 이른바,

"우리 나라 지경 안에서는 이 고을들을 찾을 수 없으니, 틀림없

---

39 기원전 86~81.
40 한나라 소제의 연호. 기원전 80~75.
41 조선 세조 때의 학자.

이 지금 영고탑 등지에 있었을 것이다."

고 한 말이 옳다. 이로 본다면 진번·임둔은 한나라 말에 바로 부여·읍루·옥저에 들어간 것인데, 부여가 다섯이고 옥저가 넷이던 것이 어떤 것은 변하여 물길勿吉이 되고, 어떤 것은 말갈이 되고, 어떤 것은 발해가 되고, 어떤 것은 여진으로 된 것이다. 발해의 무왕武王 대무예大武藝가 일본의 성무왕聖武王에게 보낸 답서 중에,

"고구려의 옛터를 회복하고, 부여의 옛 풍속을 물려받았다."
하였으니, 이로 미루어보면 한사군의 절반은 요동에, 절반은 여진에 걸쳐 있어 서로 포괄되어 있었으니, 이것이 본디 우리 강토 안에 있었음을 더욱 입증할 만하다.

그러나 한대 이후로 중국에서 말하는 패수가 어딘지 일정하지 않고, 또 우리 나라 선비들은 반드시 지금의 평양으로 표준을 삼아 이러니저러니하며 패수의 자리를 찾는다. 이는 다름아니라 옛날 중국 사람들은 무릇 요동 이쪽의 강을 모두 패수라 하였으므로 그 이수〔程里〕가 서로 맞지 않고 사실이 많이 어긋나기 때문이다. 그러므로 고조선과 고구려의 옛 지경을 알려면 먼저 여진을 우리 국경 내지로 치고, 다음에는 요동에 가서 패수를 찾아야 할 것이다. 그리하여 패수가 일정해져야만 강역이 밝혀지고, 강역이 밝혀져야만 고금의 사실이 부합될 것이다. 그렇다면 봉황성을 과연 틀림없는 평양이라고 할 수 있을까? 이곳도 혹 기씨箕氏·고씨高氏 등이 도읍한 곳이라면, 이곳 역시 하나의 평양이라고 할 수

있을 것이다. 『당서』「배구전裵矩傳」에,

"고려는 본디 고죽국孤竹國이다. 주나라에서 여기에 기자를 봉하였는데, 한나라에 이르러 4군으로 나누었다."

하였으니, 고죽국이란 지금의 영평부永平府에 있으며, 또 광녕현廣寧縣에는 옛적에 기자묘가 있어 후관冔冠[42]을 쓴 소상을 앉혀놓았는데, 명나라 가정嘉靖[43] 연간에 병화에 의해 불타버렸다고 한다. 광녕을 어떤 이들은 평양이라고도 부른다. 『금사金史』와 『문헌통고文獻通考』에는 다 같이,

"광녕과 함평咸平은 모두 기자의 봉지封地이다."

하였으니, 이로 미루어본다면 영평·광녕의 사이가 하나의 평양이다. 『요사遼史』에는,

"발해의 현덕부顯德府는 본디 조선땅으로, 기자에게 봉한 평양성이던 것을 요가 발해를 쳐부수고 동경東京이라 고쳤으니, 이곳이 곧 지금의 요양현遼陽縣이다."

하였으니, 이로 미루어본다면 요양현도 하나의 평양이다. 나는, '기씨가 맨 처음 영평·광녕의 사이에 있다가 나중에 연나라의 장군 진개秦開에게 쫓기어 땅 2천 리를 빼앗기고는 마치 중국의 진晉·송宋이 남쪽으로 내려왔던 것처럼 차츰 동쪽으로 옮겨갔다. 그리하여 머무는 곳마다 평양이라 하였으니, 지금 우리 대동강 기

---

42 은나라의 관 이름.

43 세종의 연호. 1522~1566.

슭에 있는 평양도 곧 그 중의 하나'라고 생각한다.

저 패수도 이 경우와 마찬가지다. 고구려의 지경이 때로 늘기도 하고 줄기도 하였으니, 패수란 이름도 따라 옮기는 것이 마치 중국의 남북조시대에 주·군의 이름이 서로 바뀐 것과 같다.

그런데 지금의 평양을 평양이라고 하는 이는 대동강을 가리켜 "이 물은 패수다" 하고, 평양과 함경도 사이에 있는 산을 가리켜 "이 산은 개마대산蓋馬大山이다" 하며, 요양을 평양이라고 하는 이는 헌우락수蓒芋濼水를 가리켜 "이 물은 패수다" 하고, 개평현에 있는 산을 가리켜 "이 산이 개마대산이다"라고 한다.

그 어느것이 옳은지 알 수는 없지만, 그러나 반드시 지금의 대동강을 패수라고 하는 이는 자기의 강토를 스스로 줄여서 말한 것이다.

당나라 의봉儀鳳[44] 2년에 고려왕 장高麗王藏[45]을 요동주 도독遼東州都督으로 삼았다가 조선왕을 봉하여 요동으로 돌려보내고, 곧 안동도호부를 신성新城에 옮겨서 이를 통할하였다. 이로 미루어보면, 요동에 있던 고씨의 강토를 당나라에서 비록 정복하기는 했으나 이를 소유하지 못하고 고씨에게 다시 되돌려주었던 것이니 평양은 본디 요동에 있었던 것을 어쩌다가 이곳에서 잠시 이름을 빌려 씀으로 말미암아 패수와 함께 수시로 들쑥날쑥하였을 뿐이

44 고종의 연호. 676~678.
45 고구려의 보장왕寶藏王.

었다. 그리고 한의 낙랑군 관아가 평양에 있었다고 하나 이는 지금의 평양이 아니고 곧 요동의 평양을 말한 것이다.

그 후 고려 때에 이르러서는 요동과 발해의 모든 영토가 모두 거란의 소유가 되었다. 따라서 겨우 자비령慈悲嶺과 철령鐵嶺의 경계만 삼가 지키고, 선춘령先春嶺과 압록강마저도 버리고 돌아보지 않았으니, 그밖에야 한 발자국인들 돌보았겠는가.

고려는 비록 안으로 삼국을 합병하였으나 그의 강토와 무력이 고씨의 강성함에는 결코 미치지 못하였는데, 후세의 옹졸한 선비들이 부질없이 평양의 옛이름을 그리워하여 한갓 중국의 사전史傳만을 믿고 흥미진진하게 수·당의 구적舊蹟을 이야기하면서,

"이것은 패수요, 이것은 평양이오."

한다. 그러나 벌써 사실과 어긋났음은 이루 말할 수 없는데, 이 성이 안시성인지 봉황성인지를 어떻게 분간할 수 있겠는가.

성의 둘레는 3리에 지나지 않으나 벽돌로 수십 겹을 쌓았다. 그 제도가 웅장하고 화려하며, 네모가 반듯하여 마치 네모 말[斗]을 놓아둔 것처럼 보인다. 지금 겨우 반쯤밖에 쌓지 않아서 그 높고 낮음은 비록 예측할 수 없지만, 성문 위 다락 세울 곳에 구름다리를 놓아 허공에 높이 떠 있다. 그 공사는 비록 거창한 듯하나 여러 가지 기계를 이용해 아주 편리하게 작업이 되고 있었다. 벽돌을 나르고 흙을 실어오고 하는 데 있어서도 모두 기계가 움직이고 수레바퀴가 굴러 위로부터 끌어올리기도 하고 또는 저절로 밀기도 하고 가기도 한다. 비록 그 법은 일정하지 않으나 모두 일은

간단하면서 공로는 배나 되는 기술이다. 그 어느 하나 본받지 않을 것이 없으나 갈 길이 바빠서 골고루 구경할 수 없을 뿐만 아니라 설사 하루 종일 두고 자세히 구경한다 할지라도 갑자기 배울 수 없는 일이니, 참으로 한스럽다.

식후에 변계함·정진사와 함께 먼저 떠났다. 강영태가 문밖에까지 나와서 읍하며 전송하는데 자못 석별의 정을 감추지 못한다. 그는 또 돌아올 때면 겨울이 될 것이니 책력 하나씩을 사다달라고 부탁한다. 나는 그에게 청심환 한 개를 내어주었다.

한 점포 앞을 지나다 보니 한쪽에 금으로 '당當'자를 쓴 패牌가 걸려 있는데, 그 곁에는 '유군기부당惟軍器不當'[46]이란 다섯 글자가 씌어 있었다. 이곳은 전당포다. 예쁘장하게 생긴 청년 두세 명이 그 안에서 뛰어나와 길을 막아서며, 잠깐만 땀을 식히고 가라한다.

모두 말에서 내려 따라 들어가보니, 그 모든 시설이 아까 본 강씨의 집보다도 훨씬 더 훌륭하였다. 뜰 가운데는 큰 화분 두 개가 놓여 있고, 그 속에는 서너 대의 연꽃이 심어져 있으며, 오색 붕어를 기르고 있었다. 한 청년이 손바닥만한 작은 비단 그물을 가져와서 작은 항아리쪽으로 가더니, 빨간 벌레 몇 마리를 떠다가 화분 속에 띄운다. 그 벌레는 깨알같이 작으며 모두 꼬물꼬물 움직였다. 청년이 다시 부채로 화분의 가장자리를 두들기면서 고기를

---

46 군기만 전당 잡지 않는다는 뜻.

부르니, 고기가 모두 물위로 나와 물을 머금고 거품을 뿜는다.

마침 때가 한낮이라 불볕이 머리를 쬐어서 숨이 막혀 더 오래 머물 수 없으므로 드디어 길을 떠났다. 정진사와 함께 앞서거니 뒤서거니 하며 가다가, 나는 정진사에게,

"그 성 쌓은 방식이 어떠한가?"

하고 물었다. 정진사는,

"벽돌이 돌만 못한 것 같아요."

하고 대답한다. 나는 또,

"자네가 모르는 말일세. 우리 나라의 석곽 제도는 벽돌을 쓰지 않고 돌을 쓰는 것이 잘못일세. 무릇 벽돌로 말하자면 한 개의 네모진 기계에서 박아내면 1만 개의 벽돌이라도 다 똑같을 것이니, 다시 깎고 다듬는 공력을 허비하지 않을 것이요, 아궁이 하나만 구워놓으면 1만 개의 벽돌을 앉은자리에서 얻을 수 있으니, 일부러 사람을 동원해서 나르고 어쩌고 하는 수고도 없을 것 아닌가. 또는 모두가 고르고 반듯하여 힘은 작게 들고 공은 배나 되며, 가벼워서 나르기 쉽고 쌓기 쉬운 것이 벽돌만한 게 없네.

돌로 말하자면, 산에서 떠낼 때 몇 명의 석수가 들어야 하며, 수레로 운반할 때에 몇 명의 인부를 써야 하고, 이미 날라다놓은 뒤에도 몇 명의 손이 가야 깎고 다듬을 수 있으며, 다듬어내는 데까지 또 며칠을 허비해야 할 것이고, 쌓을 때도 돌 하나하나를 놓는 데 몇 명의 인부가 들어야 하네. 이리하여 비탈을 깎고 돌을 입히니, 이야말로 흙의 살에 돌옷을 입혀 놓은 것이어서 겉으로 보기

70

에는 뼛질하나 속은 실로 고르지 못하는 법일세. 돌은 본디 울퉁불퉁하여 고르지 못한 것이기에 조약돌로 항상 그 궁둥이와 발등을 괴며, 언덕과 성과의 사이에는 자갈에 진흙을 섞어서 채우므로, 장마를 한 번 치르고 나면 속이 텅 비고 배가 불러져서, 어쩌다 돌 하나가 튀어나와 빠질 경우 그 나머지는 모두 저절로 무너질 것은 너무나도 당연한 이치일세. 또 석회의 성질이 벽돌에는 잘 붙지만 돌에는 잘 붙지 않는 것일세.

내가 일찍이 박제가朴齊家와 함께 성의 제도를 논할 때에 어떤 이가 말하기를 '벽돌이 굳다 한들 어찌 돌을 당할까 보냐' 하자, 박제가가 소리를 버럭 지르며 '벽돌이 돌보다 낫다는 말이 어찌 벽돌 하나와 돌 하나를 두고 한 말이겠소' 하더군 그래. 이는 그야말로 움직일 수 없는 논의일세.

대부분 석회는 돌에 잘 붙지 않으므로 석회를 많이 쓰면 쓸수록 더 잘 터져버리며, 돌을 등지고 들떠 일어나기 때문에 돌은 항상 외톨로 돌아서 흙보다도 나을 것이 없네. 벽돌을 석회로 때워 놓으면 마치 아교가 나무에 붙고 붕사硼砂가 쇠에 닿는 것과 같이 잘 붙어서 아무리 많은 벽돌이라도 한 덩이로 엉기어 굳은 성을 이룩하므로 벽돌 한 장의 단단함이야 돌에 비교할 수가 없네. 하지만 돌 하나의 단단함이 또한 벽돌 1만 개의 단단함을 당하지 못할 것이니, 이로 본다면 벽돌과 돌 중 어느것이 이롭고 해로우며 편리하고 불편한가를 쉽사리 알 수 있을걸세."
하였다.

정진사는 금방이라도 말등에서 꼬부라져 떨어질 것처럼 자고 있었다. 잠든 지 오래된 모양이었다. 내가 부채로 그의 옆구리를 꾹 찌르며,

"어른이 말씀하시는데 웬 잠만 자고 듣질 않아!"

하고 큰소리로 꾸짖으니, 정진사가 웃으며,

"내 벌써 다 들었네. 벽돌은 돌만 못하고 돌은 잠만 못하느니."

한다. 나는 하도 화가 나서 때리는 시늉을 하고, 함께 한바탕 크게 웃었다.

시냇가에 이르러 버드나무 그늘에서 땀을 식혔다. 오도하五渡河까지 5리쯤 간격으로 대자臺子가 하나씩 있었는데, 이른바 두대자頭臺子·이대자二臺子·삼대자三臺子라는 것은 모두 봉수대烽燧臺의 이름이다. 벽돌을 성처럼 쌓아 높이가 대여섯 장씩이나 되고, 동그랗기가 마치 필통 같다. 대 위에는 성첩이 설치되었는데, 모두 헐어진 그대로 내버려둔 것은 무슨 까닭인지 모르겠다. 길가에는 간혹 널을 돌무더기로 눌러둔 것이 보인다. 그런데 오랫동안 그냥 내버려두어서 나무 모서리가 썩어버린 것도 있었다. 대략 그 뼈가 마른 뒤에 불사른다고 한다.

길옆에 흔히 무덤이 있었는데, 위가 뾰족하고 떼를 입히지 않았으며, 백양나무를 줄지어 많이 심었다.

길을 걸어다니는 사람은 극히 적었다. 걷는 사람은 반드시 어깨에 침구를 짊어졌는데, 침구가 없으면 여관에서 재우지 않으니, 이는 도둑이 아닌가 의심하기 때문이다. 안경을 쓰고 길을 걷는

자는 눈을 보호하기 위해서이다. 말을 탄 사람은 모두 비단신을 신고, 걷는 사람은 모두가 푸른 베신을 신었는데, 신바닥에는 모두 베를 수십 겹이나 대었다. 미투리나 짚신은 전혀 보지 못했다.

송참松站에서 묵었다. 이곳은 설리참雪裏站이라고도, 또 설유참 雪劉站이라고도 한다. 이날은 70리를 걸었다. 누가 말하기를,

"이곳은 옛날 진동보鎭東堡이다."

라고 한다.

29일, 맑게 개다.

배로 삼가하三家河를 건넜다. 배는 통나무를 파서 만들어 마치 말구유같이 생겼고, 상앗대도 없이 양편 강 언덕에 어귀진 나무를 세우고 큰 밧줄을 건너질렀다. 그 줄을 따라가면 배가 저절로 오 가게 마련이다. 말은 모두 물에 둥둥 떠서 건너간다.

다시 배로 유가하劉家河를 건너 황하장黃河庄에서 점심을 먹었 다. 한낮이 되니 매우 더웠다. 말을 탄 채로 금가하金家河를 건너 는데, 이곳이 이른바 팔도하八渡河이다. 임가대林家臺 · 범가대范家 臺 · 대방신大方身 · 소방신小方身 등지는 5리 또는 10리마다 마을 이 즐비하고 뽕나무와 삼밭이 우거졌으며, 때마침 올기장이 누렇 게 익었고 옥수수 이삭이 한창 패었는데, 그 잎을 모조리 베었다. 이는 말과 노새의 먹이로 쓰기도 하고, 또는 옥수숫대가 땅기운을 오로지 받게 하기 위함이었다.

이르는 곳마다 관제묘關帝廟가 있고, 몇 집만 모여 사는 곳에는

반드시 벽돌을 굽는 큰 가마가 하나 있는데, 여기에서 벽돌을 구우면 곧 틀에 박아내어 말린다. 전에 구워놓은 것이나 새로 구운 것들이 여기저기 산무더기처럼 쌓였는데, 대개 이 벽돌이 일상생활에 무엇보다도 요긴하기 때문이다.

전당포에서 잠깐 쉬려는데, 주인이 중당中堂으로 맞이하여 더운 차 한잔을 권한다. 그 집안에는 진귀한 물건이 많이 진열되어 있었다. 시렁의 높이는 들보에 닿고, 그 위에는 전당 잡은 물건을 차례로 얹어놓았는데, 모두가 의복이다. 보자기에 싼 채 종이쪽을 붙여서 물건 임자의 성명·별호·상표相標[47]·거주 등을 적고는, 다시,

"아무 해 아무 달 아무 날에, 무슨 물건을 무슨 상표 붙인 전당포에 직접 건네주었다."

라고 썼다. 그 이자는 10의 2를 넘는 법이 없고, 1개월 이상 기한이 넘으면, 전당포 주인 마음대로 물건을 팔아버릴 수 있다. 금서金書로 쓴 주련에,

홍범구주[48]에는 먼저 부를 말하였고
대학의 10장에도 반은 재를 논하였네

---

47 얼굴 모양의 특징을 기록한 것.
48 『서경』「주서周書」의 편명. 즉 기자가 주나라 무왕에게 국가의 기본 법도를 진술한 내용이다.

洪範九疇先言富　　大學十章半論財

라는 것이 있었다. 옥수숫대로 교묘하게 누각처럼 만들어 그 속에
풀벌레 한 마리를 넣어두고 우는 소리를 듣는다. 그리고 처마끝에
는 조롱을 달아매고 이상한 새 한 마리를 기른다.

　이날 50리를 가서 통원보通遠堡에서 묵었다. 여기가 곧 진이보
鎭夷堡이다.

　7월 1일, 새벽에 큰비가 내려 떠나지 못했다.

　정진사·주주부·변군·내원·주부 조학동趙學東 등이 함께 소
일도 할 겸 술값을 벌자는 심산으로 투전판을 벌였다. 그들은 내
투전 솜씨가 서툴다며 한몫 끼워주지 않고 그저 가만히 앉아서
술만 마시라고 한다. 속담에 굿이나 보고 떡이나 먹으라는 셈이
니, 분한 마음이 치솟기는 하나 또한 어찌할 수 없는 일이었다. 혼
자 옆에 앉아서 지고 이기는 구경이니 하면서 술은 남보다 먼저
먹게 되었으니, 어쨌거나 해롭잖은 일이었다.

　벽 하나 밖에서 가끔 여인의 말소리가 들려왔다. 하도 가냘픈
목청과 애교 있는 하소연이어서 마치 제비나 꾀꼬리가 우짖는 소
리 같았다. 나는 마음속으로, '아마 주인집 아기씨인데, 반드시 절
세가인이겠지'라고 생각하고는 집안을 이리저리 둘러보았다. 그
랬더니 웬걸, 나이 쉰은 족히 넘어 보이는 한 부인이 문쪽에 평상
을 의지하고 앉았는데, 그의 생김생김이 매우 사납고 누추했다.

부인은 나를 보고,

　"아저씨, 안녕하세요."

한다. 나는,

　"주인께서도 많은 복을 받으십시오."

라고 대답하고는 짐짓 천천히 그 부인의 꾸밈새를 눈여겨보았다.

　머리에는 꽃을 가득 꽂고, 금비녀·옥귀고리에 연지를 살짝 바르고, 몸에는 검정색 긴 통바지에 은단추를 촘촘히 달아 입었으며, 발에는 풀·꽃·벌·나비 등을 수놓은 한 쌍의 신을 신었다. 아마도 만주 여자인 듯싶었다. 그것은 다리에 붕대를 감지 않고 발에 궁혜弓鞋를 신지 않은 것으로 보아 짐작할 수 있었다.

　주렴 속에서 한 처녀가 나오는데, 나이나 얼굴이 스물 남짓 되어 보인다. 그녀가 머리를 양쪽으로 갈라서 위로 틀어올린 것으로 보아 처녀임을 분별할 수 있었다. 생김새는 역시 억세고 사나우나 다만 살결이 희고 깨끗했다. 그녀는 쇠로 된 양푼을 갖고 와서 퍼런 질그릇을 기울여 수수밥 한 사발을 수북하게 퍼담은 다음 양푼의 물을 부어서, 서쪽 벽 아래 놓여 있는 의자에 걸터앉아 젓가락으로 밥을 먹는다. 또 두어 자 길이나 되는 파뿌리를 잎사귀째로 장에 찍어서 밥과 같이 씹어 먹는다. 목에는 달걀만한 혹이 달려 있다. 밥을 먹고 차를 마시는 그녀의 얼굴엔 조금도 수줍어하는 기색이 없었다. 이는 아마 해마다 조선 사람을 보아와서 낯이 익었기 때문인가 보다.

　뜰은 넓이가 수백 칸이나 되는데, 장마로 수렁이 되어 있었다.

마치 바둑알이나 참새알 같은, 시냇물에 씻긴 조약돌이 본디 쓸데 없는 물건이었지만, 그 모양과 색깔이 서로 비슷한 것을 골라서 문간에다 아롱진 봉새 모양으로 무늬지게 깔아 수렁을 막았다. 그들에게는 버리는 물건이 없음을 이로 미루어보아도 짐작할 수 있었다.

닭은 모두 꼬리와 깃을 뽑히고 두 겨드랑이 밑의 털까지도 뜯겨 간혹 고깃덩이만 남은 닭이 절름거리면서 다니는데, 꼴이 하도 추악해서 차마 볼 수가 없을 정도였다.

2일, 새벽에 큰비가 내리다. 늦게야 개었다.

앞 시냇물이 불어서 건널 수 없으므로 떠나지 못했다. 정사가 내원과 주주부를 시켜 앞 시내에 나가서 물을 보고 오라고 하기에, 나도 따라나섰다. 그러나 몇 리도 못 가서 질펀한 물이 앞을 가로막아 끝을 볼 수가 없었다. 헤엄 잘 치는 사람을 시켜 물 속에 들어가서 물의 깊이를 헤아리게 했더니, 열 발자국도 못 가서 어깨가 벌써 잠긴다. 돌아와서 그러한 사정을 알리니, 정사가 걱정이 된 나머지 역관과 각방의 비장들을 전부 불러놓고 물 건널 계책을 각기 말하게 한다. 부사와 서장관도 참석하였다. 부사가

"문짝과 수레의 밑창을 많이 세내어 떼를 만들어서 건너는 것이 어떻겠습니까?"

하니 주주부가,

"거, 참 좋은 계책입니다."

하고 수역관은,

"문짝이나 수레의 밑창은 그렇게 많이 얻을 수 없을 겝니다. 그런데 이 근처에 집을 지으려고 둔 재목이 10여 칸 분량이 있어 그것을 세낼 수는 있으나, 다만 이를 얽어맬 칡덩굴을 얻기가 어려워 걱정입니다."

하여, 이러니저러니 의견이 분분하였다. 그러자 내가,

"무어, 뗏목을 맬 것까지야 있겠소. 내게 거룻배 한두 척이 있는데, 노도 있고 상앗대도 있으나 다만 한 가지가 없소."

하니 주주부가,

"없다는 게 무엇입니까?"

하고 묻기에 나는,

"다만 그것을 잘 저어갈 사공이 없소."

하니 모두들 허리를 잡고 웃는다.

주인은 워낙 거칠고 멍청하여 눈을 부릅뜨고도 고무래 정丁자를 모를 정도의 무식쟁이였다. 하지만 책상 위에는 그래도 『양승암집楊升菴集』[49]과 『사성원四聲猿』[50] 같은 책들이 놓여 있고, 길이 한 자 남짓 되어 보이는 정남색 자기병에 조남성趙南星의 철여의鐵如意[51]가 비스듬히 꽂혀 있으며, 운간雲間[52]의 호문명胡文明이 만

---

49 명나라 양신楊愼의 문집.

50 명나라 서위徐渭가 지은 전기傳奇.

51 쇠로 만든 여의. 여의는 손에 드는 완상물의 일종이다.

52 강소성江蘇省 송강현의 옛이름.

든 조그마한 납다색 향로와 의자·탁자·병풍·장자障子 등이 모두 아치가 있어 궁벽한 시골티가 전혀 보이지 않았다. 내가

"주인의 살림살이는 좀 넉넉한가 보오?"

하고 물으니 그는,

"1년 내내 부지런히 일해봐야 배고픔을 면치 못한답니다. 만일 귀국의 사신 행차가 없다면 살림살이가 아주 막연할 형편입니다."

한다. 나는 또,

"자녀는 모두 몇이나 두었나요?"

하고 물으니 그는,

"도둑놈 하나뿐인데 아직 여의지 못했답니다."

하기에 나는,

"그게 무슨 말이오? 도둑이 하나라니."

하자 그는,

"예, 딸 다섯 둔 집에는 도둑도 들지 않는다 하니, 어찌 집안의 좀도둑이 아니겠습니까?"

한다.

오후에 문을 나와 바람을 쐬었다. 수수밭 가운데서 별안간 새총 소리가 난다. 그러자 주인이 급히 나와본다. 밭 속에서 어떤 사람 하나가 한 손에 총을 들고 또 한 손으론 돼지 뒷다리를 끌고 나와서 주인을 흘겨보며,

"왜, 이 짐승을 내놓아 밭에 들여보내지?"

하고 노한 음성을 낸다. 그러자 주인은 다만 송구한 기색으로 공

손히 사과하여 마지않는다. 그 자는 다시 피가 뚝뚝 떨어지는 돼지를 끌고 가버린다. 주인은 자못 섭섭한 듯 우두커니 서서 거듭 한탄만 했다. 내가,

"그 자가 잡아간 돼지는 뉘 집에서 먹이는 돼지인가요?"

하고 물으니 주인은,

"우리 집에서 기르던 것이죠."

한다. 나는 또,

"그렇다면 설령 그 돼지가 남의 밭에 잘못 들어갔기로서니 수숫대 하나도 다친 것이 없는데, 그놈이 왜 함부로 돼지를 잡아죽이지요? 주인은 의당 그 자에게 돼지값을 물려야 하지 않겠소?"

하니 주인은,

"값을 물리다니요. 돼지우리를 잘 단속하지 못한 이쪽의 잘못이죠."

한다.

대체로 강희제康熙帝가 농사를 매우 소중하게 여겨 법에 말이나 소가 남의 곡식을 밟으면 갑절로 물어주어야 하고, 함부로 그것들을 놓아 먹이는 자는 곤장 60대를 때리며, 양이나 돼지가 밭에 들어간 것을 밭 임자가 보았을 경우 곧 그 짐승을 잡아가도 짐승 임자는 감히 주인인 체하지 못한다. 그러나 다만 수레가 다니는 자유는 막지 못한다. 그리하여 길이 수렁이 되었을 경우 밭이랑 사이로 수레를 끌고 들어가기 쉬우므로, 밭 임자는 항상 길을 잘 닦아서 밭을 보호하기에 힘쓴다고 한다.

마을 끝에는 벽돌가마가 둘이 있었다. 하나는 마침 거의 굳어서 흙을 아궁이에 이겨 붙이고 물을 수십 통 길어다가 잇따라 가마 위로 들어 붓는다. 가마 위가 조금 움푹 패어서 물을 부어도 넘치지 않는다. 가마가 한창 달아서 물을 부으면 곧 마르곤 하므로, 가마가 달아서 터지지 않게 하기 위해 물을 붓는 것 같았다. 또 한 가마는 이미 굽고 난 후 식었으므로 한창 벽돌을 가마에서 끌어내는 중이다.

대략 이 벽돌가마의 제도가 우리 나라의 기왓가마와는 아주 다르다. 먼저 우리 나라 가마의 잘못된 점을 말해야 이 가마의 제도를 잘 이해할 수 있을 것이다.

우리 나라의 기왓가마는 곧 하나의 뉘어놓은 아궁이어서 가마라고 할 수 없다. 이는 애당초 가마를 만드는 벽돌이 없었기 때문에 나무를 세워서 흙으로 바르고는 큰 소나무를 연료로 하여 이를 말리는데, 그 비용이 적지 않다. 아궁이가 길기만 하고 높지 않으므로 불이 위로 오르지 못한다. 불이 위로 오르지 못하므로 불기운이 약하며, 불기운이 약하므로 반드시 소나무를 때서 불꽃을 세게 한다. 그러므로 불길이 고르지 못하고, 불길이 고르지 못하므로 불에 가까이 놓인 기와는 이지러지기가 일쑤이며, 먼 데 놓인 것은 또 잘 구워지지를 않는다.

자기를 굽거나 옹기를 굽거나 간에 모든 요업의 제도가 다 이 모양이며, 소나무를 때는 법도 역시 한가지다. 송진의 화력이 다른 나무보다 훨씬 세다. 그러나 소나무는 한번 베어버리면 다시는

새 움이 돋아나지 않는 나무이므로, 한번 옹기장이를 만나면 사면의 산이 모두 벌거숭이가 된다. 백 년을 두고 기른 것을 하루아침에 다 없애버리고, 다시 소나무를 찾아 새처럼 사방으로 흩어져 가버린다.

이는 오로지 기와 굽는 방법 한 가지가 잘못됨으로 인하여 나라의 좋은 재목이 날로 줄어들고 질그릇점도 날로 곤궁해지는 것이다.

이곳의 벽돌가마를 보니, 벽돌을 쌓고 석회로 봉하여, 처음부터 말리고 굳히는 비용이 많이 들지 않고, 또 마음대로 높고 크게 할 수 있으며, 모양은 마치 큰 종을 엎어놓은 것과 같다. 가마 위는 못처럼 움푹 패어 물을 몇 섬이라도 부을 수 있고, 옆구리에는 연통 네댓 개를 내어서 불길이 잘 타오르게 하였으며, 그 속에 벽돌을 놓되 서로 기대게 해서 불길이 잘 통하도록 되어 있다. 대략 그 묘법은 벽돌을 쌓는 데 있다 하겠다. 지금 나에게 손수 만들게 한다면 극히 쉬울 것 같으나 말로 형용하기가 매우 어렵다.

정사가,

"벽돌을 쌓는 것이 품품(品)자와 같던가?"

하고 묻기에 나는,

"그런 것 같기도 하나, 꼭 그런 건 아닙니다."

고 대답했다. 변주부가,

"그러면 책갑冊匣을 포개놓은 것 같던가요?"

하기에 나는 또,

"그런 것 같기도 하나 꼭 그런 건 아니더군."
하였다.

대략 그 쌓는 법을 말한다면, 벽돌을 눕히지 않고 모두 모로 세워서 10여 줄을 마치 방고래처럼 만들고, 다시 그 위에다 벽돌을 비스듬히 놓아서 차차 가마 천장에 닿도록 쌓아 올린다. 이렇게 하면 마치 고라니의 눈같이 생긴 구멍이 저절로 뚫린다. 불기운이 그 구멍으로 치오르면, 그것이 각기 불목이 되어 수없이 많은 불목이 불꽃을 빨아들이므로 불기운이 언제나 세어서, 비록 하찮은 수수깡이나 기장대를 때도 고루 굽히고 잘 익는다. 그래서 터지거나 뒤틀어지거나 할 걱정은 저절로 없게 된다.

지금 우리 나라의 옹기장이는 먼저 그 제도를 연구하지 않고, 우선 큰 솔밭이 없으면 가마를 놓을 수 없다고만 여긴다.

지금 요업은 금할 수 없는 일이거니와 소나무야 한정이 있는 물건이고 보면, 먼저 가마의 제도를 고쳐서 양쪽이 모두 이롭게 하는 것이 최선의 방법이다. 옛날 오성 이항복李恒福과 노가재 김창업이 모두 벽돌의 이점을 말하였으나, 가마의 제도에 대해서는 상세히 말하지 않았으니 매우 한스러운 일이다. 어떤 이는 말하기를,

"수수깡이 3백 줌이면 한 가마를 구울 수 있는데, 여기서 벽돌이 8천 개나 나온다."

한다. 수수깡은 길이가 한 길 반쯤 되고, 굵기는 엄지손가락만큼씩 되니, 한줌이라고 해야 겨우 네댓 개에 지나지 않는다. 그렇다면 수수깡을 연료로 할 경우 불과 1천 개 남짓이면 1만 개에 가까

운 벽돌을 얻을 수 있다는 얘기다.

해가 몹시 길어 하루가 마치 1년이나 된 듯싶고 저녁때가 될수록 더위가 더욱 심해져 졸려 견딜 수 없던 차에, 곁방에서는 한창 투전판이 벌어져 떠들고 야단들이었다. 나도 그만 뛰어가서 그 자리에 끼었다. 연거푸 다섯 번을 이겨 돈 1백여 닢을 따서 술을 사 실컷 마시니, 어제의 수치를 씻을 수 있었다. 내가,

"그래도 항복하지 않을 텐가."

하니 조주부와 변주부가,

"요행으로 이겼을 뿐이지요."

하며 서로 크게 웃었다. 변군과 내원이 직성이 풀리지 않았던지 다시 한판 벌이자고 졸랐지만 나는,

"뜻을 얻은 곳엔 두 번 가지 말아야 하니, 만족을 알면 위태롭지 않는 법이야."

하고 그만두었다.

3일, 새벽에 큰비가 내리다가 아침과 낮에는 화창하게 개었다.

밤이 들어 다시 큰비가 내려 이튿날 새벽까지 계속 멎지 않으므로 또 묵었다.

아침에 일어나 들창을 여니 지루하던 비가 깨끗이 개고 맑은 바람이 이따금씩 불어오는데, 날씨가 청명한 것으로 보아 낮에는 더울 것 같다. 석류꽃은 땅에 가득히 떨어져 붉은 흙으로 변해버렸고, 팔선화는 이슬에 흠뻑 젖었으며, 옥잠화는 눈덩이처럼 희게

84

머리를 쳐든다.

문밖에서 퉁소·피리·징소리가 나기에 급히 나가보니, 신행가는 행차였다. 채색으로 그린 청사초롱이 여섯 쌍, 푸른 양산이 한 쌍, 붉은 양산이 한 쌍, 퉁소 한 쌍, 피리 한 쌍, 필률觱篥[53] 한 쌍, 징 한 쌍이 있고, 가운데 푸른 가마 한 채를 네 사람이 메고 간다. 사면에는 유리를 끼워서 창을 내었고, 네 귀퉁이에는 색실을 드리워서 술을 달았다. 가마 한 허리에 통나무를 괴어서 푸른 밧줄로 가로 묶고, 그 통나무 앞뒤로 다시 짧은 막대를 가로질러 얽어매어서 그 양쪽 머리를 네 사람이 메었는데, 여덟 발자국이 발을 잘 맞추어 한 줄로 가므로 흔들리거나 출렁거리지 않고 그저 허공에 둥둥 떠서 가는 것 같다.

그 법이 아주 묘하다. 가마 뒤에 수레 두 채가 있는데, 모두 검은 베로 둘러씌워 방처럼 만들고 나귀 한 마리로 끌고 간다. 한 수레에는 노파 네 명을 태웠는데, 얼굴은 모두 추하지만 화장을 하였고, 앞머리는 다 벗어져서 바가지를 엎어놓은 것처럼 번들번들 빛이 난다. 시늉으로 생긴 쪽이 뒤에 달렸는데, 거기다가 가지가지 꽃을 빈틈없이 꽂았다. 양쪽 귀에는 귀고리를 걸었고, 몸에는 검은 윗옷에 누런 치마를 입었다. 또 한 수레에는 젊은 여인 세 명을 태웠는데, 주홍빛 또는 푸른빛 바지를 입고 모두 치마를 두르지 않았다.

---

53 가로 부는 피리. 앞면에 일곱 개, 뒷면에 한 개의 구멍이 있다.

그 중에 한 소녀는 자못 아름다웠다. 대체로 그 늙은이는 여자 종과 유모이고, 이 젊은 여인들은 몸종이라고 한다.

말 탄 군사 30여 명이 삥 둘러서 옹위한 속에 뚱뚱한 사내 하나가 앉아 있다. 그는 입가와 턱 밑에 검은 수염이 거칠게 헝클어졌고, 관복을 걸쳐 입었으며, 흰 말 금안장에 은등자를 넌지시 딛고 앉아 얼굴에는 웃음이 가득 찼다. 뒤에는 수레 세 바리에 옷상자가 가득 실렸다.

내가 주인에게,

"이 동리에도 수재秀才[54]나 훈장이 있을 테지요?"

하고 물으니 주인은,

"이런 시골 구석에 아무런 왕래가 없으니 무슨 학구선생學究先生이 있겠습니까만, 지난해 가을에 우연히 수재 한 분이 세관을 따라 서울서 오셨다가, 도중에서 이질을 만나 이곳에 떨어져 있게 되었습니다. 그런데 이곳 사람들의 각별한 보살핌을 받아서 겨울이 지나고 봄이 되자 아주 말끔히 완쾌되었지요. 그 선생님은 문장이 뛰어날 뿐 아니라 만주 글도 쓸 줄 안답니다. 그는 계속해 이곳에 머물러 계시면서, 글방을 내고 한두 해 동안 이 마을 아이들을 가르쳐서 병을 보살펴준 은혜를 갚는다고 합니다. 그래서 지금도 저 관제묘에 계십니다."

하였다. 나는,

---

54 부府·주州·현縣의 학교에 있는 생원.

"그럼, 잠깐 주인께서 나를 그곳으로 인도해줄 수 없겠소?"
하니 주인은,
"꼭 남의 길잡이를 요할 것까지 있겠습니까?"
하며 손을 들어,
"저기 저 높다란 사당집입니다."
하고 가리킨다. 나는,
"그 선생님의 성함이 무엇이지요?"
하니 주인은,
"이 마을에서는 모두가 그를 부선생富先生이라고 부른답니다."
한다. 나는 또,
"부선생의 나이는 몇이나 되지요?"
하니 주인은,
"나으리께서 친히 가시어 직접 물어보십시오."
한다. 그러고는 방으로 들어가서 붉은 종이 수십 쪽을 들고 나와 펼쳐 보이며,
"이것이 부선생님께서 친히 써주신 글씨입니다."
한다. 그 붉은 종이에는 오른편에서 왼편으로 내리쓴 잔글씨로,
"아무 어른 존전에 아뢰옵니다. 모년 모월 모일에 어른께옵서 제게로 왕림하여주시옵기 삼가 바라옵니다."
라고 씌어 있다. 주인은 이어서,
"이것은 제 아우가 지난 봄에 사위를 볼 때에 청첩을 그에게 빌려서 쓴 것입니다."

한다. 대략 그 글씨는 겨우 모양을 이룬 정도에 불과하다. 다만 수십 장의 글자 모양이 크지도 않고 작지도 않아 마치 실에 구슬을 꿴 듯이 가지런하고, 마치 한 책판에서 찍어낸 글자인 양 일정하다. 나는 속으로 '혹시 그 수재가 부정공富鄭公[55]의 후손이나 아닌가' 생각하고, 즉시 시대를 불러 그와 함께 관제묘를 찾아갔으나 그 안에는 괴괴하여 인기척이 없다.

여기저기 돌아다니면서 구경을 하는데 오른쪽 곁방에서 아이의 글 읽는 소리가 들린다. 조금 있자니 한 아이가 문을 열고 목을 쭉 빼고 한번 살피더니, 이내 뛰어나와 우리를 돌아보지도 않고 단숨에 어디론가 달려간다.

나는 이 아이의 뒤를 따라가면서,

"너의 스승님은 어디 계시냐?"

하고 물으니 그 아이는,

"무슨 말씀이시죠?"

하기에 나는 또,

"부선생님 말씀이야."

하였으나 이 아이는 듣는 체도 않고 입 속으로 뭐라 중얼중얼하다가는 휑하니 가버린다. 내가 시대에게,

"그 선생이 아마 여기에 있겠지."

하고, 곧장 오른쪽 곁방으로 가서 문을 열어보니, 빈 의자 네댓 개

---

55 정공鄭公에 봉해진 송나라 인종 때의 정승 부필富弼.

가 놓여 있을 뿐 사람이라곤 하나도 보이지 않는다. 그래서 문을 닫고 몸을 돌이키려 하는데 아까 그 아이가 어떤 노인을 모시고 온다. 내 생각에 이 사람이 곧 부선생이란 사람인 듯싶었다. 그가 잠깐 이웃에 나갔다가 이 아이가 달려가서 손님이 왔다 하니 돌아온 모양이다. 그의 생김생김을 살펴보니 시문에 운치가 있는 기색이라곤 전혀 없다. 내가 그 앞으로 가서 공손히 읍하자 노인은 별안간 와락 달려들어 내 허리를 껴안고 힘껏 들었다 놓더니, 또 손을 잡고 흔들면서 얼굴 가득히 웃음을 짓는다. 처음에는 놀랍다가 나중에는 불쾌하였다.

내가,

"당신이 부공이시오?"

하니, 그 노인이 아주 기뻐하면서,

"영감께서 어찌 제 성을 아십니까?"

한다. 나는,

"저는 너무 오랫동안 선생의 성화를 높이 들어서 마치 천둥소리가 귀에 들리는 것 같소이다."

하니 부가,

"당신의 성함은 무어라 하십니까?"

한다. 그래서 나의 성명을 써 보이니 그 역시 성명을 써 보이는데, 이름은 부도삼격富圖三格이요, 호는 송재松齋, 자는 덕재德齋란다.

나는,

"삼격이란 무슨 뜻입니까?"

고 물으니 그는,

"이는 저의 성명입니다."

한다. 나는 또,

"살고 계신 고을과 본관은 어디십니까?"

하니 그는,

"저는 만주 양람기鑲藍旗[56]에 사는 사람입니다."

하고 다시,

"영감께서는 이번 길에 의당 면가面駕하시겠지요?"

하고 묻기에 나는,

"그게 무슨 말씀이오?"

하니 그는,

"황제께서 의당 영감을 불러 보시겠지요?"

한다. 내가,

"황제께서 만일 나를 접견하신다면 내가 노인의 말씀을 잘 여
쭈어서 작은 벼슬이라도 하나 붙게 할 생각인데, 어떻소."

하니 그는,

"만일 그렇게까지 해주신다면야 박공의 갸륵하신 은덕 결초보
은結草報恩[57]으로도 다 갚기 어렵겠습니다."

---

56 만주족은 전부 군대의 편제로 하여 팔기八旗로 나누었는데, 이것이 그 중 하나
   이다.

57 죽은 뒤에 은혜를 갚는 것. 춘추시대 진晉나라 위무자魏武子가 죽을 무렵에 아들
   위과魏顆에게 자기 첩을 개가시키라고 유언했다가 마음이 변하여 다시 자기를

한다. 나는 또,

"나는 물에 갇혀서 이곳에 머무른 지가 벌써 며칠이 지났소. 이다지 긴 여름 해를 보내기 난감하니, 노인께 볼 만한 책이라도 있으면 며칠만 빌려줄 수 없겠소?"

했더니 그는,

"볼 만한 것이 없습니다. 전에 서울 있을 때 저희 아버님 절공折公이 명성당鳴盛堂이라고 이름 붙인 책을 판각하는 집을 내었는데, 그때의 책 목록이 마침 행장 속에 들어 있으니, 만일 소일 삼아 보시려거든 빌려드리기는 어렵지 않습니다. 그러나 한 가지 부탁이 있습니다. 영감께서 이제 바로 돌아가셔서 진짜 청심환과 조선 부채 중에 잘된 것으로 골라서 처음 만난 정표로 주신다면 영감의 참된 사귐의 뜻을 알겠으니, 책 목록은 그때 빌려드려도 늦지 않을 것입니다."

한다. 그 생김새와 말투를 보아하니, 뜻이 하도 비루하고 용렬하여 더불어 이야기할 자가 못 될 뿐더러 더 이상 오래 앉아 있을 수도 없겠기에 곧 하직하고 일어섰다. 그는 문에 나와 읍을 하여 전송하면서 또,

"귀국의 명주를 살 수 있겠습니까?"

따라 죽게 하라고 유언하였다. 하지만 위과는 인정에 끌려 그의 서모를 차마 순사시키지 못하고 개가하게 하였더니 뒤에 위과가 진秦나라의 두회杜回와 싸울 때 서모 아버지의 망령이 나타나서 풀을 매어놓아 두회가 그 풀에 걸려 넘어져서 위과의 포로가 되었다는 고사이다. 《左傳宣公 十五》

하기에, 나는 대답도 하지 않고 돌아왔다.

정사가,

"무어 볼 만한 것이 있던가. 더위먹을까 조심스러우이."

하므로 나는,

"아까 한 늙은 훈장을 만났는데, 한갓 만주 사람일 뿐 아니라 몹시 비루하여 함께 이야기할 위인이 못 되더군요."

하니 정사는,

"그가 이왕 요구한 것인데, 어찌 환약 한 개, 부채 한 자루를 아끼겠는가. 그리고 책 목록을 빌려다 보는 것도 해롭지 않겠지."

한다.

해서 드디어 시대를 시켜 청심환 한 개와 어두선魚頭扇 한 자루를 보냈더니, 시대가 이내 손바닥만한 크기의 몇 장 되지도 않는 조그마한 책을 들고 돌아왔다. 그나마 모두가 빈 종이였고 기록된 목록은 모두 청나라 사람들의 소품 70여 종이다. 불과 몇 장 되지도 않는 것을 가지고 그 많은 값을 요구했으니, 그의 뻔뻔스러움은 말할 나위도 없다. 그러나 이왕 빌려온 것이요 또 안목을 새롭게 하기 위해, 베껴놓고 돌려보내기로 했다.

그 목록을 정진사와 함께 나누어 베껴서 이 뒤에 서점에서 참고하기로 하고, 곧 시대를 시켜 돌려보내면서,

"이런 책들은 우리 나라에 있는 것이므로 우리 영감께서 이 서목을 보시지 않았소."

라고 말하라 일렀더니, 시대가 돌아와서,

"부씨가 제가 전하는 말을 듣더니 자못 계면쩍은 빛을 보이면서 저에게 수건 한 개를 주었습니다."

하고 수건을 내놓는다. 그 수건의 길이는 두 자 남짓한 검은색 주름이 잡히게 짠 천인데, 새 감으로 만든 것이었다.

4일, 어젯밤부터 밤새도록 비가 억수같이 퍼부어서 길을 떠나지 못했다.

『양승암집』도 보고 바둑도 두며 심심풀이를 했다. 부사와 서장관이 상사의 처소에 모이고 또 다른 여러 사람을 불러서 물 건널 방도를 묻다가 한참이 지나고 나서야 모두 돌아갔다. 아마 별 좋은 계책이 없는 모양이었다.

5일, 맑게 개었다. 물에 막혀서 또 묵다.

주인이 방고래를 열고 기다란 가래로 재를 긁어낸다. 나는 그 구들 만듦새를 대충 살펴보았다. 먼저 높이가 한 자 남짓하게 구들바닥을 쌓아서 편평하게 만든 뒤에, 부서진 벽돌로 바둑을 놓듯 굄돌을 놓고, 그 위에 벽돌을 깔았을 뿐이다.

벽돌의 두께는 본디 모두가 같으므로 깨뜨려서 굄돌을 하여도 절름발이가 될 염려도 없고, 벽돌의 몸통이 본디 가지런하므로 나란히 깔아놓으면 틈이 날 리 없다. 고래 높이는 겨우 손이 드나들 만하고, 굄돌은 서로 갈마들어 불목이 되어 있다. 불이 불목에 이르면 그 넘어가는 힘이 마치 입으로 빨아들일 듯하므로 불꽃이 재를 휘몰고 불목이 메어져라 세차게 들어간다.

이렇게 해서 여러 불목이 서로 빨아당기어 도로 나올 새가 없이 쏜살같이 굴뚝으로 빠져나간다. 굴뚝의 길이는 한 길 남짓하다. 이것은 곧 우리 나라 말로 개자리다. 불꽃이 항상 재를 몰아다가 고래 속에 가득히 떨어뜨리므로, 3년 만에 한 번씩 고랫목을 열고 재를 처내야 한다. 부뚜막은 한 길쯤 땅을 파서 위로 아궁이를 내고, 땔나무는 거꾸로 집어넣는다.

부뚜막 옆에는 큰 항아리만큼 땅을 파고, 그 위에 돌덮개를 덮어서 땅바닥과 가지런히 한다. 그 빈 구멍에서 바람이 일어나 불길을 불목으로 몰아넣기 때문에 연기가 조금도 새지 않는다. 또 굴뚝을 내는 법이, 큰 항아리만큼 땅을 파고 벽돌을 탑처럼 쌓아 올려 지붕과 가지런하게 하였으므로 서로 잡아당기고 빨아들이듯 연기가 그 항아리 속으로 들어간다.

이 법이 가장 묘하다. 대개 굴뚝에 틈이 생기면 약간의 바람에도 아궁이의 불이 꺼지는 법이다. 그러므로 우리 나라 온돌은 항상 불이 잘 들이지 않고 방이 골고루 덥지 않다. 이는 모두 굴뚝이 잘못되어 그러는 것이다. 혹은 싸리를 엮은 농籠에 종이를 바르고, 혹은 나무판자로 통을 만들어 쓴다. 처음 세운 곳에 흙이 틈이 나거나 종이가 떨어지거나 혹은 나무통이 벌어지거나 하면 새어 나오는 연기를 막을 길이 없고, 바람이라도 한번 크게 불면 연통은 도무지 소용이 없게 된다. 나는 '우리 나라에서는 집이 가난해도 글 읽기를 좋아해서 겨울이 되면 수많은 형제들의 코끝에는 항상 고드름이 달릴 지경이니, 이 법을 배워 가서 삼동의 그 고생을 덜었으면 좋겠다'고 생각하였다.

변계함이,

"이곳의 방구들은 아무래도 이상해요. 우리 나라의 온돌만 못한 것 같아요."

하기에 나는,

"못한 까닭이 무어지?"

하고 물었다. 변군은,

"어찌, 빛은 마치 화제火齊[58]와 같고 번드름하기는 마치 수골水骨과 같은, 저 기름 장판지 넉 장을 반듯하게 깔아놓은 것에야 비교할 수 있겠소."

한다. 나는,

"이곳의 벽돌 장판이 우리 나라 장판만 못하다는 것은 그럴싸한 말이지. 그러나 이 구들 놓는 방법을 본받아 가서 우리 나라 온돌에 쓰고, 그 위에 기름 먹인 장판지를 깔아만 보게. 누가 싫다고 하겠는가. 우리 나라의 온돌 제도는 여섯 가지 흠이 있으나 아무도 이를 말하는 사람이 없으므로, 내 시험 삼아 한번 논할 테니 자네는 떠들지 말고 조용히 들어보게.

진흙을 이겨서 귀돌을 쌓고 그 위에 돌을 얹어서 구들을 만드

---

58 화강암·화성암에 많이 들어 있는 운모雲母의 일종으로 빛이 붉다.

는데, 그 돌의 크고 작음과 두껍고 얇음이 처음부터 고르지 못하므로, 조약돌로 네 귀퉁이를 괴어서 그 뻐딱하게 기운 것을 바로 잡지만, 돌이 타고 흙이 마르면 곧잘 허물어지는 것이 첫째 흠이요, 돌이 울룩불룩하여 움푹한 데는 흙으로 메워서 평평하게 하므로, 불을 때어도 고루 덥지 못한 것이 둘째 흠이요, 불고래가 높아서 불길이 서로 맞닿지 못한 것이 셋째 흠이요, 벽이 성기고 얇아서 곧잘 틈이 생기므로, 항상 바람이 새어 들고 불이 내쳐서 연기가 방안에 가득하게 되는 것이 넷째 흠이요, 불목이 목구멍처럼 되어 있지 않으므로, 불길이 안으로 깊이 빨려들어가지 않고 땔나무 끝에서만 타는 것이 다섯째 흠이요, 또 방을 한번 말리려면 적어도 땔나무가 1백 단은 들어야 하고, 열흘 이내에 입주할 수 없는 것이 여섯째 흠일세. 이제 곧 자네와 함께 벽돌 수십 개만 깔아놓으면 잠시 웃고 이야기하는 사이에 벌써 몇 칸의 온돌이 이루어져서 그 위에 누워 잘 수 있을 것이니, 어떤가."

하고 설명하였다.

저녁에는 여러 사람과 함께 술을 몇 잔 나누고, 밤이 이슥하여 취해 돌아와서 누웠다. 내 방은 정사의 맞은편 방인데, 다만 베 휘장이 중간을 가렸을 뿐이다. 정사는 벌써 한잠이 들었고, 나 혼자 담배를 피워 물고 정신이 몽롱해져 있는데 갑자기 머리맡에서 발자국소리가 났다. 깜짝 놀라,

"거, 누구냐?"

하고 소리를 지르니,

"도이노음이요撐伊齒音爾么."

하고 대답한다. 말소리가 매우 수상해서 나는,

　"이놈, 누구냐!"

하고 거듭 소리치니,

　"소인 도이노음이요."

하고 큰소리로 같은 말로 대답한다. 시대와 상방의 하인들이 모두
놀라 일어났다. 뺨 치는 소리가 들리더니, 덜미를 밀어서 문밖으
로 끌어내는 모양이다. 이는 다름아니라 갑군이 밤마다 우리 일행
의 숙소를 순찰하여 사신 이하 모든 사람의 수를 세어 가는 중이
었는데, 우리는 항상 깊이 잠든 뒤라 여태껏 그런 줄 모르고 지냈
던 것이다. 갑군이 제 스스로 '도이노음'이라 함은 더욱 포복절도
할 일이다.

　우리 나라 말로 오랑캐를 '되놈'이라 하니, 도이는 대개 '도이島
夷'가 와전된 것이요, 노음이란 낮고 천한 이를 가리키는 말이요,
이요란 높은 어른에게 여쭙는 말이다. 갑군이 오랫동안 사행을 치
르는 동안 우리 나라 사람들에게 말을 배울 적에 다만 '되놈'이란
말이 귀에 익었기 때문이다.

　한바탕 소란 때문에 그만 잠이 달아나고 이어 벼룩이란 놈에게
시달렸다. 정사 역시 잠이 달아났는지 촛불을 켠 채로 날을 새웠다.

　6일, 날씨가 개었다.

　시냇물이 줄었으므로 길을 떠났다. 나는 정사의 가마에 함께 타

고 건넜다. 하인 30여 명이 알몸으로 가마를 메고 가는데, 강 한가운데쯤 물살이 가장 센 곳에 이르러 가마가 갑자기 왼쪽으로 기울어 하마터면 떨어질 뻔하여, 실로 위태롭기 그지없었다. 정사와 서로 꼭 부둥켜안고 겨우 물에 빠지는 것은 면했다.

맞은편 강 언덕에 올라와서 물 건너는 사람들을 바라보니, 혹은 사람의 목을 타고 건너고 또는 좌우에서 서로 부축하여 건너기도 하며, 더러는 나무를 엮어서 떼를 만들어 타고 네 사람이 어깨에 메고 건너기도 한다.

말을 타고 건너는 사람은 모두 머리를 쳐들어서 하늘만 바라보고, 혹은 두 눈을 꼭 감기도 하며, 혹은 억지로 웃음을 짓기도 한다. 하인들은 모두 안장을 풀어 어깨에 메고 건너는데, 안장이 물에 젖을까 염려해서이다. 이미 건너왔다가 다시 건너가려는 사람이 무엇인가를 어깨에 메고 물에 들어가기에, 이상히 여겨 물으니,

"빈손으로 물에 들어가면 몸이 가벼워서 떠내려가기 쉬우므로, 반드시 무거운 것으로 어깨를 눌러야 된다."

고 한다. 몇 번씩 왔다갔다한 사람치고 추워 벌벌 떨지 않는 이가 없었다. 이는 산속에서 나오는 물이 몹시 차갑기 때문이다.

초하구草河口에서 점심을 먹었다. 초하구란 이른바 답동畓洞이다. '답'자는 본디 없는 글자인데, 우리 나라 아전들의 장부에 있는 수전水田 두 글자를 합쳐서 논이라는 뜻을 붙이고 '답'자의 음을 빌렸다. 이곳은 항상 진창이었으므로 우리 나라 사람들이 그렇게 이름붙였다고 한다. 분수령·고가령高家嶺·유가령劉家嶺을 넘

어 연산관連山關에서 묵었다. 이날은 60리를 갔다.

밤에 조금 취하여 조는 사이 몸이 갑자기 심양성 안에 있었다. 궁궐과 성지, 여염과 시정들이 매우 번화하고 장엄했다. 나는 스스로,

"여기가 이처럼 장관인 줄은 몰랐구나. 내가 집에 돌아가면 기어이 이를 자랑해야지."

하고, 드디어 훌훌 날아가는데, 수많은 산과 물이 모두 나의 발꿈치 밑에 있고, 나는 마치 소리개처럼 날쌔었다. 눈 깜짝할 사이에 야곡冶谷59 옛 집에 이르러 안방 남쪽 창 밑에 앉았다.

형님께서,

"심양이 어떻더냐?"

하고 물으시기에 나는,

"듣기보다 훨씬 낫더이다."

하고 대답하고는, 또 수없이 그 아름다움을 자랑하였다. 때마침 남쪽 담장 밖을 내다보니 옆집의 홰나무 가지가 우거졌는데, 그 위에 큰 별 하나가 휘황하게 번쩍이고 있었다.

나는 형님께,

"저 별을 아십니까?"

하고 여쭈니 형님은,

"이름도 모르겠다."

---

59 서울 시내에 있던 동네 이름으로, 연암이 대대로 살던 곳이다.

하시기에 나는,

"저것이 노인성老人星입니다."

하고 일어나 형님께 절하고

"제가 잠시 집에 돌아온 것은 심양 이야기를 상세히 해드리기 위해서였습니다. 이제 다시 길을 떠나렵니다."

하고, 안쪽 문을 나와서 마루를 지나 사랑채 문을 열고 나섰다.

머리를 돌이켜 북쪽을 바라보니, 길마재 등 여러 봉우리가 뚜렷이 면모를 드러낸다. 나는 그제야 홀연히 깨닫고,

"아, 내가 바보야. 나 혼자서 어떻게 책문엘 들어간다지. 여기서 책문이 1천여 리나 되는데, 누가 나를 기다리고 머물러 있으랴."

하며 큰소리로 외쳤다. 안타깝기 그지없어서 문을 열고 밖으로 나가려 하나 문지도리가 하도 빡빡하여 열리지 않았다. 큰소리로 장복을 부르려 했지만 소리가 목에 걸려서 나오지를 않는다. 할 수 없이 힘껏 문을 열다가 잠을 깨었다.

정사가 마침 "연암" 하고 부른다. 나는 아직도 어리둥절하여,

"여기가 어디요?"

하니 정사는,

"아까부터 잠꼬대한 지가 오래야."

한다.

일어나 앉아서 이를 부딪치며 머리를 퉁기고 정신을 가다듬으니, 그제야 자못 정신이 상쾌해진다. 한편 섭섭하고도 한편 기쁜 생각에 오랫동안 마음이 뒤숭숭했다. 다시는 잠을 이루지 못하고

자리 위에서 몸을 뒤척거리며 공상에 잠겨 날 새는 줄도 몰랐다. 연산관은 아골관鴉鶻關이라고도 부른다.

7일, 날씨가 개었다.

2리를 가서 말을 탄 채로 그냥 물을 건넜다. 강물이 비록 넓지는 않으나 물살이 어제 건넜던 물보다도 훨씬 더 세다. 무릎을 움츠려 두 발을 모아 안장 위에 웅송그리고 앉았다.

창대는 말머리를 꽉 껴안고 장복은 힘껏 내 엉덩이를 부축하여 애써 서로 의지하며 잠시 동안 무사하기만을 빌 뿐이었다. 말을 모는 소리조차 '오호嗚呼'—말에게 조심해 가자고 타이르는 소리가 원래 호호護好인데, 우리 나라 발음으로는 오호와 비슷하다—니, 어쩐지 처량한 감이 들었다. 말이 강 한복판에 이르자 갑자기 그 몸이 왼쪽으로 쏠린다.

대개 물이 말의 배에 닿으면 말의 네 발굽이 저절로 뜨기 때문에 누워서 건너는 셈이다. 내 몸이 나도 모르는 사이에 오른편으로 기울어지면서 물위에 떠 있는 것을 보고, 재빨리 그것을 붙들고 몸을 가누어 고쳐 앉아 겨우 모면하였다. 내가 이처럼 재빠른 줄은 나 역시 생각지도 못한 일이다. 창대도 말 다리에 채여서 자칫하면 변을 당할 뻔하였다. 말이 갑자기 머리를 들고 몸을 가누니, 물이 얕아져서 발이 땅에 닿았음을 알 수 있었다.

마운령摩雲嶺을 넘어 천수참千水站에서 점심을 먹었다. 오후엔 무척 무더웠다. 또 청석령靑石嶺을 넘다 보니 고갯마루에 관제묘가 있는데, 매우 영험스럽다 하여 역부와 마부들이 서로 다투어 탁자 앞으로 가서 머리를 조아리며 혹은 참외를 사서 바치기도 하고, 역관들 중에는 향을 피우고 제비를 뽑아서 평생의 신수를 점쳐보는 사람도 있었다.

한 도사가 바리때를 두드리며 돈을 구걸한다. 그가 머리를 깎지 않고 상투를 한 것은 마치 우리 나라 우바승優婆僧과 같고, 머리에 등립藤笠을 쓰고 몸에는 야견사로 만든 도포 한 벌을 입은 것으로 보아서는 마치 우리 나라 선비들의 옷차림새와 같으나, 다만 검은 빛의 방령方領이 조금 다를 뿐이다. 또 한 도사는 참외와 계란을 파는데, 참외맛이 매우 달고 물이 많으며, 계란은 맛이 삼삼하다.

밤에는 낭자산狼子山에서 묵었다. 이날은 큰 재를 두 개나 넘고, 80리 길을 갔다. 마운령은 회령령會寧嶺이라고도 부르는데, 그 높이나 험준하기가 우리 나라 관북 지방의 마천령磨天嶺에 못지 않다고 한다.

8일, 날씨가 개었다.

정사와 같은 가마를 타고 삼류하三流河를 건너 냉정冷井에서 아침밥을 먹었다. 10리 남짓 가서 산모롱이 하나를 접어드는데 갑자기 태복泰卜이 몸을 굽히고 말 앞으로 달려나와 땅에 엎드려 큰소리로,

"백탑白塔이 보입니다!"

하는데 태복은 정진사의 마두이다.

산모롱이에 가려서 백탑은 아직 보이지 않는다. 급히 말을 채찍질하여 수십 보를 채 못 가서 겨우 산모롱이를 벗어나자 눈자위가 어른거리고 갑자기 검은 공 한 덩어리가 오르락내리락한다. 나는 오늘에야 처음으로 인생이란 본디 아무런 의탁할 곳이 없이 하늘을 이고 땅을 밟은 채 떠돌아다니기만 하는 것임을 알았다.

말을 세우고 사방을 돌아보다가 나도 모르는 사이에 손을 들어 이마에 얹고,

"아, 참 좋은 울음터로다. 한번 울 만하구나."

하였다. 정진사가,

"이렇게 천지간의 큰 시야를 만났는데 갑자기 울고 싶다니, 웬 말씀이오."

하고 묻는다. 나는,

"그래 그래, 아니 아니야. 천고에 영웅이 잘 울었고 미인은 눈물이 많다지. 그러나 그들은 소리 없는 몇 줄의 눈물을 흘렸기에, 소리가 천지에 가득 차서 마치 쇠·돌로부터 나온 듯한 울음은 듣지 못하였소. 사람들이 칠정七情[60] 중에서 슬플 때만 우는 줄 알고, 칠정 모두가 울 수 있는 것임은 모르오. 기쁨이 사무치면 울게 되고, 노여움이 사무치면 울게 되고, 즐거움이 사무치면 울게 되고, 사랑이 사무치면 울게 되고, 증오감이 사무치면 울게 되고, 욕심이 사무치면 울게 되는 것이오. 걱정스럽고 답답한 마음을 풀

---

60 희喜·노怒·애哀·락樂·애愛·오惡·욕慾을 말한다.

어버리기에는 소리보다 더 빠른 것이 없으며, 울음이란 천지간에 우레와도 같은 것이오. 지극한 정이 우러나오는 곳에, 이것이 저절로 이치에 맞는다면 울음이 웃음과 무엇이 다르겠는가. 인생의 감정은 일찍이 이러한 극치를 겪지 못하고, 교묘하게 칠정을 늘어놓고 슬픔에다 울음을 배치했으니, 이로 인하여 상사喪事를 당했을 때는 억지로 '애고' '어이' 따위의 소리를 부르짖네. 그러나 참된 칠정에서 우러나오는 지극하고도 참된 소리란 눌러 참아서 천지 사이에 서리고 엉기어 감히 나타내지 못하는 걸세. 그러므로 저 가생賈生61은 일찍이 그 울 곳을 얻지 못하고, 참다못해 갑자기 선실宣室62을 향하여 한마디 길게 울부짖었으니, 이 어찌 듣는 사람들이 놀라고 괴이하게 여기지 않았겠는가."

하니 정진사는,

"이제 이 울음터가 저토록 넓으니 나도 의당 당신과 함께 한번 슬피 울어야 할 것이나, 우는 까닭을 칠정 중에서 찾는다면 어느 것에 해당될는지 모르겠습니다."

한다. 나는,

"저 갓난아기에게 물어보시오. 그가 처음 날 때 느낀 것이 무슨 정인가. 그는 먼저 해와 달을 보고, 다음에는 앞에 가득한 부모와

---

61 한나라 가의賈誼를 말한다.
62 미앙궁未央宮 전전前殿의 정실正室. 한나라 문제가 여기서 가의에게 귀신에 대한 말을 물었다.

친척들을 보니 기쁘지 않을 리가 없습니다. 이러한 기쁨이 늙도록 변함이 없다면 슬퍼하고 노여워할 리 없고 의당 웃고 즐거워하는 정만이 있어야 하련만 도리어 분하고 한스런 마음이 가슴에 가득 찬 듯이 자주 울부짖기만 합니다. 이는 곧 인생이란 신성한 사람이나 어리석은 사람을 막론하고 모두가 한결같이 끝내는 죽어야만 하고, 또 그 사이에는 모든 근심 걱정을 골고루 겪어야 하기에, 이 아기가 태어난 것을 후회하여 울음보를 터뜨려서 스스로를 애도하는 것일까요. 그러나 갓난아이의 본정이란 결코 그런 것은 아닐 겁니다. 무릇 아기가 어머니의 태중에 있을 때 좁은 곳에서 막히고 캄캄하여 갑갑하게 지내다가, 갑자기 넓고 훤한 곳에 빠져나와 손과 발을 폈을 적엔 그 마음이 시원할 것이니, 어찌 한마디 참된 소리를 내어 마음껏 외쳐보지 않겠습니까. 그러므로 우리는 저 갓난아이의 꾸밈없는 소리를 의당 본받아서, 저 비로봉 산마루에 올라가 동해를 바라보며 한바탕 울어볼 만하고, 장연長淵의 바닷가 금모래밭을 거닐면서 한바탕 울어볼 만도 합니다. 이제 이 요동 벌판의 경우, 여기서부터 산해관山海關까지 1천2백 리 거리에다 사방에는 도무지 한 점의 산도 없이 하늘과 땅만이 맞닿아 마치 아교풀로 붙인 듯 실로 꿰맨 듯 오가는 비구름만이 창창할 뿐인 곳이고 보니, 이 역시 한바탕 울 만한 곳이 아니겠소."
하였다.

한낮에는 몹시 무더웠다. 말을 달려 고려총高麗叢·아미장阿彌庄을 지나서 길을 나누어 갔다. 나는 주부 조달동·변군·내원·

정진사·하인 이학령李鶴齡과 더불어 구요양舊遼陽으로 들어갔는데, 구요양은 봉황성보다도 열 배나 더 번화하고 호화스러웠다. 별도로 「요동기遼東記」를 쓴다.

구요동에서
舊遼東記

　요동의 옛 성은 한나라의 양평·요양 두 현 지역에 있었다. 진秦나라는 이를 요동이라 칭하였고, 그 뒤에는 위만의 조선에 편입되었다가 한나라 말년에는 공손탁公孫度의 영토가 되었다. 수·당 때에는 고구려에 속하였고, 거란은 이곳을 남경南京이라 하였으며, 금나라는 동경東京이라 하였고, 원나라는 여기에 행성行省을 두었으며, 명나라는 여기에 정요위定遼衛를 두었는데, 지금은 요양주로 승격되었다. 20리쯤 떨어진 곳에 성을 옮겨서 신요양新遼陽이라 하였으므로, 이 성은 폐하여 구요동이라고 부른다. 성의 둘레는 20리인데 어떤 이는 이르기를,

　"이 성은 웅정필熊廷弼이 쌓은 것이다. 이 성이 옛날에는 몹시 낮고 비좁았는데, 정필이 적의 기마가 들어온다는 정보를 듣고 성을 헐어버렸다. 청나라 사람들은 이를 보고 의심하여 가까이 이르지 못하다가, 고쳐 쌓는다는 정보를 정탐해 알고는 군사를 인솔하고 성 밑에 이르렀으나 하룻밤 사이에 새로 쌓은 성이 높다랗게

이룩되었다. 나중에 정필이 이곳을 떠나자 요양이 함락되었다. 청나라 사람들은 그 성이 하도 견고해서 함락시키기 어려웠음을 분개하여 성을 헐어버릴 적에 그 싸움을 승리로 이끌었던 날쌘 군사들을 시켰음에도 이 성을 허는 데 열흘 이상이나 걸렸다."

한다. 명나라의 천계天啓[63] 원년 3월에, 청나라 사람이 이미 심양을 빼앗고, 또 군사를 옮겨 요양으로 향하였다. 이때 경략經略 원응태袁應泰가 세 길로 군사를 내어서 무순撫順을 수복하려던 차에, 청나라 사람이 이미 심양을 함락시키고 요양으로 향한다는 말을 듣고, 드디어 태자하太子河의 물을 끌어다 해자에 채우고는 군사들에게 성 위로 올라가 빙 둘러서서 지키도록 하였다.

청나라 사람들은 심양을 함락시킨 지 닷새 만에 요양성 밑에 이르렀다. 누루하치란 자가 이른바 청태조淸太祖다. 그가 스스로 좌익의 군사를 이끌고 먼저 이르니, 명나라의 총병摠兵 이회신李懷信 등이 군사 5만 명을 거느리고 성에서 5리 되는 곳에 나와 진을 쳤다.

이때 누루하치가 좌익 군대에 소속한 사기四旗로 왼편을 공격했다. 청태종淸太宗이란 자는 우리 나라에서 이른바 한汗이라는 자인데, 그의 이름은 홍타시洪台時 ─우리 나라의 「병정록丙丁錄」중에 너저분하게 실려 있는 '홍타시紅打時'나 '홍타시紅他詩'는 모두 발음이 비슷한 것을 따라 적은 것이다. 마치 '영알대英阿兒臺'를 용골대龍骨大로,

---

마부타이 馬伏塔 를 마부대馬夫大로 쓴 것과 같다—였다. 그가 날랜 군사를 이끌고 싸우기를 청했으나 누루하치가 허락하지 않았다. 그러나 홍타시는 굳이 가서 홍기紅旗[64] 두 개를 세워두고 성 옆에다 군사를 매복시켜 형세를 살피게 하였다. 그러자 누루하치도 정황기正黃旗·양황기鑲黃旗를 보내어 홍타시를 도와서 명나라의 군영 왼편을 치게 하였다. 또 사기의 군사가 뒤이어 이르자 명나라 군사가 크게 어지러워지므로 홍타시가 이긴 기세를 타서 60리를 추격하여 안산鞍山에 이르렀다.

이 싸움에 명나라 군사가 요양의 서문으로 나와 앞서 청나라 사람이 성 곁에 세워두었던 두 홍기를 뽑으니, 복병이 일어나서 이를 맞받아 쳤다. 이때 명나라 군사들은 다시 성안으로 도망쳐 들어가느라 저희들끼리 서로 짓밟았다. 이때에 총병 하세현賀世賢과 부장 척금戚金 등이 전사하였다.

이튿날 아침에 누루하치가 패륵貝勒[65]의 왼편 사기 군사를 인솔하여 성 서쪽의 수문을 파 호수의 물을 빼고, 또 오른편 사기 군사에게는 성 동쪽의 진수구進水口를 막도록 하고, 자기는 직접 우익 군대를 성 밑에 늘어놓고는 흙을 넣고 돌을 날아서 물길을 막았다.

명나라 군사는 보병과 기병 3만 명을 거느리고 동문을 나와서 청나라 군사와 마주 진을 치고 서로 버텼다. 청나라 군사가 바야

---

64 만주군 편제인 팔기 중의 하나.
65 만주군의 벼슬 이름.

흐로 다리를 빼앗으려고 할 즈음에 마침 수구水口가 막혀서 물이 거의 다 마를 지경이었으므로, 사기의 선봉이 해자를 건너 고함을 치면서 동문 밖으로 습격하자 명나라 군사도 이에 맞서 힘써 싸웠으나, 청나라 군사 홍갑紅甲 2백 명과 백기白旗 1천 명이 진격하는 바람에 죽은 명나라 군사가 해자에 가득하였다. 청나라 군사가 무정문武靖門 다리를 빼앗고 군대를 양쪽으로 나누어 해자를 지키니 명나라 병사는 성 위에서 쉴새없이 화포를 터뜨렸다. 청나라 병사도 이에 용감히 맞서 서쪽 성 한쪽을 빼앗고 민중들을 마구 베어 죽이니, 성안이 요란하였다.

이날 밤, 성안에 있는 명나라 병사가 횃불을 들고 싸울 때 우유요牛維曜 등이 성을 넘어 달아났다.

이튿날 아침에 명나라 병사가 다시 방패를 세우고 힘껏 싸웠으나, 청나라의 사기 군사가 역시 성을 타고 올랐다. 경략 원응태는 성 북쪽 진원루鎭遠樓에 올라가서 싸움을 독촉하다가 성이 함락되는 것을 보고는 누에 불을 놓아 타죽고, 분수도分守道 하정괴何廷魁는 처자까지 거느리고 우물에 빠져 죽었으며, 감군도監軍道 최유수崔儒秀는 목매어 죽고, 총병 주만량朱萬良, 부장 양중선梁仲善, 참장參將 왕치王豸・방승훈房承勳, 유격游擊 이상의李尙義・장승무張繩武, 도사都司 서국전徐國全・왕종성王宗盛, 수비守備 이정간李廷幹 등은 모두 전사하였다.

어사 장전張銓은 청나라 군사에게 사로잡혔으나 굴복하지 않으므로, 누루하치가 사약을 내려 그에게 순국하고자 하는 뜻을 이루도록 하였다. 홍타시는 장전을 애석히 여겨 그를 살리려고 여러 차례나 타일렀으나 뜻을 이룰 수 없으므로 어쩔 수 없이 목매어 죽이고 장사를 치러주었다.

청나라 고종황제가 작년에 어제전운시御製全韻詩를 지어 이 성이 함락된 전후 사실을 상세히 적고 또 말하기를,

"명나라의 신하로 항복하지 않는 자에게 우리 조종께서 오히려 은혜를 베풀었는데, 그때 연경에 있는 명나라의 군신들은 전혀 아랑곳하지 않았다. 공과 죄를 밝히지 않았으니, 그러고서 망하지 않으려 한들 될 수 있겠는가."

하였다. 『명사明史』를 상고해보니,

"웅정필이 광녕을 구출하지 않았을 때에 삼사三司 왕기王紀·추원표鄒元漂·주응추周應秋 등이 웅정필을 탄핵하기를 '정필의 재식才識과 기백이 한세상이 비웃을 만하므로, 지난해에 요양을 지키자 요양이 보존되고 요양을 떠나자 요양이 망했으나 다만 그의 교만하고 괴팍한 성격은 고칠 길이 없어 오늘 한 소를 올리고 내일 한 방을 걸었으니, 그를 양호楊鎬에게 비한다면 도망친 죄 한 가지가 더 있고, 원응태에게 비한다면 또한 자결하지 못한 것이 흠입니다. 그런데 만일 왕화정王化貞을 죽이고 웅정필을 살려둔다면 죄는 같은데도 벌이 다른 것입니다'고 했다."

하였다. 그 당시의 흙벽이 아직껏 그때처럼 둘러 있고 벽돌 흔적도 남아 있으니, 그때 삼사의 탄핵한 글을 다시 외워보면 그의 사람됨을 짐작할 수 있겠다. 아, 슬프다. 명나라가 말운을 당하여 인

재를 쓰고 버림이 거꾸로 되고 공과 죄가 밝지 못했으므로, 웅정
필·원숭환袁崇煥의 죽음을 보건대 스스로 그 장성長城을 허물어
뜨렸다 하겠으니, 어찌 후세의 비난을 면할 수 있겠는가.

태자하를 끌어다 해자를 만들었다. 해자 위에는 두세 척의 고기
잡이 배가 떠 있고, 성 밑에는 낚시질하는 사람이 수십 명이나 되
는데, 다들 좋은 옷을 입었고, 생김생김이 단아한 귀공자 같았다.
모두 성안의 장사치들이다. 내가 해자를 한바퀴 빙 돌아서 수문의
여닫는 제도를 엿보려 할 때 낚시꾼들이 왁자하게 웃으면서 낚싯
대를 가지고 와서 나를 보고 말을 걸었다. 나는 땅에 글자를 써
보였으나 모두 한참 들여다보고는 그저 웃기만 하고 가버렸다.

서문을 나서 백탑을 구경했다. 그 만듦새가 공교롭고 화려하고
웅장함이 요동의 넓은 벌판에 꼭 알맞겠다. 따로 「백탑기白塔記」
를 썼다.

요동 백탑에서
遼東白塔記

관제묘를 나와 다섯 마장을 채 못 가 하얀 빛깔의 탑이 보인다.
이 탑은 8면 13층에 높이는 70길이라 한다. 세상에 전하는 말에,
"당나라 장수 울지경덕蔚遲敬德이 군사를 거느리고 고구려를 치
러 왔을 때 쌓은 것이다."

한다. 어떤 이는 이르기를,

"신선 정령위丁令威가 학을 타고 요동으로 돌아와보니, 성곽과
인민이 모두 바뀌어졌으므로 슬피 울며 노래를 불렀는데, 이것이
곧 그가 머물렀던 화표주華表柱[66]이다."
한다.

그러나 이는 그릇된 말이다. 이것이 요양성 밖에 있으니, 성에
서 10리도 못 되는 가까운 곳이고, 또 그리 높고 크지도 않다. 백
탑이라고 일컬은 것은 우리 나라 하정배들이 아무렇게나 부르기
쉽게 지은 이름이다.

요동은 왼편에 바다를 끼고 앞으로는 큰 벌판이 탁 트여서 아
무런 막힌 것 없이 천 리가 아득한데, 지금 이 백탑이 그 벌판의
3분의 1을 차지하였다. 탑 꼭대기에는 구리로 만든 북 세 개가 놓
여 있고, 층마다 처마 네 귀퉁이에 풍경을 달았는데, 그 크기는 물
들통만하고, 바람이 일 때마다 풍경이 울려서 그 소리가 멀리 요
동벌을 진동한다.

탑 아래서 두 사람을 만났다. 그들은 모두 만주 사람으로, 약을
사러 영고탑寧古塔에 가는 길이라 한다. 땅에 글자를 써서 문답을
하는데, 한 사람이 고본 『상서尙書』가 있나 묻고 또,

"안부자顔夫子[67]가 지은 책과 자하子夏가 지은 『악경樂經』이 있

---

66 큰 길거리나 마을 앞에 세우는 기둥.
67 공자의 제자 안회顔回를 말한다.

습니까?"

하고 묻는다.

이는 모두 내가 처음 듣는 것이므로 없다고만 대답했다. 두 사람 다 아직 청년인데, 처음으로 이곳을 지나며 이 탑을 구경하러 온 것이다. 갈 길이 바빠서 그의 이름을 묻지는 못했으나 수재인 듯싶었다.

관제묘에서
關帝廟記

구요동성 문밖을 지나면 돌다리 하나가 있다. 다리 가에 세운 돌 난간은 만든 품이 매우 정교하다. 강희 57년에 쌓은 것이다. 다리 건너편에서 1백여 보쯤 떨어진 곳에 패루牌樓가 있다. 여기에는 운룡雲龍과 수선水仙을 새겼는데, 모두 파서 새긴 것이다. 패루에 올라보니 동쪽에 큰 다락이 있는데, 적금루摘錦樓라고 써서 현판을 걸었다. 그 왼편의 종루는 용음루龍吟樓라 하였고, 오른편의 고루鼓樓는 호소루虎嘯樓라 하였다.

묘당은 웅장하고 화려하여 복전複殿과 중각重閣에 금빛과 푸른 빛이 휘황찬란하였다. 정전正殿에는 관공關公[68]의 소상을 모셨고,

---

68 촉한의 장수 관우를 가리킨다.

동무東廡에는 장비張飛[69], 서무西廡에는 조운趙雲[70]을 배향하였으며, 또 촉한의 장군 엄안嚴顏의 굴복하지 않는 상을 설치하였다. 뜰 가운데에 큰 비석 몇이 서 있는데, 이는 모두 이 사당의 창건과 중수한 사실의 시말을 적은 것이다. 그 중에 새로 세운 비석 하나는 산동山東의 어떤 상인이 사당을 중수한 일을 새긴 것이다.

사당 안에는 놀고 먹는 건달패 수천 명이 와자지껄 떠들어 마치 무슨 놀이터 같은 기분이 들었다. 그들은 창과 곤봉을 연습하고 주먹질과 씨름을 하기도 하며 혹은 소경말·애꾸말 타는 장난들을 하고 있었다. 또는 앉아서 『수호전』을 읽는 자가 있는데, 뭇사람이 삥 둘러앉아서 듣고 있었다. 머리를 흔들고 코를 벌름거리는 꼴이 방약무인의 태도였다. 그가 읽는 곳을 보니 곧 화소와관사火燒瓦官寺[71]의 대문인데, 외는 것은 뜻밖에 『서상기西廂記』였다. 비록 글자는 모르는 까막눈일망정 거기에 익어서 매끄럽게 내려갔다. 이것은 마치 우리 나라 네거리에서 『임경업전林慶業傳』을 외는 것과 같다. 읽는 자가 잠깐 중지하면 옆에서 두 사람은 비파를 타고 한 사람은 징을 울린다.

---

69 촉한의 장수. 자는 익덕翼德.

70 촉한의 장수. 자는 자룡子龍이다.

71 『수호전水滸傳』 중 장회章回의 이름.

광우사에서
廣祐寺記

백탑 남쪽에 광우사라는 고찰이 있었다. 조금 전에 만난 수재의 말에,

"한나라 때에 지은 절인데, 당 태종이 요동을 정벌할 때에 수산首山에 머물러 악공 울지경덕을 시켜 중수하게 하였다."

했고, 전하는 말에 의하면,

"옛날 어떤 촌사람이 광녕으로 가다가 길에서 한 사내아이를 만났는데, 그 사내아이가 하는 말이 '나를 업고 광우사까지 가면 그 절 오른편으로 열 보쯤 가서 고목나무 밑에 돈 10만 냥이 묻혀 있을 것이니, 그 돈을 품삯으로 주겠소' 하므로 그 사람이 사내아이를 업고 수백 리 길을 한나절이 다 못 되어 닿았다. 내려놓고 보니 동자는 사람이 아니고 금부처였다. 그 절의 중이 이상하게 여겨 절 오른편으로 열 보쯤 되는 곳의 고목나무 밑을 파보니 과연 1만 냥이 나왔으므로, 촌사람이 그 돈으로 절을 중수하였다."

한다. 이 절의 비문을 읽어보니,

"강희 27년에 태황태후太皇太后가 내탕고內帑庫의 돈으로 건립한 것이고, 강희황제도 일찍이 이 절에 들러 중에게 비단 가사를 하사한 일이 있다."

하였다. 지금은 절이 황폐해져 중도 없었다.

요양성으로 돌아오니 수레와 말의 울리는 소리가 우렁차고 가는 곳마다 구경꾼들이 떼를 지었다. 술집의 붉은 난간이 높다랗게 한길 가에 솟아 있고, 금으로 글자를 쓴 주기가 나부낀다. 그 기에는

이름을 듣고선 말을 곧장 세우고
향내를 찾아 수레를 잠깐 멈추리

聞名應駐馬　　尋香且停車

라고 씌어 있어, 술 마실 기분이 들었다. 삥 둘러선 구경꾼은 더욱 많아져서 서로 어깨를 비빈다. 일찍이 듣건대,

"이곳에는 좀도둑이 많아서 낯선 사람이 구경에만 마음을 쓰고 자기를 보살피지 못하면 반드시 무엇이든 잃어버린다고 한다. 지난해 어느 사신 행차가 무뢰배를 많이 거느려 가마를 메는 하인으로 삼았는데, 상하 수십 명이 모두 첫길이어서 의장과 안구가 자못 호화로웠다. 그들이 이곳에 이르러 유람하는 사이 안장을 잃어버리고 혹은 등자를 잃어버려서 여간 낭패가 아니었단다."

한다. 장복이 갑자기 안장을 머리에 쓰고 등자를 쌍으로 허리에 차고서 앞에 모시고 서서 조금도 부끄러운 빛이 없기에, 내가 웃으며,

"왜 네 두 눈알은 가리질 않나."

하고 나무래니 보는 이가 모두 크게 웃었다.

다시 태자하에 이르렀다. 강물이 한창 불었을 뿐만 아니라 배가 없어 건널 수가 없었다. 강기슭을 타고 위아래로 방황할 무렵 우거진 갈대 속에 콩깍지만한 고기잡이 배가 노를 저어 나오고, 또 조그마한 배 하나가 강기슭에 아련히 보인다. 장복과 태복 등을 시켜 소리질러 배를 부르게 했다. 어부들이 낚싯대를 드리우고 배 양쪽머리에 마주앉아 있었다. 버드나무의 짙은 그늘에 노을이 금빛으로 아롱졌는데, 잠자리는 물을 점치며 놀고, 제비는 물결을 차고 난다. 아무리 불러도 그들은 끝내 돌아다보지 않는다. 오랫동안 물가 모래톱에 섰노라니 찌는 듯한 더위에 입술이 타고 이마에 땀이 번지며 허기증이 들고 몸이 몹시 지친다. 평생에 구경을 좋아하다가 오늘에야말로 톡톡히 그 값을 치르는구나 싶었다. 정군 등이 서로 다투어 농담으로,

　"해는 지고 길은 먼데 상하가 모두 배고프고 고달프니, 한번 울기라도 하는 수밖에 아무런 계책이 없구려. 선생은 어찌하여 참고 울지 않으십니까."

하고 서로들 크게 웃는다. 나는,

　"저 어부가 남을 구원해주질 않는 것으로 보아 그 인심을 알 수 있으니, 제가 비록 육노망陸魯望72 선생처럼 점잖은 사람이라 할지라도 나는 한 주먹으로 때려 눕히고 싶구려."

하였다. 태복이 더욱 초조해하면서,

---

72 노망은 당나라 문장가 육귀몽陸龜蒙의 자.

"이제 곧 들에 해가 지려 하니, 다른 산기슭에는 벌써 어둠이 깃들였을 겁니다."

한다. 태복은 비록 나이는 젊으나 일곱 번이나 연경에 드나들었으므로 모든 일에 익숙하다.

얼마 후에 사공이 낚시질을 끝마치고서 배 밑에 있던 고기 종다래끼를 거두고 짧은 상앗대를 들고 버드나무 그늘 가로 저어 나오자 그 속에서 갑자기 대여섯 척의 조그마한 배가 다투어 나온다. 그들은 고기잡이 배가 저어오는 것을 보고 서로 다투어 저어와서 비싼 삯을 받으려는 것이다. 남의 급함을 짐짓 기다렸다가 비로소 나와 건네주려고 하는 그 소행이 밉살스럽다. 배 한 척에 세 사람씩을 태웠는데 삯은 한 사람 앞에 한 돈쭝씩이다. 배는 모두 통나무를 후벼 파서 만든 것이다. 이른바 "들배는 넉넉히 두세 사람 탈 수 있네〔野航恰受兩三人〕"라는 두보杜甫의 시는 실로 이를 두고 이름이다.

일행 상하가 모두 열일곱 명에 말이 열여섯 필이다. 함께 강을 건넜다. 뱃머리에서 말굴레를 잡고 순탄한 물 흐름을 따라서 칠팔 리를 내려가니, 위험스럽기가 전날 통원보에 여러 강을 건널 때보다 더하다. 신요양의 영수사映水寺에서 묵었다. 이날은 70리를 갔다. 밤에 몹시 더워 잠결에 홑이불을 걷어찼더니 감기 기운이 약간 들었다.

9일, 개었다가 몹시 더웠다.

새벽 서늘함을 타서 먼저 길을 떠났다. 장가대張家臺·삼도파三
道巴를 거쳐 난니보爛泥堡에서 점심을 먹었다. 요동땅에 들어서면
서부터 마을이 끊이지 않고 길의 넓이가 수백 보나 되며, 길 양편
에는 수양버들을 죽 심었다. 집이 즐비하게 늘어선 곳에는, 마주
선 문과 문 사이에 장마 때 고인 물로 가끔 큰 못이 저절로 이루
어졌다. 집집마다 기르는 거위와 오리가 수없이 그 위에 떠서 놀
고, 양편 촌집들은 모두 물가의 누대처럼 붉은 난간과 푸른 헌함
이 좌우에 영롱하여 은연중에 강호江湖를 방불케 했다.

군뢰가 세 번 나팔을 불고 나서 반드시 몇 리쯤 앞서가면, 전배
군관前排軍官이 역시 군뢰를 따라 먼저 떠난다. 그러나 나는 가든
지 쉬든지 자유로워서 늘 변군과 함께 서늘한 때를 타 새벽에 떠
난다. 그러나 10리도 못 가서 전배가 따라와 만나게 된다. 그들과
고삐를 나란히 하고 재미있는 이야기와 농담을 하며 간다. 매일
이렇게 하였다.

마을이 가까워올 때마다 군뢰를 시켜 나팔을 불게 하고 마두
넷이 합창으로 권마성勸馬聲73을 부른다. 그러면 집집마다 여인들
이 문이 메어지도록 뛰어나와 구경들을 한다. 늙은이건 젊은이건
차림은 거의 같다. 머리에는 꽃을 꽂고 귀고리를 드리웠으며, 화
장은 살짝 하였다. 입에는 모두 담뱃대를 물었고, 손에는 신바닥

---

73 높은 관리의 행차 앞에서 위엄을 돋우고 행인을 물러서게 하기 위해 하인이 부
르는 소리.

에 까는 베와 바늘·실 등을 들고 어깨를 비비고 서서 손가락질을 하면서 깔깔거리고 웃는다. 한나라 여자는 여기서 처음 보는데, 모두 발을 감고 궁혜를 신었는데, 자색은 만주 여자만 못하다. 만주 여자 중에는 얼굴이 예쁘고 자태가 고운 이가 많았다.

만보교萬寶橋·연대하烟臺河·산요포山腰鋪를 거쳐서 십리하十里河에서 묵었다. 이날은 50리를 걸었다.

비장과 역관들이 말 위에서, 맞은편에서 우리를 보고 오는 만주 여자 한나라 여자 중에서 각기 첩 하나씩을 정하는데, 만일 남이 먼저 차지한 것이면 감히 이중으로 정하지 못하는 등 그 법이 몹시 엄격하다. 이를 구첩口妾이라 하여 가끔 서로 시기도 내고 화도 내며 욕도 하고 웃고 떠들기도 하여, 이 역시 먼 길 가는 데 심심풀이의 한 가지 방법이 된다.

내일은 심양에 들어갈 예정이다.

성경잡지 · 盛京雜識

7월 10일에 시작하여 14일에 마쳤다.
모두 닷새 동안이다. 십리하에서부
터 소흑산까지 모두 2백27리다.

10일, 비가 오다가 곧 개었다.

십리하에서 일찍 출발하여 판교보板橋堡 15리, 장성점長盛店 5리, 사하보沙河堡 10리, 폭교와자暴交蛙子 5리, 전장포氈匠舖 5리, 화소교火燒橋 3리, 백탑보白塔堡 7리 등 도합 40리를 갔다. 백탑보에서 점심을 먹고, 거기서 다시 일소대一所臺 5리, 홍화포紅火舖 5리, 혼하渾河 1리를 배로 건너서 심양까지 갔다. 이날 총 60리를 가서 심양에서 묵었다.

몹시 더웠다. 멀리 요양성 밖을 돌아보니 수풀이 아주 울창한데, 새벽 까마귀떼가 들판에 흩어져 날고 한 줄기 아침 연기가 하늘가에 짙게 낀데다 붉은 해가 솟으며 아롱진 안개가 곱게 피어오른다.

사방을 둘러보니, 넓디넓은 벌에는 아무런 거칠 것이 없다. 아,

121

여기가 옛날 영웅들이 수없이 싸우던 곳이구나. "범이 달리고 용이 날 때 높고 낮음은 내 마음에 달렸다"[1]는 옛말도 있지만, 천하의 안위는 늘 이 요양의 넓은 들에 달렸으니, 이곳이 편안하면 천하의 풍진風塵이 잠잠하고, 이곳이 한번 시끄러워지면 천하의 싸움북이 소란하게 울려댄다.

이는 무슨 까닭일까. 대체로 평평한 벌과 넓은 들판이 천리가 한눈에 툭 트인 이곳을 지키자니 힘들고 버리자니 오랑캐가 쳐들어오는데, 아무런 방비할 계교가 없으므로 이곳을 중국으로서는 반드시 지켜야 할 곳이기에 비록 천하의 힘을 기울여서라도 이를 지켜야만 천하가 편안할 수 있을 것이다. 이제 천하가 1백 년 동안이나 아무 일 없는 것이 어찌 그들의 덕화와 정치가 전대보다 훨씬 뛰어난 때문이라 할 수 있겠는가. 다만 이 심양은 청나라가 일어난 터전이어서 동으로는 영고탑과 연접하고, 북으로는 열하를 끌어당기고, 남으로는 조선을 어루만지며, 서로는 온 천하가 감히 꼼짝하지 못하니, 그 근본을 튼튼히 다짐이 역대에 비하여 훨씬 나았기 때문일 뿐이다.

요양에 들어오면서부터 뽕나무와 삼밭이 우거지고 개와 닭의 소리가 끊이지 않는다. 이토록 1백 년 동안이나 무사하긴 하나 청나라 황실로서는 오히려 한낱 짜증이 남아 있지 않을 수 없을 것

---

1 큰 권세를 독점하여 모든 조종이 자기 손에 달렸다는 뜻이다. 《後漢書 卷六九 何進傳》

이다.

몽골의 수레 수천 채가 벽돌을 싣고 심양에 들어오는데, 수레마다 소 세 마리가 끈다. 그 소는 흰 빛깔이 많으나 간혹 푸른 것도 있으며, 찌는 듯한 더위에 무거운 짐을 끌고 오느라 코에서 피를 뿜는다. 몽골 사람들은 모두 코가 우뚝하고 눈이 깊숙하며, 험상굿고 날래면서 사나운 꼴이 인간 같아 보이지 않는다. 게다가 옷과 벙거지가 남루하고 얼굴에는 땟국이 줄줄 흐른다. 그런데도 버선은 꼭 신고 다닌다. 그들은 우리 하인배들이 맨정강이로 다니는 것을 보고는 이상스럽게 여기는 모양이다.

우리 말몰이꾼들은 해마다 몽골 사람을 봐와서 그들의 성격을 잘 알기 때문에 서로 희롱하면서 길을 간다. 채찍 끝으로 그들의 벙거지를 퉁겨서 길가에 버리기도 하고, 공처럼 차기도 한다. 그래도 몽골 사람들은 웃고 성도 내지 않으며, 두 손을 펴면서 부드러운 말씨로 돌려달라고 사정한다. 또 하인들이 뒤로 가서 그 벙거지를 벗겨가지고 밭 가운데로 뛰어들면서 짐짓 그들에게 쫓기는 체하다가 갑자기 몸을 돌이켜 그들의 허리를 안고 다리를 걸면 틀림없이 넘어지고 만다. 그리하여 가슴을 가로타고 앉아서 입에 티끌을 넣으면, 뭇되놈들이 수레를 멈추고 서서 모두들 웃고, 밑에 깔렸던 자도 웃으면서 일어나 입을 닦고 벙거지를 털어서 쓰고는 다시 덤벼들지 않는다.

길에서 수레 하나를 만났는데, 일곱 사람이 타고 있다. 그들은 모두 붉은 옷을 입었고 쇠사슬로 어깨와 등을 얽어매어 목덜미에다 채우고는 다시 한 끝은 손을 매고 한 끝은 다리를 묶었다. 이는 금주위錦州衛의 도둑으로, 사형을 한 등 감하여 멀리 흑룡강 수자리 터로 귀양보내는 것이라 한다. 그들의 입이나 눈의 생김새가 무척 무서워 보인다. 그래도 수레 위에서 서로 웃고 떠들며 조금도 괴로워하는 빛이 보이지 않는다.

말 수백 필이 길을 휩쓸고 지나간다. 마지막 한 사람이 썩 좋은 말을 타고 손에 수숫대 하나를 쥐고 뒤에서 말떼를 따라간다. 말들은 굴레도 없고 고삐도 없이 다만 가끔 뒤를 돌아다보면서 걸어간다.

탑포塔鋪에 이르렀다. 탑은 그 동네의 한가운데에 있는데, 8면에 13층이고 높이는 20여 길이나 된다. 층마다 둥근 문 네 개씩이 틔어 있었다. 그 안으로 말을 타고 들어가서 보니 갑자기 현기증이 생기기에 고삐를 돌이켜 나와버렸다.

일행은 벌써 사관에 들었다. 뒤쫓아 후당으로 들어가니, 주인의 수염 밑에서 갑자기 강아지소리가 들렸다. 나는 깜짝 놀라서 멈칫했다. 주인은 얼굴에 미소를 띠면서 나에게 앉기를 청한다. 주인은 긴 수염이 희끗희끗한 늙은이로, 방안의 나지막한 걸상에 오똑하게 걸터앉았고, 방 밖에는 한 노파가 앉아 있다. 이 노파는 머리에 희붉은 촉규화 한 송이를 꽂았으며, 옷은 아청 빛깔에 복숭아꽃 무늬가 놓인 치마를 입었다.

그런데 이 노파의 품에서도 강아지 짖는 소리가 더욱 사납게 들린다. 그제야 주인이 가슴속에서 천천히 삽살강아지 한 마리를 끄집어낸다. 그 강아지의 크기는 마치 토끼만한데, 눈빛처럼 흰 털은 길이가 한 치나 되고, 등은 담청색이며, 눈은 노랗고 입 언저리는 불그레하다. 그러자 노파도 옷자락을 헤치고 강아지 한 마리를 꺼내어서 나에게 보인다. 이 강아지도 털빛은 똑같다. 노파가 웃으면서,

"손님, 괴이하게 여기지 마셔요. 우리 영감과 할멈 둘이서 아무런 일 없이 집안에 들어앉았으려니 정말 긴긴 해를 보내기가 지루해서 이것들을 안고 놀다가 도리어 남들의 웃음거리가 되곤 하지요."

한다. 나는,

"주인댁엔 자손이 없으신가요?"

하고 물으니 주인은,

"아들 셋, 손자 하나를 두었는데, 맏아들은 올해 서른하나로 성경장군盛京將軍[2]을 모시는 장경章京으로 있으며, 둘째아들은 열아홉 살이고 막내는 열여섯 살인데 둘 다 서당에 가서 글을 읽는답니다. 아홉 살 된 손자놈은 저 버드나무에서 매미를 잡는다고 나가선 해가 지도록 보기조차 어려워요."

한다.

얼마 안 되어서 주인의 어린 손자가 손에 웬 나팔을 쥐고 숨이 차서 헐떡거리며 후당으로 뛰어들어와 노인의 목을 끌어안고 나

---

2 성경을 지키는 관원. 성경은 지금의 봉천奉天.

팔을 사달라고 짓조른다. 노인은 얼굴 가득히 사랑스러운 빛을 띠면서,

"그런 건 쓸데없어."

하고 타이른다.

아이는 미목이 희맑게 생겼다. 살굿빛 무늬가 놓인 비단 저고리를 입고, 갖은 재롱과 어리광을 다 떨면서 이리저리 뛴다. 노인이 손자더러 손님 뵙고 인사드리라고 시킨다. 그러자 군뢰가 눈을 부릅뜬 채 후당으로 쫓아 들어와서 그 나팔을 빼앗고 큰소리로 야단을 친다. 노인이 일어나서,

"미안합니다. 그놈이 놀잇감으로 갖고 온 게요. 물건은 아무런 파손이 없습니다."

하고 사과한다. 나도,

"찾았으면 그만이지, 이토록 야단을 쳐서 남을 무료하게 한단 말이냐."

하고 군뢰를 나무랐다. 나는 또,

"저 개는 어디서 나는 것이오?"

하고 물으니 주인은,

"운남雲南서 나는 거랍니다. 촉중蜀中 사천四川 지방에서도 이와 같은 강아지가 있지요. 이것의 이름은 옥토아玉兎兒이고, 저것은 설사자雪獅子라고 부른답니다. 이 둘은 모두 운남산이지요."

하고 주인이 옥토아를 불러 인사하라 하니, 그놈이 오뚝이 서서 앞발을 나란히 추켜들고 절하는 시늉을 하고 다시 땅에 머리가

닿도록 조아리곤 한다. 장복이 와서 식사를 여쭙기에 나는 곧 일어섰다. 주인은,

"영감, 이미 이 미물을 귀여워하셨으니 삼가 이걸 드리고 싶습니다. 방물을 바치고 돌아오시는 길에 영감께서 가져가셔도 무방하겠습니다."

한다. 나는,

"고맙소이다만, 어찌 함부로 받으리까."

하고 급히 돌아서 나왔다.

일행이 벌써 나팔을 불고 떠나려 했으나 내가 간 곳을 몰라서 장복을 시켜 두루 찾아다녔나 보다. 밥은 이미 지은 지 오래되어 굳어지고, 또 마음이 바빠서 목에 넘어가질 않기에 장복과 창대더러 나누어 먹으라 하고는 혼자서 음식점에 들어갔다. 국수 한 그릇, 소주 한 잔, 삶은 달걀 세 개, 참외 한 개를 사먹고는 돈 마흔두 닢을 헤어서 치르고 나니, 상사의 행차가 문 앞을 막 지나간다. 곧 변군과 함께 고삐를 나란히 하여 길을 떠났다. 배가 잔뜩 불렀으므로 20리 길을 잘 갈 수 있었다. 해는 벌써 사시巳時가 가까워서 볕이 몹시 내리쪼인다.

요양에서부터 길가에 버드나무를 수없이 많이 심어서 그 우거진 그루터기에 더위를 잊을 만했다. 가끔 버드나무 밑에 물이 괴어서 웅덩이를 이루었으므로 이를 피하여 둘러 나오면, 찌는 듯한 햇볕이 내리쪼이고, 땅에서 후끈거리는 기운이 치올라서 삽시간에 가슴이 막힐 듯 갑갑해진다.

멀리 버드나무 그늘 밑을 바라보니 수레와 말들이 구름같이 모여 있다. 말을 재촉하여 그곳에 이르러 잠깐 쉬기로 했다. 장사꾼 수백 명이 짐을 내려놓고 땀을 식히고 있었다. 어떤 이는 버드나무 그루터기에 걸터앉아 옷을 벗어놓고 부채질을 하며, 어떤 이는 차와 술을 마시며, 어떤 이는 머리를 감기도 하고 깎기도 하며, 골패도 치고 팔씨름도 한다. 짐 속에는 모두 그림을 그린 자기가 있고, 또 껍질을 벗긴 수숫대로 조그맣게 누각 모양을 만들어서 그 속에다 각기 우는 벌레나 매미 한 마리씩을 넣은 것이 10여 점이나 되며, 어떤 것은 항아리에다 빨간 벌레와 파란 마름을 넣었는데, 빨간 벌레는 물위에 둥둥 뜬 것이 마치 새우알처럼 작다. 이는 고깃밥으로 쓰인다.

수레 30여 채에는 모두 석탄을 가득 실었다. 술도 팔고 차도 팔며, 떡과 과일 등 여러 음식물을 파는 사람들이 모두 버드나무 그늘 밑에 걸상을 죽 늘어놓고 앉아 있었다. 나는 여섯 푼으로 양매다楊梅茶[3] 반 사발을 사서 목을 축였는데, 맛이 달고 신 게 제호탕醍醐湯[4]과 비슷했다.

태평차太平車[5] 한 채에 두 여인이 탔는데, 나귀 한 마리가 끌고 간다. 나귀가 물통을 보자 수레를 끈 채 통으로 달려든다. 그 여인

---

3 소귀나무의 열매를 볶아서 만든 차.
4 오매육烏梅肉·백단향白檀香·사인砂仁·초과草果 등의 가루를 꿀에 넣어 끓인 청량 음료.
5 청나라 사람의 탈것.

들 중 한 사람은 늙은이고 또 한 사람은 젊은이였는데, 앞을 가렸던 발을 걷고 바람을 쏘이고 있다. 두 여인 다 꾀꼬리 무늬가 놓인 파란 윗옷에 주황 빛깔의 치마를 입고, 옥잠화·패랭이꽃·석류화로 머리를 야단스럽게 꾸몄다. 아마 한나라 여자인 듯하다.

변군이 술을 마시자기에 각기 한잔씩 마시고 곧 떠났다. 몇 리를 못 가서 멀리 여기저기에 불탑이 나타나 훤히 눈에 들어왔다. 아마 심양이 가까워지는 모양이었다.

어부가 손을 들어 강성이 가깝다고 하니
뱃머리에 솟은 탑이 볼수록 높아지네

漁人爲指江城近　　一塔船頭看漸長

라는 옛 시가 문득 생각난다.

대체로 그림을 모르는 사람치고 시를 아는 사람은 없는 법이다. 그림에는 짙고 옅게 하는 법이 있고, 또는 멀고 가까운 자세가 있다. 이제 이 탑의 모양을 바라보니, 더욱 옛사람이 시를 지을 때 반드시 저 그림 그리는 방법을 체득했으리라는 것을 깨닫게 되었다. 대체로 성의 멀고 가까움을 탑의 길고 짧은 것으로 미루어 짐작할 수 있기 때문이다.

혼하의 일명은 아리강阿利江 또는 소요수小遼水라고도 부른다. 장백산에서 흐르기 시작하여 사하沙河와 합하고, 성경성 동남쪽을 굽이쳐 흘러 태자하와 합하며, 또 서쪽으로 흘러 요하와 합해서 삼차하三叉河가 되어 바다로 흐른다.

혼하를 건너 몇 리쯤 가면 토성이 있는데, 그다지 높지 않다. 성 밖에는 검은 소 수백 마리가 있는데, 그 빛깔이 아주 새까맣게 옻 칠한 듯하다. 또 1백 경이나 되는 큰 못이 있는데, 붉은 연꽃이 한 창이고 그 속에는 거위와 오리떼가 수없이 떠다닌다. 못가에는 흰 양 1천여 마리가 마침 물을 먹다가 사람을 보고는 모두 머리를 쳐 들고 섰다. 외곽의 문을 들어가니, 성안에 인물의 번화함과 점포 의 호화스러움이 요양보다 열 배나 더하다.

관묘에 들어가서 잠깐 쉬었다. 세 사신은 모두 관복을 갖추었다. 한 노인이 수화주로 지은 홑적삼을 입었는데, 민숭하게 벗어진 이 마에 땋은 뒷머리가 드리워졌다. 그는 나에게 깊이 읍하면서,

"수고하십니다."

하기에, 나도 손을 들어서 답례하였다.

노인이 내가 신고 있는 가죽신을 유심히 바라보는 것이 아마 그 만든 법을 상세히 알고자 하는 듯하므로 나는 곧 한 짝을 벗어 보였다. 사당 안에서 갑자기 도사 한 사람이 뛰어나오는데, 야견 사 도포를 걸치고, 머리에는 등립을 썼으며, 발에는 검은 공단신 을 신었다. 그는 갓을 벗고 상투를 어루만지면서,

"이게 영감의 것과 똑같지 않습니까?"

한다. 노인은 자기 신을 벗고 내 신을 바꿔 신어보면서,

"이 신은 무슨 가죽으로 만들었습니까?"

하고 묻기에 나는,

"나귀 가죽으로 만든 겁니다."

하니 그는 또,

"밑창은 무슨 가죽입니까?"

한다. 나는,

"쇠가죽에 들기름을 먹여서 만든 것이라 흙탕물을 밟아도 젖지 않는답니다."

하고 답했다. 노인과 도사가 똑같이 참 좋다고 칭찬하고,

"이 신은 진 땅에는 편리하지만 마른 땅에는 발이 부르트지나 않을까요?"

하고 묻는다. 나는,

"정말 그렇소."

하고 답하였다.

노인이 나를 인도하여 사당 안 한 곳에 이르렀다. 도사가 손수 두 주발의 차를 따라서 각기 권한다. 노인이 자기 성명을 복녕福寧이라 써 보인다. 그는 만주 사람으로 현재 성경 병부낭중 벼슬을 하고 있으며, 나이는 예순세 살이다. 성밖에 피서를 왔다가 큰 못에 연꽃이 한창 핀 것을 조용히 한바퀴 둘러보고 방금 돌아가는 길이라 한다. 그는 이어,

"영감의 벼슬은 몇 품계이며, 나이는 몇이나 되십니까?"

하고 묻기에 나는,

"나의 성명은 아무개요, 그저 선비의 몸으로 중국에 관광하러

온 것이고, 나이는 정사년생입니다."

하고 답하였다. 그는 또,

"그러면 월일과 생시는 어떻게 됩니까?"

하기에 나는,

"2월 초닷새 축시요."

하였다. 그는,

"그러면 오경이오?"

하기에 나는,

"아니오."

하였다. 복녕이 다시,

"이 옆자리에 앉으신 분은 지난해에도 오셨었지요. 내가 그때 서울에서 막 내려오다가 옥전玉田에서 며칠 동안 한 객사에 묵은 일이 있습니다. 그는 한림翰林 출신이지요?"

하고 묻는다. 나는,

"한림이 아니라 임금의 사위이지요. 나하고는 팔촌 형제 사이입니다."

하고 답했다.

그가 또 부사와 서장관에 대한 이야기를 묻기에 각각 성명과 관직의 품계를 일러주었다. 사행들이 옷을 갈아입고 떠나려 하기에 나는 하직하고 일어섰다. 그러자 복녕이 앞으로 나와서 손을 잡고,

"행차중 건강하시오. 마침 더위가 점점 더 극성을 부리니, 날오

이나 냉한 음료수는 부디 자시지 마시오. 우리 집은 서문 안 마장
馬場 남쪽에 있는데, 문 위엔 병부낭중이라는 패가 있고 또 금자로
계유년 문과文科에 급제했다고 써 붙였으니, 찾기 쉬우리다. 영감
은 언제쯤 오시게 되는지요?"

한다. 나는,

"9월 중에나 성경에 돌아오게 될 것 같습니다."

하니, 복녕은 또,

"그 무렵에 긴급 공무가 생기지 않는다면 반가이 맞이하오리다.
이미 당신의 사주를 알았으니 조용히 운수를 보아두었다가 귀하
신 행차가 돌아오시길 기다리리다."

한다.

그 어조가 매우 정겹고, 작별을 못내 서운해하는 모양이다. 도
사는 코끝이 뾰족하고 눈동자가 똑바로 박혔으며, 행동이 경조하
여 전혀 다정한 맛이라고는 없다. 복녕은 사람됨이 기걸하고 원만
하다.

세 사신이 차례로 말을 타고 갔다. 대략 문무관이 반을 짜서 성
으로 들어가는 것이다. 성 둘레가 10리인데, 벽돌로 여덟 문루를
쌓았다. 누는 모두 3층인데, 큰 성 밖에 작은 성을 쌓아서 보호했
다. 좌우에는 또한 동·서 두 대문이 있는데, 네거리를 통하도록
돈대를 쌓고 그 위에 3층으로 문루를 쌓았다. 문루 밑에는 십자로
가 트여 있는데, 수레바퀴가 서로 부딪치고 어깨가 서로 닿을 정
도이다. 그 소란함은 마치 바다와 같다. 상점들은 한길을 사이에

두고 그림 그린 층집과 아로새긴 들창에다 붉은 간판 푸른 방을 써 붙였으며, 가지각색의 보화가 그 속에 가득하다. 상품을 보는 사람들은 모두 희맑은 얼굴에 고운 옷과 갓 차림이다.

심양은 본디 우리 나라 땅이다. 어떤 이는 이르기를,

"한나라가 4군을 두었을 때에는 이곳이 낙랑의 소재지였는데, 남북조시대의 후위와 수·당 때 고구려에 속했다."

한다.

지금은 이곳을 성경이라 일컫는다. 봉천부윤이 백성을 다스리고 봉천장군 부도통副都統이 팔기를 통할하며, 또 승덕지현承德知縣이 있는데, 이는 각 부를 설치하고 좌이아문佐貳衙門을 두었다. 문 맞은편에 향장響墻이 있고 문 앞마다 옻칠한 나무를 어긋매끼로 세워서 난간을 만들었다. 장군부 앞에는 큰 패루 한 채가 서 있다. 길에서 그 지붕의 알록달록한 유리 기와를 바라보았다.

내원·계함과 함께 행궁 앞을 지나다가 한 관인을 만났다. 그는 손에 짧은 채찍을 쥐고 매우 바쁜 걸음으로 간다. 내원의 마두 광록이 관화官話를 잘하므로, 관인을 쫓아가서 한 무릎을 꿇고 머리를 조아리니, 그는 얼른 광록을 붙들어 일으키면서,

"큰형님, 왜 이러시오. 편히 하시오."

한다. 광록이 절하며 여쭙기를,

"저는 조선의 하인이온데, 우리 상전께서 황제가 계신 궁궐을 구경하시기를 마치 하늘같이 높이 바라오니, 영감께서 이를 승낙하시겠습니까?"

하니 관인이 웃으면서,

"어려울 것 없소. 나를 따라오시오."

한다.

나는 쫓아가서 인사를 하고자 했으나 그의 걸음이 나는 듯이 빨라서 따라갈 수가 없었다. 길이 막다른 곳을 바라보니, 붉은 울타리를 둘렀는데, 관인이 그 속으로 들어가면서 돌아다보고 채찍으로 한 군데를 가리키며,

"여기 서서 좀 기다리시오."

하고는 이내 몸을 돌이켜 어디론지 가버린다. 내원은,

"이왕 들어가보지 못할 바에는 여기 우두커니 서 있는 게 싱거운 일이야. 이렇게 겉으로 한번 보았으면 그만이겠지."

하고 곧 계함과 함께 술집으로 가버린다.

나는 다만 광록과 함께 울타리 속으로 들어가기로 했다. 정문의 이름은 태청문太淸門이라고 했는데, 마침내 그 문을 들어섰다. 광록이,

"아까 만났던 관인은 틀림없이 수직장경守直章京일 겁니다. 하은군河恩君 이광李烇을 모시고 왔을 때도 두루 행궁을 구경하였지만 아무도 막는 사람이 없었사오니, 아주 마음놓고 구경하시지요. 설사 사람을 만나더라도 쫓겨나기밖에 더하겠습니까?"

한다. 나는,

"네 말이 옳다."

하고, 곧 걸어서 전전前殿에 이르렀다.

숭정전崇政殿이라는 현판이 있고, 또 정대광명전正大光明殿이라는 현판도 있다. 왼편에는 비룡각飛龍閣, 오른편에는 상봉각翔鳳閣이 있으며, 그 뒤에는 높은 3층 다락이 있는데, 이름은 봉황루鳳凰樓이다. 좌우에 익문翼門이 있고 문 안에는 갑군 수십 명이 있어 길을 막는다.

할 수 없이 문밖에서 멀리 바라보니, 높은 누각 복전複殿과 겹겹이 둘린 회랑들은 모두 오색 찬란한 유리 기와로 지붕을 이었다. 2층에 팔각옥을 대정전大政殿이라 하였고, 태청문 동쪽에는 신우궁神祐宮이라는 궁이 있어 여기에 삼청三淸[6]의 소상을 모셨는데, 강희황제의 어필로는 소격昭格이라 쓰고, 옹정황제雍正皇帝[7]의 어필로는 옥허진제玉虛眞帝라 써서 붙였다.

도로 나와서 내원을 찾아 한 술집으로 들어갔다. 깃발에 금자로,

하늘 위엔 별 하나 반짝반짝 빛나고
인간이라 주천[8] 고을 부질없이 알려졌네

天上已多星一顆 人間空聞郡雙名

---

6 원시천존元始天尊·태상도군太上道君·태상노군太上老君이다.

7 강희황제의 아들.

8 군명郡名. 조선시대에는 경상북도에 있는 예천醴泉을 주천이라 하였다.

라고 썼다.

술집은 붉은 난간에 파란 문, 하얀 벽에 그림을 그린 기둥인데, 시렁 위에는 층층이 똑같은 놋술통을 나란히 놓고 붉은 종이로 술 이름을 써 붙인 것이 이루 다 헤아릴 수 없이 많다.

주부 조학동이 마침 그 집에서 사람들과 술을 마시다가 일어나 웃으면서 나를 맞아들인다. 방안에는 5, 60개의 좋은 걸상과 2, 30개의 탁자가 놓였으며, 화분 수십 그루가 있어서 지금 막 저녁 물을 주고 있다. 추해당·팔선화는 한창 피었고, 다른 꽃들은 모두 예전에 미처 보지 못했던 것들이다.

조군이 나에게 불수로佛手露 석 잔을 권한다. 내가 계함 등은 어디로 갔느냐고 물었으나 모른다고 답한다. 내가 먼저 자리에서 일어났다. 길에서 또 주부 조명회를 만났는데, 그는 몹시 반가워하면서 어디 가서 함께 실컷 마시자고 했다. 나는 몸을 돌이켜 방금 나온 술집을 가리켰다. 이는 다시 그곳으로 가서 마시자는 의미였다. 조는,

"꼭 저 집뿐만 아니라 어디를 가더라도 다 저만은 하지요."
한다.

이에 둘이 서로 손을 맞잡고 어느 술집으로 들어갔다. 이 집의 웅장하고 화려함은 아까 그 집보다 훨씬 더하다. 달걀부침 한 쟁반, 사국공史國公이란 술 한 병을 사서 실컷 먹고 나왔다.

그리고 한 골동품 점포에 들렀다. 그 점포 이름은 예속재藝粟齋로 수재 다섯 사람이 합자해서 점포를 내고 있는데, 모두 나이가

젊고 얼굴이 아리따운 청년들이다. 다시 밤에 이 집을 찾아와서 이야기하기로 약속하였다. 이 집에서 한 이야기는 따로 「속재에서의 필담」에 상세히 싣는다.

또 한 점포에 들렀다. 여기는 모두 먼 곳에서 온 선비들이 갓 낸 비단점으로, 점포 이름은 가상루歌商樓이다. 모두 여섯 사람인데 의관의 차림이 깨끗하고 행동과 인상이 모두 단아하기에, 또한 밤이 되면 예속재에 함께 모여서 이야기하기로 약속하였다.

형부刑部 앞을 지나다 보니, 아문衙門이 활짝 열렸다. 문 앞에는 나무를 어긋매끼로 난간을 둘러놓아 아무나 함부로 드나들지 못하게 되어 있다. 나는 스스로 외국 사람임을 믿고 아무런 기탄이 없을 뿐더러 여러 아문 중에 오직 이 문이 열렸으므로 관부官府의 제도를 속속들이 봐두리라 생각하고 문 안으로 들어섰다. 그러나 아무도 막는 사람은 없었다.

한 관인이 대 위의 걸상에 걸터앉았고, 그 뒤에는 또 한 사람이 손에 지필을 든 채 모시고 섰다. 뜰 아래는 한 죄인이 꿇어앉았고, 그 좌우에는 사령 둘이 대곤장을 짚고 섰다. 그러나 분부나 거행 등의 여러 가지 호통도 없이 관인이 죄인을 마주보고 순순히 사유를 따진다. 이윽고 큰소리로 치라고 호통하니, 그 사령이 손에 들었던 곤장을 던지고 죄인 앞으로 달려가서 손바닥으로 따귀를 네댓 번 때리고는, 다시 섰던 자리에 돌아가서 곤장을 들고 섰다. 죄를 다스리는 법이 아무리 간단하기로서니 따귀 때리는 형은 예전에 미처 듣지 못했던 것이다.

저녁을 먹은 후에 달빛을 따라 가상루에 들러서 여러 사람을 이끌고 함께 예속재에 이르렀다. 밤이 이슥하도록 이야기하다가 헤어졌다.

11일, 개다. 몹시 덥다.

심양에서 묵다. 아침 일찍 성안에 대포소리가 우레같이 들렸다. 대체로 상점들이 아침에 일어나 문을 열 때면 으레 종이딱총을 터뜨린다고 한다.

급히 일어나 가상루로 가니 또 여러 사람이 모였다. 조용히 이야기하다가 사관에 돌아와서 아침을 먹고는 다시 여러 사람들과 함께 거리 구경을 나섰다. 길에서 두 사람을 만났는데 서로 팔을 끼고 간다. 보아하니 생김새들이 모두 유아하기에 혹시 글하는 사람인가 싶어 그들 앞에 가서 읍을 하니, 두 사람은 팔을 풀고 아주 공손히 답례를 하고는 이내 약방으로 들어간다. 나도 뒤따라 들어갔다. 그 두 사람은 빈랑檳榔[9] 두 개를 사서 칼로 네 조각을 내어 나에게 한 쪽을 먹어보라 권하고 자기네들도 씹어 먹는다. 내가 그들의 성명과 거주를 글로 써서 물으니, 들여다보고 멍멍해하는 꼴이 글을 모르는 듯싶다. 다만 깊이 읍하고 가버린다.

해마다 연경에서 심양의 여러 아문과 팔기의 봉급을 지급하면, 심양에서 다시 홍경興京·선창船廠·영고탑 등지로 나누어 보내

---

9 한약 중 소화제의 일종으로, 씹기도 한다.

는데, 그 돈이 1백25만 냥이라 한다.

저녁에는 달빛이 더욱 밝았다. 변계함에게 함께 가상루에 가자고 하였더니, 변군이 부질없이 수역에게 가도 좋으냐고 물으므로, 수역이 눈이 휘둥그래지면서,

"성경은 연경과 다름없는데 어찌 함부로 밤에 나다닌단 말씀이오."

하는 바람에 변군이 한풀 꺾였다.

수역은 실로 어젯밤 우리 일을 모르는 모양이다. 만일 알게 되면 나도 붙잡힐까 두려워서 일부러 알리지 않고 혼자 빠져나가면서 장복에게 혹시 나를 찾는 사람이 있으면 뒷간에 간 것처럼 대답하라고 일러두었다.

속재에서의 필담
粟齋筆談

전사가田仕可는 자가 대경代耕 또는 보정輔廷이고, 호가 포관抱關이며, 무종無終 사람이다. 자기 말로는 전주田疇[10]의 후손이며 집은 산해관에 있는데, 태원太原 사람 양등楊登과 함께 이곳에 점포를 내었다 한다. 나이는 스물아홉 살이고 신장은 7척이다. 넓은 이

---

10 삼국시대 때 위나라의 문학가로 검도에 능하였다.

마와 길쭉한 코에 풍채가 날렵하다. 그는 옛날 그릇의 내력을 잘 알고 남에게 아주 다정스러웠다.

이귀몽李龜蒙은 자가 동야東野이고 호가 인재麟齋이며 촉의 면죽綿竹 사람이다. 나이는 서른아홉 살이고, 신장은 7척이다. 입은 모나고 턱은 넓으며 얼굴은 마치 분을 바른 듯 희고, 글 읽는 소리가 낭랑하여 마치 금석을 울리는 듯하다.

목춘穆春은 자가 수환繡寰이고 호가 소정韶亭이며 촉땅 사람이다. 나이는 스물네 살이다. 눈매는 마치 그려놓은 듯 잘생겼으나 글을 모르는 것이 한 가지 흠이다.

온백고溫伯高는 자가 목헌鷔軒이며 촉의 성도成都 사람이다. 나이는 서른한 살인데 역시 글을 모르는 사람이다.

오복吳復은 자가 천근天根이고 항주杭州 사람이며 호가 일재一齋이다. 나이는 마흔 살이고, 학문은 짧으나 사람은 얌전하다.

비치費穉는 자가 하탑下榻이고 호가 포월루抱月樓 또는 지주芝洲·가재稼齋라고도 하며, 대량大梁 사람이다. 나이는 서른다섯 살이고, 아들 여덟을 두었다. 글씨를 잘 쓰고 그림도 잘 그리고 조각에도 능한데다 경서의 뜻도 곧잘 이야기한다. 집이 가난한데도 남을 도와주기 좋아하는데, 이는 많은 자식들을 위하여 복을 기르는 것이라 한다. 그는 목수환·온목헌을 위하여 회계를 보아주려고 방금 촉에서 돌아온 길이라 한다.

배관裵寬은 자가 갈부褐夫이며 노룡현盧龍縣 사람이다. 나이는 마흔일곱 살이고, 신장은 7척 남짓하다. 아름다운 수염에 술도 잘 마시고 문장에 능하여 나는 듯 빠르며, 한아閒雅하여 장자의 풍도가 있었다.

그는 혼자 힘으로 『과정집薖亭集』 두 권과 『청매시화靑梅詩話』 두 권을 저술했다. 아내 두씨杜氏는 열아홉 살에 요절했다 한다. 『임상헌집臨湘軒集』 한 권도 있는데, 나에게 서문을 부탁하므로 써주었다.

그 다음 몇몇 사람들은 모두 용렬하여 여기에 적을 필요가 없을 뿐 아니라 목수환이나 온목헌과 같은 풍골도 없고 그저 장사꾼 무리들이었다. 그들과는 이틀 밤이나 함께 놀았지만 이름들을 모두 잊어버렸다.

내가 목수환을 보고,

"저렇게 미목이 그림 같은 분이 젊어서 이렇게 고향을 떠나와 있는 것은 무슨 까닭이오? 인재·온공과는 모두 같은 촉땅 사람이니, 다 친척이 아니신지요?

하고 물으니 인재가,

"그에겐 묻질 마십시오. 그는 비록 얼굴은 아름다우나 마치 관옥冠玉[11]과 같아서 그 속에는 아무것도 든 것이 없답니다."

한다. 나는,

"이건 억양이 너무나 지나치지 않소."

---

11 외모는 아름다우나 재덕이 없음을 비유한다. 즉 옥으로 꾸민 것과 같아서 비록 밖에 나타나는 빛은 아름답지만 그 내용은 변변치 못함을 이른 말이다. 《漢書 陳平傳》

하니 인재는,

"온형과 수환과는 종모從母 형제 사이지만 나와는 아무런 관계도 없습니다. 우리 세 사람이 배에 서촉의 비단을 싣고 병신년[12] 2월에 촉을 떠나 삼협三峽을 거쳐 오중吳中[13]에 넘겨버리고, 장삿길을 따라서 구외口外[14]로 나와 이곳에 점포를 낸 지도 벌써 3년이나 되었답니다."

한다. 나는 목수환이 매우 그리워 그와 더불어 필담을 하고자 하였더니, 이귀몽이 손을 저으면서,

"온·목 저 두 분은 입으로는 봉황새를 읊을 수 있으나 눈으로는 시豕자와 해亥자를 분간하지 못할 것입니다."

한다.

"어찌 그럴 리가 있나요."

하니 배관이,

"허튼소리가 아니오. 귀에는 2유二酉의 많은 서적[15]을 간직했으나 눈에는 고무래 정자도 보이지 않는답니다. 하늘에 글 모르는 신선은 없어도 인간 속세에 말 잘하는 앵무새는 있답니다."

---

12 청나라 건륭乾隆 41년.

13 강소성의 오현吳縣.

14 장성 밖. 그 안에 장가구張家口·고북구古北口가 있으므로 그밖의 땅을 구외라 한다.

15 이유는 대유산大酉山과 소유산小酉山을 가리키는 말인데, 그 산 밑에는 석혈石 穴이 있어 그 안에다 책 1천 권을 간직하였다고 한다.

한다. 나는,

"과연 그렇다면 비록 진림陳琳을 시켜 격문을 짓게 한다 하더라
도 골치 앓는 것이 시원해지지 않겠군요."16

하니 배관이,

"이것이 모두 유행이랍니다. 한나라가 육국을 세운 뒤에 문득
이 법이 잘못된 것임을 깨달았다 합니다. 이것이 이른바 구이지학
口耳之學17이라는 것이니, 지금 향교나 서당에서도 한갓 글을 읽기
에만 힘쓸 뿐 강의를 하지 않으므로, 귀로는 분명하게 들으나 눈
으로 보는 것이 아득해서 입으로는 제자백가가 모두 술술 풀려나
오지만 손으로 글을 쓰려면 한 자도 쓰기가 어려울 뿐이랍니다."

한다. 이생이,

"귀국에서는 어떠합니까?"

하기에 나는,

"책을 펴놓고 읽는 법을 가르치되, 소리와 뜻을 함께 익힙니다."

하니, 배생이 거기에 관주貫珠18를 치면서,

"그 법이 정말 옳습니다."

한다. 나는,

---

16 전혀 가능이 없음을 비유한 말이다. 진림은 위나라의 문장가. 그가 일찍이 조조
　를 위해서 원소袁紹에게 보내는 격문을 지어 바치니, 조조가 그 글을 읽고는 앞
　서 앓던 머리가 그 자리에서 시원스럽게 나았다는 데서 온 말이다.

17 귀로 들어가서 입으로 나온다는 뜻으로, 학문의 얕음을 말한다.

18 잘된 곳을 보고 그 글자의 오른편에 동그라미를 치는 것.

"비공은 언제 촉을 떠나셨습니까?"

하고 물으니 그는,

"이른 봄이었습니다."

한다. 내가,

"촉에서 여기가 몇 리나 됩니까?"

하니 비생은,

"5천여 리 남짓 된답니다."

한다. 나는,

"비씨의 여덟 아들은 모두 한 어머니가 낳으셨습니까?"

하자 비는 빙그레 웃을 뿐이었고 배생이,

"아니지요. 소실 두 분이 좌우에서 도와드렸답니다. 나는 저 사람의 여덟 아들이 부럽지 않고, 작은 마누라나 하룻밤 빌렸으면 합니다."

하니 온 방안 사람들이 모두 한바탕 웃었다. 나는,

"오실 때에 검각劍閣의 잔도棧道[19]를 지나셨나요?"

하고 물으니 그는,

"그랬지요. 참 좁디좁은 조도鳥道 천 리에, 하루에 열두 시간 줄곧 원숭이소리뿐이더군요."

한다. 배관은,

"참말이지, 촉도蜀道는 수로로 가나 육로로 가나 마찬가지로 어

---

19 험준한 절벽에 나무로 시렁을 만들어 길을 낸 곳.

려워요. 이것이 이른바 하늘에 오르기보다 더 어렵다는 것이지요. 내가 지난 신묘년[20]에 강을 거슬러 촉으로 들어갈 때, 74일 만에 겨우 백제성白帝城에 이르렀습니다. 배에 타서 보니 때마침 늦은 봄철이어서 양쪽 언덕에는 여러 가지 꽃이 한창 피었더군요. 쓸쓸한 다북 창 속의 나그네 외로운 밤 길기도 한데, 소쩍새 피를 뿜고, 원숭이 울어대며, 학이 울고, 매가 웃으니, 이것은 고요한 강물 위에 달 밝은 경치였고, 낭떠러지 위의 큰 바위가 무너져 강 가운데 떨어지자 두 돌이 서로 부딪쳐서 번갯불이 번쩍 하고 일어나니, 이것은 여름 장마 때의 경치입니다. 이 길을 걸으면 비록 황금덩이와 비단이 바리로 많이 생긴다 하더라도, 머리칼이 세고 가슴이 타는 이 고생을 어찌하겠습니까."

하였다. 나는 또,

"비록 고생하신 것은 그러하지만, 저 육방옹陸放翁[21]의 『입촉기 入蜀記』를 읽을 때면 어찌나 흥겨운지 춤이라도 덩실덩실 추고 싶던걸요."

하니 배생은,

"무어, 꼭 그런 것도 아니에요."

한다.

이날 밤에는 달이 대낮처럼 밝았다. 전사가가 술과 음식을 차리

---

20 청나라 건륭 36년.
21 방옹은 송나라 육유陸游의 호.

느라고 겨우 이경에야 돌아왔다. 불불餑餑22 두 소반, 양곱창국 한 동이, 익힌 오리고기 한 소반, 닭찜 세 마리, 삶은 돼지 한 마리, 싱싱한 과일 두 쟁반, 임안주臨安酒23 세 병, 계주주薊州酒24 두 병, 잉어 한 마리, 백반 두 냄비, 잡채 두 그릇인데 돈으로 친다면 열두 냥어치나 된다. 전생이 앞으로 나와 공손히,

"이렇게 변변치 못한 걸 장만하느라고 오늘 밤 선생님의 좋은 말씀을 듣지 못하였습니다."

한다. 나는 의자에서 내려서며,

"이다지 수고하시니 꼿꼿이 앉아 받기는 황송합니다."

하니 여러 사람들이 일어서면서,

"귀하신 손님이 오셨는데, 도리어 부끄럽습니다."

한다. 이에 일제히 일어나서 다른 좌석으로 옮기고 이내 가게문을 닫았다.

들보 위에 부채 모양의 청사초롱 한 쌍을 달았는데, 겉에는 모두 꽃과 새를 그렸으며, 또 이름 있는 사람의 시구도 적혀 있었다. 네모진 유리등 한 쌍이 대낮처럼 밝게 비친다.

여러 사람들이 각기 한잔씩 권하는데, 닭이나 오리는 모두 주둥이와 발을 떼지 않았고, 양고기 국도 몹시 비려서 비위에 맞지 않

---

22 호떡의 일종.
23 중국 남방의 유명한 술.
24 중국 북방의 유명한 술.

으므로 떡과 과일만 먹었다.

전생이 필담한 종이쪽을 두루 열람하고, 연신 참으로 좋다고 감탄을 하더니,

"선생께서 아까 저녁 전에 골동을 구하시고자 하시더니 어떤 진품을 구하시렵니까?"

하기에 나는,

"꼭 골동뿐만 아니라 문방사우까지도 사고 싶습니다. 정말 희귀하고 고아한 것이면 값은 따지지 않을 것입니다."

하니 전생은,

"선생이 머지않아 북경에 가시면 유리창琉璃廠 같은 데도 들르실 테니, 그것들을 얻기 어렵지는 않을 것입니다. 그러나 다만 그것의 진짜와 가짜를 분간하기가 어려운데, 잘은 모르겠습니다만 선생의 감상력이 어떠하신지요?"

한다. 나는,

"궁벽한 바다 구석에 살고 있는 이 사람의 고루한 감식으로 어찌 진짜·가짜를 잘 분간할 줄 알겠습니까?"

하니 전생은 또,

"이곳은 말만 도회지이지 중국의 한구석이기 때문에 모든 거래는 몽골이나 영고탑 또는 선창 등지에 의뢰할 뿐입니다. 게다가 변방의 풍속이 몹시 무디어 아담한 취미를 갖지 못하였으므로, 여러 가지 신비스러운 빛깔이나 고아한 그릇조차도 이곳에는 나온 일이 드문데, 더구나 은나라의 그릇과 주나라의 솥 같은 것이

야 언제 볼 수 있겠습니까. 귀국에서는 골동 다루는 식이 이곳과는 또 달라서, 전에 그 장사하는 이들을 보니 비록 차와 약재 같은 따위라도 상품을 가리지 않고 값싼 것만을 따지더군요. 그러고서야 어떻게 진짜·가짜를 논할 수 있겠습니까. 다만 차와 약재뿐만이 아니라 모든 기물이 무거우면 실어가기 어려우므로 대개 변문에서 사가지고 돌아가더군요. 그러므로 북경 장사꾼들이 이미 내지에서는 쓰지 못할 물건을 변문으로 넘겨 보내서 서로 속여 이익을 취한답니다. 이제 선생께서는 구하시는 것이 속류에서 훨씬 벗어난 것이고, 또 우연히 이 타향에서 서로 만나서 불과 몇 마디 말을 주고받은 나머지 벌써 지기의 벗이 되었으니 비록 정성을 다하여 물건을 드리지는 못할망정 어찌 잠깐이라도 저버릴 수 있겠습니까."

한다. 나는,

"선생의 말씀은 참으로 마음속에서 우러나오는 것으로 이야말로 '이미 술로 취하게 하고 덕으로 배부르게 했다'[25]고 이를 만합니다."

하고 전생은,

"너무 지나치신 사랑이십니다. 내일 아침에 다시 오셔서 점포에 있는 물건들을 죄다 구경하시지요."

하니 배생이,

---

25 덕화德化를 입고 그 고마움을 표현하는 말이다. 《詩經 大雅 生民之什 旣醉》

"내일 아침 일을 미리 이야기할 것 있소. 다만 선생을 모시고 이 밤의 즐거움을 다하면 그만이지요."

하니 여러 사람이 모두 "옳소" 한다. 전생은 또,

"옛날 공자께서도 '구이九夷의 땅에 살고 싶다'[26] 하였고 또 '군자가 그곳에 산다면 무슨 야비함이 있겠느냐'[27] 하였으니, 상공께서 비록 먼 나라에 계시지만 기골이 훤칠하시고 또 공자·맹자의 글에 능통하시며, 주공周公의 도를 닦으셨으니 이는 곧 한 분의 군자이십니다. 다만 한스러운 것은 우리들이 먼 땅 다른 하늘 밑에 살고 있어서 서로 마음에 있는 것을 다 풀지 못한 채 만나자 곧 헤어지게 되니, 이를 어찌하면 좋습니까."

하니, 이귀몽이 그 대목에서 동그라미를 수없이 그리면서

"은근하고도 애처로움이 꼭 내 마음 같구려."

하고 감탄한다. 술이 다시 두어 순배 돌고 나서 이생이,

"이 술맛이 귀국의 것과 비교하여 어떻습니까?"

하고 묻기에 나는,

"이 임안주는 너무 싱겁고 계주주는 지나치게 향기로워서 둘 다 술이 애초부터 지니고 있는 맑은 향기는 아니라고 생각됩니다. 우리 나라에는 법주法酒가 더러 있습니다."

---

26 『논어』「자로」에 "공자가 '구이의 땅에 가서 살고 싶다' 했다" 하였는데, 구이는 동방에 있던 아홉 종족의 오랑캐. 곧 견이畎夷·우이于夷·방이方夷·황이黃夷·백이白夷·적이赤夷·현이玄夷·풍이風夷·양이陽夷이다.

27 역시 『논어』에서 나온 말이다.

하니 전생은,

"그러면 소주도 있습니까?"

하고 묻기에 나는,

"예, 있습니다."

하고 대답했다. 전생이 곧 일어서서 벽장에서 비파를 꺼내어 두어 곡조를 뜯었다. 나는,

"옛날에도 '연나라와 조나라에는 슬피 노래부르는 이가 많다'[28] 고 일컬었으니, 여러분도 응당 노래를 잘 아시겠지요. 한 곡조 들려주시기 바랍니다."

하니 배생은,

"잘 부르는 이가 없어요."

하고 이생은,

"옛날에 이른바 연·조의 슬픈 노래란 곧 궁벽하고도 작은 나라의 선비로 뜻을 얻지 못한 이들에게서 나온 것이었습니다. 하지만 지금이야 온 천하가 한 집이 되고 성스런 천자가 위에 계시므로, 사민四民이 각기 업을 즐기어서, 어진 이는 밝은 조정의 상서로운 인물이 되어 임금과 신하가 서로 노래를 수창하고, 백성들은 강구의 연월 속에서 밭 갈고 우물 파며 노래부르니 아무런 불평이 있을 리 없는데, 어찌 슬픈 노래가 있을 수 있겠습니까."

---

28 연·조 두 나라에는 예로부터 우국지사가 많아서 비분강개하여 슬픈 노래를 부르는 선비가 많았다는 말인데, 이 말은 한유韓愈의 「송동소남서送董邵南序」중에 나온다.

한다. 나는,

"성스러운 천자가 위에 계시면 나아가 섬기는 것이 당연할 것
인데, 여러분으로 말하면 모두 당세의 영걸들이어서 재주가 높고
학식이 풍부한데도, 어찌 세상에 나가서 일하지 않고 이다지 녹록
하게 이 시정에 묻혀 지내십니까?"

하고 물으니 배생은,

"이런 일은 다만 전공께서나 담당하실 수 있었겠지요."[29]

하니 온 좌중이 모두 크게 웃었다. 이생은,

"이야말로 때와 운명이 있는 것이니, 억지로 구할 수는 없겠지
요."

하고는 곧 책꽂이에서 선문選文 한 권을 뽑아 나에게 한 번 읽기
를 청한다.

나는 곧 「후출사표後出師表」[30]를 읽으면서 우리 나라식의 구두
를 달지 않고 높은 소리로 읽었다. 여럿이 둘러앉아 듣다가 무릎
을 치며 좋아하지 않는 이가 없었다. 내가 다 읽기를 기다려서 이
생이 유량庾亮의 「사중서감표辭中書監表」[31]를 뽑아 읽는데, 그의
높았다 낮았다 하는 음절이 분명해서 비록 글자를 따라 일일이
다 알 수는 없어도 지금 어느 구절을 읽고 있다는 것을 충분히 알

---

29 전공은 곧 전사가를 가리킨 말로 그의 이름이 사가이기 때문에 그만이 벼슬할
   수 있다는 말이니, 곧 농담을 한 것이다.
30 촉한의 제갈량이 지은 글.
31 동진東晉의 유량이 명나라 황제에게 올려 중서감을 사퇴한 표문.

수 있었다. 그의 낭랑한 목청은 마치 관현악기의 소리를 듣는 것
같았다.

　이때 벌써 달은 지고 밤은 깊었는데, 문밖에는 인기척이 끊이지
않았다. 나는,

　"성경에는 야경꾼이 없습니까?"

하고 물었더니 전생은,

　"예, 있습니다."

한다. 나는 또,

　"그렇다면 행인이 끊이지 않는 것은 어떤 까닭입니까?"

하니 전생은,

　"다들 긴한 볼 일이 있는 게지요."

한다. 나는,

　"아무리 볼 일이 있다 한들 어찌 아닌밤중에 나다닐 수 있겠습
니까?"

하니 전생은,

　"왜 못 다니겠습니까. 초롱 없는 사람은 다닐 수 없겠지만, 거리
마다 파수 보는 데가 있어서 감군이 지키고, 창과 곤봉을 휴대하
고서 나쁜 놈들을 적발하여 낮과 밤의 구별이 없는데, 어찌 밤이
라고 다니지 못하겠습니까."

한다. 나는,

　"밤도 깊고 졸리니 초롱을 들고 사관으로 돌아가는 것이 어떨
까요?"

하니, 배와 전이 함께,

"아닙니다, 안 돼요. 반드시 파수꾼에게 검문을 당할 것입니다. 어떻게 이 깊은 밤에 혼자서 쏘다니느냐고 하며 오가면서 들르신 처소까지도 밝히라 할 것이니, 몹시 귀찮을 것입니다. 선생이 졸리신다면 이 누추한 곳에서나마 잠시 눈을 붙이시지요."

하자, 목춘이 곧 일어나서 긴 걸상 위의 털 방석을 말끔히 털고 나를 위해 누울 자리를 마련하는 것이었다. 나는,

"이젠 갑자기 졸음도 달아나는군요. 다만 나 때문에 여러분께서 하룻밤 잠을 못 주무실까 걱정일 뿐입니다."

하니 모두가,

"아닙니다. 조금도 졸리지는 않아요. 이토록 고귀하신 손님을 모시고 아름다운 이야기로 하룻밤을 새운다는 것은 참으로 한평생 살아도 얻기 어려운 좋은 인연이 아닐까 합니다. 이렇게만 세월을 보낸다면야 하룻밤은 고사하고 석 달 열흘이 되도록 촛불을 돋우고 밤을 새운들 무슨 싫증이 나겠습니까."

하고 모두들 흥이 도도하여 다시 술을 더 데우고 안주도 더 가져오게 한다. 내가,

"술을 다시 데울 필요는 없습니다."

하니 그들은,

"차가운 술은 폐를 해칠 우려가 있을 뿐더러 독이 스며들 수 있습니다."

한다.

그 중 오복은 밤새도록 단정히 앉았는데, 눈매가 범상치 않았다. 나는,

"일재선생께선 오중을 떠나신 지 몇 해나 되시는지요."

하니 오생은,

"11년 되었습니다."

한다. 내가,

"무슨 일로 고향을 떠나 이다지도 바쁘게 다니십니까?"

하니 오생은,

"장사로 생애를 삼고 있습니다."

하기에 나는 또,

"가족도 이곳에 함께 계십니까?"

하니 오생은,

"나이는 벌써 마흔입니다만 아직껏 장가를 들지 못했습니다."

한다. 나는,

"오서림吳西林 선생32의 휘는 영방穎芳이고, 항주杭州의 고사高士인데, 혹시 노형의 일가 되는 분이 아니신지요."

하니 오생은,

"아닙니다."

하기에 나는 또,

"육비陸飛·엄성嚴誠·반정균潘庭筠은 모두 서호西湖의 이름 높

---

32 서림은 청나라 고종 때의 학자인 오영방의 자.

은 선비들인데, 혹시 노형이 잘 아십니까?"

하니 오생은,

"모두들 서로 이름을 통한 적도 없습니다. 제가 고향을 떠난 지 오래되었으니까요. 다만 육비가 그린 모란을 본 기억은 납니다. 그는 호주湖州 사람이더군요."

한다.

조금 뒤에 닭이 우니 이웃 사람들이 모두 일어나 움직인다. 나는 피곤한데다 술까지 취하여 의자 위에 걸터앉은 채 꾸벅꾸벅 졸다가 곧장 코를 골고 잠이 들었다. 이리하여 훤하게 날이 밝을 무렵에야 놀라서 잠을 깨니 모두들 걸상 위에서 서로 베고 잠이 들었으며, 어떤 사람은 의자에 앉은 채로 잠이 들었다. 나는 홀로 술 두어 잔을 마시고 배생을 흔들어 깨워서, 가노라 이르고는 곧 사관에 돌아오니 해가 벌써 돋았다.

장복은 아직 곤히 잠들어 있어 일행 상하가 모두 모르는 모양이다. 장복을 툭 차서 깨워,

"누가 날 찾는 이 있더냐?"

하고 물었더니,

"아무도 없더이다."

하고 대답한다.

곧 세숫물을 재촉하여 세수를 한 후 망건을 쓰고 바삐 상방으로 가니, 여러 비장과 역관들이 막 아침 문안을 아뢰는 중이었다. 아무도 나의 간밤 일을 눈치채지 못한 듯했기에 마음속으로 기뻐

하며 장복에게,

"입 밖에 내지 말라."

고 당부하였다.

아침으로 죽을 약간 마시고 곧 예속재에 이르니, 모두들 일어나 나가고 전생과 이인재만이 골동을 벌여놓고 있다가 나를 보더니 놀란 듯이 반기면서,

"선생은 밤새 고단치나 않으셨습니까?"

하기에 나는,

"밤낮을 불문하고 게으름증은 나지 않습니다."

하니 전생은,

"그럼, 차나 한잔 드시지요."

해서 조금 앉아 있으려니까 아름다운 청년 하나가 밖에서 들어와 찻잔을 받들어 나에게 권한다. 성명을 물었더니 그는,

"저는 부우자傅友樟입니다. 집은 산해관에 있고 나이는 열아홉입니다."

한다.

전생이 골동들을 다 진열해놓고 나에게 감상하기를 청한다. 호壺·고觚·정鼎·이彝 등이 모두 열한 좌인데, 큰 것·작은 것·둥근 것·모난 것이 제각기 다르고, 그 조각과 빛깔이 낱낱이 고아하며, 관지款識33를 살펴보니 모두 주·한 시대의 물건이다. 전

---

33 골동에 새긴 글자. 관은 음각이고 지는 양각이다.

생은,

"그 무늬는 고증할 것이 없습니다. 이들은 모두 요새 금릉金陵·하남河南 등지에서 새로 꽃무늬를 새긴 것이라서 관지는 비록 옛날 방식을 본떴다 하더라도 모양이 벌써 질박하지 못하고 빛깔도 순수하지 못하므로, 만일 이것들을 진짜 골동 사이에 놓는다면 반드시 야비함이 당장 드러날 것입니다. 내가 비록 몸은 시전에 묻혀 있더라도 마음은 늘 배움터에 있던 차에 선생을 뵈니, 마치 수많은 보배를 얻은 듯싶습니다. 그런데 어찌 잠깐이라도 서로 속여서 한평생을 두고 마음에 뜨음하도록 하겠습니까."

한다.

나는 여러 그릇 중에서 창 같은 귀가 달리고 석류 모양의 발이 달린 통화로 하나를 들고 자세히 훑어보니, 납다색 빛깔에 자못 정미하게 만들어졌다. 화로 밑을 들쳐보니 '대명선덕년제大明宣德年製'라고 양각으로 새겨져 있었다.

나는,

"이것이 자못 좋아 보이는데요."

하니 전생은,

"사실 그대로 말씀드린다면 이 역시 선덕[34] 연간의 화로가 아닙니다. 선로는 납다색 수은으로 잘 문질러서 속속들이 다 스며들게 한 뒤 다시 금가루를 이겨 칠하였으므로, 불을 담은 지 오래되면

---

34 선덕은 명나라 선종宣宗의 연호.

저절로 붉은빛이 나타나는 것인데, 이거야 어찌 민간에서 흉내나
낼 수 있는 것이겠습니까."
한다. 나는 또,

"그렇다면 골동기에 청록색 주사의 얼룩이 생기는 것은 흙 속
에 오랫동안 파묻혀 있었기 때문인데, 그래서 무덤 속에 묻혔던
것이 좋다고 하질 않습니까. 이제 이 그릇들이 만일 갓 구운 것이
라면 어찌 이런 빛깔을 낼 수 있겠습니까."
하고 물으니 전생은,

"이건 꼭 알아두셔야 합니다. 대체로 골동기는 흙에 들면 청색
이 나고, 물에 들면 녹색이 나고, 무덤 속에서 파낸 그릇들은 흔
히 수은빛을 내는데, 어떤 이들은 시체의 기가 스며들어서 그렇
다고 하지만 그런 것이 아닙니다. 상고시대에는 흔히 수은으로
염을 했기 때문에, 혹시 제왕의 능묘에서 나오는 그릇은 수은이
옮아서 오래된 것일수록 속속들이 스며 배는 법이므로 대략 새로
구운 것인지 옛것인지 또는 진짜인지 가짜인지를 가리기가 쉽습
니다.

옛 그릇들은 다만 살이 두껍고 질이 좋을 뿐만 아니라 본체에
서 나는 빛이 대체로 맑고 윤기가 나며, 수은빛 역시 그릇 전체에
고루 퍼지는 게 아니라 반쪽에서 혹은 귀에서 혹은 다리에서만
나고, 그밖에 번져나가는 것도 가끔 있습니다. 그뿐 아니라 청록
색 얼룩도 그러하여, 반면半面은 짙게 들고 반면은 엷게도 들며,
반면은 맑게 들고 반면은 흐리게도 듭니다. 그러나 흐리다고 더러

울 정도는 아니어서 머리카락 같은 무늬도 투명하게 보이며, 맑다고 해도 메마르진 않아서 어른어른하게 윤기가 흐르는 것이 마치 물오른 것 같습니다.

가끔 주사의 얼룩점이 속속들이 깊이 스며든 것이 있는데, 갈색 얼룩이 가장 고귀한 것입니다. 흙 속에 오래 들어 있으면 청靑·녹綠·취翠·주朱의 점들이 알록달록하여, 버섯 무늬 같기도 하고 혹은 구름 속의 햇무리 같기도 하고 또는 함박눈 조각 같기도 합니다. 이렇게 되려면 흙 속에서 천 년쯤 묻혀 있어야 되는 것이니, 이런 것이야 정말 상품으로 치는 것입니다. 옛날 명나라 선종이 무척 갈색을 좋아해서 선로에 갈색이 많았던 것입니다.

근년에 섬서陝西에서 갓 지은 것도 짐짓 선덕의 것을 모방하였으나 선로는 아예 꽃무늬가 없는 것을 알지 못한 채 일부러 꽃무늬를 새겼으니, 이것은 모두 가짜입니다. 그들이 빛깔을 이토록 잘 위조하는 것은 대체로 그릇을 구운 뒤에 칼로 무늬를 새기고 관지款識를 파서 넣은 다음 땅에 구덩이를 파서 거기에다 소금물 두어 동이를 들어붓고 물기가 마른 뒤에 그릇을 그 속에 묻어두었다가 몇 년 만에 꺼내보면 자못 옛맛이 있어 보이나, 이는 가장 하품이며 서투른 솜씨입니다.

이보다 더 교묘한 방법은, 붕사·한수석寒水石·망사·담반膽礬·금사반金砂礬으로 가루를 만들어 소금물에 풀어서, 붓으로 골고루 그릇에 먹여 말린 뒤에, 씻고 또 씻은 다음 다시 붓질하며, 이러기를 하루에 서너 번씩 한 뒤에 땅을 깊이 파서 그 속에 숯불을 피워 구덩이가 화로처럼 달아오르게 하고 여기에 진한 초를 뿌리면, 구덩이가 펄펄 끓으면서 곧 말라버립니다. 그러면 그 다음 그릇을 그 속에 넣고 초 찌꺼기로 두껍게 덮고, 또 그 위에 흙을 다져서 빈틈없이 하여 네댓새가 지난 뒤에 꺼내보면 여러 가지 얼룩점이 나타나 있습니다. 그런 뒤에 다시 댓잎을 태워 그 연기를 풍겨서 푸른빛을 더 짙게 하고 납으로 문지르는데, 수은빛을 내려면 바늘로 가루를 만들어서 문지르고 그 위에 백합으로 닦으면 그럴듯한 고색이 납니다.

그리고 일부러 한쪽 귀를 떼기도 하고 몸에 흠집을 내기도 해서, 상·주·진·한 시대의 유물이라고 속이기까지 하는데 이는 더욱 얄미운 짓입니다. 뒷날 유리창에 가시면 모두 먼 곳에서 온 장사치들이 물건을 팔 테니 물건을 사실 때 진짜·가짜를 분간하지 못하여 우물쭈물하다가 웃음거리가 되지 않도록 하십시오."

한다. 나는,

"감사합니다. 선생이 이렇게 진심을 보여주시니까요. 저는 내일 아침 일찍 북경으로 떠날 테니, 바라건대, 선생은 문방·서화·정鼎·이彝 등 여러 가지에 대하여 고금의 것인지 아닌지와 물건 이름의 진위를 기록하셔서 어두운 길에 등불이 되도록 해주시면 어떻겠습니까?"

하니 전생은,

"선생께서 만일 이것이 필요하시다면 그건 어렵지 않습니다.

곧 『서청고감西淸古鑑』[35]과 『박고도博古圖』 중에서 제 소견을 첨가하여 깨끗이 써서 드리겠습니다."
한다.

이리하여 해가 돋으면 다시 오기로 약속하고 사관에 돌아오니 이미 아침상을 올렸으므로 잠깐 상방에 다녀와서 빨리 조반을 먹고 다시 나오자, 정진사가 계함·내원과 함께 역시 구경을 따라나서며 나에게,

"혼자서 다니며 무슨 재미난 구경을 하시오."
하고 나무라더니 내원이 또,

"실은 아무것도 볼 만한 것이 없습니다. 옛날 광주 고을 생원이 처음 서울에 와서 이리저리 두리번거리며 인사 한마디도 똑똑히 못하여 서울 사람들의 웃음거리가 되었다더니, 이제 우리들이 꼭 그꼴이군요. 난 더군다나 두번째라서 아무런 재미가 없군요."
한다.

길에서 비치를 만났는데, 그는 나를 이끌고 전자점氈子店으로 들어가더니 오늘 밤 가상루에서 모이자고 부탁한다. 나는 이미 전포관과 예속재에서 만나기로 약속했고, 어제 저녁에 모였던 사람들이 다 모이기로 했다고 말했더니 비생이,

"아까 전포관과도 잘 이야기되었습니다. 이제 선생이 외국의 손님으로 녹명鹿鳴을 노래하며[36] 북경으로 깊이 오니 우리들이 선

---

35 청나라 고종의 명으로 내부內府에 있는 고기古器를 해설한 책.

생을 위해서 백구白駒의 옛 시37를 읊고픈 심정은 누구나 다 같을 것입니다. 배공이 이미 촉중蜀中의 온공과 함께 주식을 장만하였으니, 이 약속을 어기시면 안 될 것입니다."

한다. 나는,

"어제 저녁엔 여러분께 너무 많은 폐를 끼쳤는데, 오늘 밤은 그러지 말아주셨으면 좋겠습니다."

하니 비생은,

"저 뫼에 아름다운 나무가 있다면 공장이 자로 잴 것이요, 나는 백로가 멀리 찾았으니38 피차 서로 싫지 않을 것입니다. 열두 행와行窩39엔 애초부터 일정한 약속이 없었을 것이요, 사해가 모두 형제이니 누구에게 후박이 있겠습니까."

한다.

마침 내원 등이 거리를 서성거리다가 나를 찾아 가게로 들어왔다. 나는 급히 필담하던 종이쪽지를 걷어치우고 고개를 끄덕여서 응낙하였다. 비생 역시 나의 뜻을 눈치채고 빙그레 웃으면서 턱을

---

36 천자를 뵈러 간다는 뜻이다. 녹명은 『시경』 「소아小雅」의 편명인데, 이 시는 천자가 군신을 모아놓고 주연을 베풀 때 노래하는 시이다.

37 『시경』 「소아」 '백구'의 시를 말하는데, 이 시는 어진 선비를 여의는 것을 노래한 것이다.

38 『시경』에 나온 말이다. 즉 외국에서 찾아온 손님을 나는 백로에 비유한 것이다.

39 『송사宋史』 「소옹전邵雍傳」에 "어떤 호사자가 소옹이 살고 있는 집 외에 별도로 그의 집과 비슷한 집을 지어놓고 그가 오기를 기다렸는데, 이름을 '행와'라 한다" 하였는데, 이 행와가 열두 군데나 있었다.

끄덕였다.

계함이 종이를 찾으며 말을 하고 싶어하기에 내가 먼저 일어나면서,

"그와 더불어 이야기할 게 못 되네."

하니 계함 역시 웃고 일어선다.

비생이 문까지 나와서 내 손을 넌지시 잡고 은근한 뜻을 비치므로, 나는 그저 고개를 끄덕이고 나와버렸다.

상루에서의 필담
商樓筆談

이날 저녁에는 더위가 찌는 듯하고 하늘엔 붉은 햇무리가 끼었다. 나는 밥을 재촉해 먹고 상방에 가서 조금 앉았다가 곧 일어나면서 혼자말로,

"더위에 기침이 심하니 일찍 자야겠군."

하고는 뜰로 내려와 서성거리다가 틈만 있으면 나갈 궁리를 했다.

마침 내원과 주주부·노참봉 등도 식사를 한 뒤 뜰을 거닐면서 배를 문지르며 트림을 하고 있었다. 달빛이 차츰 돌아오르고 시끄러운 소리가 잠깐 끊겼다. 주주부가 달 그림자를 따라 두루 거닐면서 부사가 요양에서 지은 칠률을 외고, 또 자기가 차운次韻한 것을 읊고 있었다. 나는 바쁜 걸음으로 마루로 올라갔다가 다시 나

오면서 노군에게,

"형님[40]이 매우 심심해하시더군."

하니 노군이,

"사또께서 너무나 적막해 보이더군요."

하고 곧 마루 위로 향한다. 주군도 근심스런 얼굴로,

"요즘 병환이 나실까 걱정입니다."

하고 곧장 마루쪽으로 향해 가니, 내원도 그의 뒤를 따라 들어갔다. 나는 그제야 빨리 문을 나가면서 장복에게,

"어제처럼 잘 꾸며대려무나."

하고 타이르자 계함이 밖에서 들어오다가 나를 보고,

"어디를 가시오."

한다. 나는 가만히,

"달을 따라 어디 좋은 데 가서 이야기나 하자꾸나."

하니 계함은,

"어딜요?"

하므로 나는,

"그야 어디든지."

하였더니, 계함이 걸음을 멈추고 망설이는 차에 마침 수역이 들어오는 것을 보고 그는,

"달이 좋으니 좀 거닐다 와도 좋겠지요."

---

40 상사上使 박명원朴明源으로, 연암의 팔촌 형이다.

하니, 수역이 깜짝 놀라면서 무어라고 말하자 계함은 웃으면서

"일이야 의당 이렇게 해야지요."

하기에, 나도 허튼 말로,

"그럴 법하군."

하고 곧 앞서고 뒤선 채 도로 들어가다가 마침 수역과 계함이 마루에 올라서 돌아오지 않는 틈을 타서 가만히 빠져나왔다.

한길로 나오니, 그제야 가슴이 후련하였다. 더위가 약간 물러간 데다 달빛이 땅에 가득하다. 먼저 예속재에 이르니, 벌써 문이 닫혔는데 전생은 어딘지 나가고 이인재만이 혼자 있었다. 그는,

"잠깐 앉으셔서 차나 마시십시오. 전공이 곧 돌아올 겁니다."

한다. 나는,

"벌써 가상루에 여러분께서 모여 몹시 기다릴걸요."

하니 이생은,

"가상루의 아름다운 약속은 이미 알고 있습니다. 저 역시 모시고 가리다."

한다.

마침 전생이 붉은 양각등을 들고 들어와서 곧 가기를 재촉하므로, 이생과 함께 담뱃대를 입에 문 채 문을 나섰다. 한길이 하늘처럼 넓고 달빛은 물결처럼 흘러내린다. 전생이 손에 들었던 초롱을 문 위에 걸기에 나는,

"초롱을 들지 않아도 무방한가요?"

하니 이생은,

166

"아직 밤이 되지 않았으니까요."
한다.

드디어 천천히 네거리를 거닐었다. 양편 상점들은 벌써 문이 닫혔고, 문밖에는 모두 양각등을 걸었는데 더러 푸르고 붉은 빛깔도 섞여 있었다.

가상루의 여러 사람들이 마침 난간 밑에 죽 늘어서 있다가 나를 보고는 모두들 반겨하며 상점 안으로 맞아들인다. 여기에는 배관·이귀몽·비치·전사가·온백고·목수환·오복 등이 모두 모였다. 배생이,

"박공은 믿음 있는 선비라 이를 만합니다."
한다.

방 가운데는 부채처럼 생긴 청사초롱 한 쌍이 걸려 있고 탁상에는 촛불 두 자루가 켜져 있었는데, 생선·고기·나물·과일들을 이미 차려놓았으며, 북쪽 벽 밑에도 별도로 식탁 하나를 마련해놓았다. 여러 사람들이 나에게 먹기를 청하기에 나는,

"저녁밥이 아직 덜 내려갔습니다."
하니, 비생이 손수 더운 차 한잔을 따라서 권한다. 마침 자리에 처음 보는 손님이 있기에 그의 성명을 물으니,

"저이는 마영馬鑅이라 합니다. 자는 요여燿如이고 산해관에 살고 있는 분인데 이곳에 장사하러 왔으며, 나이는 스물세 살이고 글도 대략 안답니다."
고 소개한다. 비생은,

"오십독역五十讀易[41]을 어떤 이는 정복독역正卜讀易이라 하여 복
卜자에 획이 하나 더 붙은 것이라 하는데, 선생은 어떻게 생각하
십니까?"

하기에 나는,

"오십독역의 오십은 비록 졸卒자가 아닌가 하고 의심할 수는
있겠으나, 이제 정복正卜의 그릇된 것이라 함은 너무 천착함이 아
닐까요.『주역』은 비록 점치는 데 쓰는 책이기는 하지만,「계사繫
辭」에도 점占과 서筮를 말했으나 복자는 보이지 않을 뿐더러, 복
자로 말하더라도 'ㅣ'자에다 'ㆍ' 하나를 더한 것인 만큼 애초에
한 일자의 획을 건너 그은 건 아니지 않습니까?"

하니 비생이 또,

"혹은 무약단주오無若丹朱傲[42]의 오傲자를 오奡[43]자의 잘못이라
하고, 그 아래 망수행주罔水行舟[44]라는 글을 보아서 두 사람으로
보는 것이 옳다고 하는데요."

하기에 나는,

"오가 육지에서 배를 끌었다 하니, 망수행주와 뜻은 매우 그럴
싸하게 맞으나 오傲와 오奡는 비록 음은 같을지라도 글자의 모양
이 아주 다를 뿐 아니라, 오奡와 착浞으로 말하면 모두 하태강夏太

---

41 나이 쉰 살에『주역』을 읽었다는 말.『논어』에서 나온 말이다.
42 단주처럼 거만하지 말라는 말로『서경』에서 나온 것이다. 단주는 요堯의 아들.
43 역사力士의 이름.『논어』에 "오奡는 육지에서 배를 끈다" 하였다.
44 육지에서의 배를 끈다는 말.

康45 때의 사람이니, 위로 우순시대와는 매우 요원하지 않습니까?"

하니 이동야는,

"선생의 변증이 꼭 옳습니다."

한다. 나는 사가에게,

"부탁드린 골동의 목록은 이미 집필을 시작하셨는지요?"

하고 물으니 전생은,

"점심때 마침 조그마한 일이 생겨 아직 반도 베끼지 못한 채 그대로 접어두었습니다. 내일 아침 떠나시는 길에 잠시 점포 앞에서 행차를 멈추시면 제 손수 선생의 종자에게 전해드릴 것입니다. 이번엔 반드시 약속을 어기지 않겠습니다."

한다. 나는,

"선생께 이렇듯 수고를 끼쳐드려 죄송합니다."

하니 전생은,

"이건 친구간의 예삿일이지요. 도리어 진작 못 해드린 것이 부끄러울 뿐입니다."

한다. 나는 또,

"여러분은 일찍이 천산千山을 구경하신 적이 있습니까?"

하고 물었더니 그들은,

"여기서 1백여 리나 되어 아무도 가본 일이 없답니다."

---

45 하나라의 임금. 태강은 시호.

한다. 나는,

"병부낭중 복녕福寧이란 이를 잘 아십니까?"

하니 전생은,

"아직 모릅니다. 우리 친구들도 다들 모를 것입니다. 그는 벼슬하는 양반이요, 우리는 장사꾼인데 어찌 서로 만날 수 있겠습니까?"

한다. 동야는,

"선생은 이번 길에 황제를 직접 뵙겠지요?"

하기에 나는,

"사신은 수시로 뵐 수 있겠지만, 나는 한갓 수행원이라서 그 반열에 참여할 것 같지 않습니다."

하니 동야는,

"지난해에 어가가 능에 거둥하셨을 때 귀국의 종관들은 모두 천자의 존안을 가까이 뵙곤 하던데, 우리네는 도리어 그가 부럽더군요."

하기에 나는,

"여러분은 어째서 우러러뵙지 않습니까?"

하니 배갈부가,

"어찌 감히 당돌한 짓을 할 수 있겠습니까? 그저 문 닫은 채로 잠자코 있을 뿐이지요."

한다. 나는,

"황상께서 행차하실 때면 아이 어른 할 것 없이 들판에 모여들어 서로 다투어 그 행차를 우러러보려고 할 것 아닙니까?"
하니 그는,

"어찌 감히 그럴 수 있겠습니까."

한다. 나는,

"지금 조정 각로閣老들 중에 누가 가장 인망이 높지요?"

하고 물으니 동야가,

"그들의 이름은 모두 『만한진신영안滿漢搢紳榮案』46에 실려 있으니, 한번 훑어보시면 알 수 있을 겁니다."

하기에 나는,

"비록 『영안榮案』을 본다 한들 그들의 사업이야 알 수 있겠습니까?"

하니 동야는,

"우리네야 모두 초야에 묻힌 몸이어서 지금 조정에 누가 주공周公이고 소공召公인지 또는 누가 꿈에서 얻은 사람47이고 점쳐서 얻은 사람48인지를 모르지요."

한다. 나는,

"심양성 중에 경술經術과 문장에 능통한 이가 몇이나 있을까요?"

---

46 만주 사람과 중국 사람을 함께 실은 일종의 벼슬아치 인명록.
47 은나라 무정武丁이 꿈에 부열傳說을 만나고는 그를 찾아 재상으로 삼았던 일.
48 주나라 문왕文王이 점을 쳐서 여상呂尙을 얻어 스승으로 삼았던 일.

하니 배생이,

  "저는 용렬해서 들은 바가 없습니다."

하고 전생은,

  "심양 서원에 거인擧人[49] 네댓 사람이 있었는데, 마침 과거 보러 북경에 가고 없답니다."

한다. 나는,

  "여기서 북경까지 1천5백 리 사이의 연로에 이름난 사람과 높은 선비들이 응당 많겠지요. 그들 성명을 알면 찾아보는 데 편리할 것 같습니다."

하니 전생이,

  "산해관 밖은 아직도 변방이라 땅이 거칠고 사람이 사나워서 연로엔 모두 우리처럼 장사꾼 같은 사람들뿐이니 이름을 들 만한 이도 없습니다. 또한 사람을 천거하기란 가장 어려운 일이어서 기껏해야 제가 아는 사람을 들춤에 지나지 못하여, 제가 좋아하는 사람에게 아첨함을 면치 못할 것입니다. 그랬다가 한번 높으신 안목으로 보시어 꼭 마음에 들지 않는다면 저에게는 부질없는 말이 되고 남에게는 실망을 안겨줄 뿐입니다.

  이제 무슨 좋은 바람이 불어서 선생을 뵙고 덕망을 우러러 촛불을 밝히고 마음껏 토론하니, 이것이 어찌 꿈엔들 생각이나 했던 일이리까? 이는 실로 하늘이 맺어준 연분이라 아니 할 수 없습니

---

49 지방에서 국가고시에 합격하고 중앙고시에 응할 자격을 가진 선비.

다. 이 세상에 나서 벗 한 사람만 얻는다면 한이 없을 것이니, 선생께서는 가시는 길에 스스로 좋은 사람을 만날 텐데 어찌 다른 사람을 미리 소개할 필요가 있겠습니까."

한다. 술이 몇 순배 돌 때에 비생이 먹을 갈고 종이를 펴면서,

"목수환이 선생의 필적을 간직하고자 합니다."

하기에, 나는 곧 반정균潘庭筠이 김양허金養虛[50]를 보낼 때 지어준 7절七絶 중의 한 수를 써주었다. 동야는,

"반정균은 귀국의 이름 높은 선비입니까?"

하고 묻기에 나는,

"우리 나라 사람이 아닙니다. 그는 전당錢塘 사람으로 지금 중서사인中書舍人으로 있으며, 그의 자는 향조香祖입니다."

하였다.

배생이 또 빈 용지 하나를 꺼내어 나에게 글씨를 청한다. 진한 먹, 부드러운 붓에 자획이 썩 잘되었다. 내 스스로도 이렇게 잘 씌어질 줄은 몰랐고, 다른 사람들도 크게 감탄하여 마지않는다. 한 잔 기울이고 한 장 써내니, 글씨 태가 저절로 호방해진다. 밑에 몇 쪽은 진한 먹으로 늙은 소나무와 괴석을 그렸더니, 여러 사람들이 더욱 좋아하여, 서로 다투어가면서 종이와 붓을 내놓고 삥 둘러서서 써달라고 조른다. 또 검은 용 한 마리를 그리고 붓을 퉁겨서 짙은 구름과 소낙비를 그렸는데, 지느러미는 꼿꼿이 세워지고, 등

---

50 양허는 김재행金在行의 자. 영조 41년에 연경에 갔었다.

비늘은 질서 없이 붙였으며, 발톱이 얼굴보다 더 크고, 코는 뿔보다 더 길게 그렸더니, 모두들 크게 웃으며 기이하다고 했다. 전생과 마영이 초롱을 들고 먼저 돌아가려 하므로 내가,

"이야기가 한창 재미있는데, 선생은 왜 먼저 가시렵니까?"
하고 물으니 전생이,

"지레 돌아가고 싶지는 않으나 「고동록古董錄」을 베껴드리기로 한 약속을 지키려니 하는 수 없습니다. 내일 아침 문에 나서서 작별인사 드리겠습니다."
한다.

나는 아까 그린 검은 용을 들고 촛불에 사르려 하니, 온목헌이 급히 일어나 빼앗아 고이 접어 품안에 간직한다. 배생은 껄껄 웃으면서,

"관동 천리에 큰 가뭄이 들까 걱정이군."
하기에 나는,

"어째서 가뭄이 든단 말씀이오?"
하니 배생이,

"만일 이게 화룡火龍이 되어간다면 누구든지 괴로움을 부르짖지 않을 수 없을걸요."
하자 모두 한바탕 웃었다. 배생은 다시

"용 중에도 어질고 나쁜 것이 있는데, 화룡이 가장 독하답니다. 건륭 8년 3월에 산해관 밖 여양閭陽 벌판에 용 한 마리가 떨어져 구름도 없이 뇌성이 울리고 비도 내리지 않으면서 번갯불이 번쩍

이며, 산해관 밖의 늦은 봄 일기가 갑자기 6월 더위로 변하였답니다. 또 용이 있는 곳에서부터 1백 리 이내는 모두 펄펄 끓는 도가니 속같이 되어 수많은 사람과 짐승이 목말라 죽었답니다. 장사치와 나그네도 다니지 못했으며, 살아 있는 사람들은 밤낮없이 발가숭이로 앉아서도 부채를 손에서 놓지 못했답니다. 그런데 황제께서 분부를 내리시어 관내의 얼음 창고에서 얼음 수천 수레를 내어 관 밖에 고루 나누어 주어 더위를 가시게 하였습니다. 용 가까이 있던 나무와 흙·돌은 모두 볶은 콩처럼 되어버리고 우물과 샘이 들끓었습니다.

용이 누워 있은 지 열흘 만에 갑자기 바람이 몰아치고 천둥이 일며, 콩알 같은 비가 퍼붓고, 대릉하大陵河의 집들이 빗속에서 저절로 불이 나곤 하였으나, 다만 사람과 짐승에게는 아무런 피해도 없었답니다. 용이 떠날 때 사람들이 나가보았습니다. 용은 몸을 일으켜 하늘로 오르려 하였는데, 처음엔 무척 굼뜨게 머리를 쳐들고 꼬리를 끌어 마치 낙타가 일어선 모양이었는데 길이는 겨우 서너 길밖에 되지 않더랍니다. 그러다가 입으로는 불을 뿜고 꼬리만 땅에 붙이고는 한번 몸을 꿈틀하면 비늘마다 번갯불이 번쩍일면서 천둥소리가 나고 공중에서 빗방울이 쏟아지더니, 이윽고 묵은 버드나무 위에 몸을 걸치자 머리부터 꼬리까지의 길이가 10여 길이나 되었고, 소낙비가 강물을 뒤엎는 듯 퍼붓더니 이내 멎었답니다. 그제야 하늘을 쳐다보니, 동쪽 구름 사이에서 뿔이 나타나고 서쪽 구름 사이에선 발톱이 드러나는데, 뿔과 발톱 사이가 몇 리나 되더랍니다.

용이 오른 뒤에는 날씨가 청명하여 다시 3월 기후가 되었답니다. 용이 누웠던 자리에는 몇 길이나 되는 맑은 못이 파이고, 못가에 있던 나무와 돌은 모두 타버리고 반쯤만 남았으며, 말과 소들은 털과 뼈가 모두 타서 녹아버렸고, 크고 작은 죽은 물고기들이 산더미처럼 쌓여 그 냄새에 사람이 가까이 갈 수도 없었답니다. 특히 이상한 것은 용이 걸렸던 버드나무에는 잎 하나도 떨어지지 않았다고 합니다. 그 해에 관동 일대에 큰 가뭄이 들어서 9월이 되도록 비가 내리지 않았답니다. 그러므로 나는 이 용이 간다면, 또 그런 변이 생길까 걱정하는 바입니다."

하자 온 좌중이 한바탕 크게 웃었다. 나는 사발에 술을 부어 죽 들이켜고 나서,

"그 이야기에 아주 술맛이 도는군요."

하니 모두가,

"옳습니다. 이번엔 우리 각기 한 사발씩 돌려 박공의 기쁨을 도웁시다."

한다. 나는,

"여러분은 그 용의 이름을 아십니까?"

하니, 응룡應龍 혹은 한발旱魃이라고 한다. 나는,

"아닙니다. 그 이름은 강철罡鐵이라 합니다. 우리 나라 속담에 '강철이 지난 곳엔 가을도 봄이 된다' 하니, 이는 가물어 흉년이 드는 것을 말합니다. 그러므로 가난한 사람들이 일을 하다 일이

잘 이룩되지 않은 것을 보고, 강철의 가을이라고 합니다."

하였더니 배생이,

"그 용 이름이 참 기이하군요. 내가 난 해가 바로 그 해이니, 이
는 곧 강철의 가을인데 어찌 가난하지 않을 수 있겠습니까?"

하고, 그는 다시 긴 목소리로,

"강처罡處."

하기에 내가,

"아니요, 강철입니다."

하고 다시 일러주니 배생은 또,

"강천罡賤."

한다. 나는 웃으면서,

"천이 아니고, 도철饕餮의 철과 음이 같은 철입니다."

하니, 동야가 크게 웃으며 이내 커다란 소리로,

"강청罡靑."

하여 모두들 허리를 잡고 웃었다.

대개 중국 사람들의 발음은 갈葛·월月 등의 모든 리을 받침이
잘 돌아가지 않기 때문이다. 나는,

"여러분은 모두 오나라·촉나라에 살고 계시면서 이렇게 멀리
장사를 나오셨는데, 해가 바뀌면 고향 생각이 간절하지 않습니
까?"

하니 오복이,

"간절하다 뿐입니까."

하고 동야는,

"고향 생각이 날 때마다 심신이 산란해집니다. 하늘 끝, 땅 모퉁이와 같은 먼 곳에 와서 사소한 이익을 다투다 보니, 연로하신 어머니는 부질없이 해 저문 마을 문에 기대어 나를 기다리시고, 젊은 아내는 침실을 혼자서 지키게 됩니다. 그리하여 오랫동안 편지마저 끊어지고, 꾀꼬리소리엔 꿈 역시 이르지 않으니, 어찌 사람치고 머리가 세지 않겠습니까. 더욱이 달 밝고 바람 맑으며 잎 지고 꽃피는 때면 하염없이 간장만 타니, 이를 어찌하오리까."

한다. 나는,

"그러시다면 진작 고향에 돌아가서 몸소 밭을 갈아 위로는 어버이를 섬기고 아래로는 처자를 거느릴 계획을 세우시지 않고, 왜 이렇게 하찮은 이익을 좇아서 멀리 고향을 떠나셨나요? 설사 이렇게 해서 재산이 의돈猗頓[51]과 겨루고 이름이 도주陶朱[52]와 같이 된다 한들 무슨 즐거움이 있겠습니까?"

하니 동야는,

"꼭 그렇지도 않습니다. 우리 고향 사람들도 더러는 반딧불을 주머니에 넣어 그 불빛으로 공부하는 사람도 있고, 송곳으로 정강이를 찔러가며 졸음을 물리치고 공부하는 사람도 있으며, 아침엔 나물밥, 저녁엔 소금찬으로 가난을 견디는 이가 많습니다. 그러한

---

51 전국시대 때 노나라의 큰 부자.

52 전국시대 때 범려范蠡의 다른 이름. 재물을 불리는 재주가 있어 거부가 되었다.

178

정성을 하늘이 가엽게 여겼는지 때로는 비록 하찮은 벼슬이나마 얻어서 하는 일이 있으나, 만리 타향에 일터를 찾으려니 고향을 떠나 사는 건 마찬가지지요. 혹시 부모님의 상을 당하든지 파면을 당하든지 한다면 고생은 말할 것도 없거니와, 또 관직을 가진 자는 마땅히 그 일터에서 죽어야 합니다. 혹시 잘못이 있을 때에는 장물을 도로 내놓아야 할 뿐 아니라 대대로 내려온 가업마저 기울게 될 것이니, 그때에야 비록 황견黃犬의 탄식53을 한들 무슨 소용이 있겠습니까?

저희들은 배운 것이 어설프니 벼슬길도 가망 없고, 그렇다고 해서 피땀 흘리며 공장이 노릇으로 일생을 보낼 기술도 없습니다. 또 쌀 한 톨이라도 신고해야 얻을 수 있는 농업으로 한평생을 지낸다 해도, 나서 죽을 때까지 그 좁은 고장을 한걸음도 떠나지 못한 채, 마치 여름벌레가 겨울엔 나오지 못하듯 이 세상을 마칠 테니, 이렇게 되면 차라리 하루빨리 죽는 것만 못할 것입니다.

이 가게를 내고 물건을 매매해서 생활하는 것을 남들은 비록 하류로 치지만, 생각하기에 따라서는 나를 위하여 하늘이 하나의 극락세계를 열고, 땅이 이러한 쾌활림快活林54을 점지하여 도주공

---

53 때늦은 뒤에 후회하는 것을 비유한 말이다. 황견은 누런 개인데, 진나라 이사李斯가 자기 아들과 함께 형장刑場으로 갈 때 자기 아들을 돌아보고 "내가 아무리 너와 함께 다시 황견을 몰고 동문을 나서 사냥을 하려 한들 이제는 할 수 있겠느냐" 한 데서 온 말이다.
54 송나라 수도의 교외에 있는 유명한 유원지의 이름.

陶朱公의 편주扁舟를 띄우고[55] 단목씨端木氏의 수레[56]를 잇달아서 유유히 사방을 다니어도 아무런 거리낌이 없고, 아무리 넓은 대도시라도 뜻에 맞는 대로 가서 살 것이니, 드높은 처마와 화려한 방 안에 심신이 한가롭고, 모진 추위나 가혹한 더위에도 방편을 따라 자유롭게 살 수도 있습니다. 그러므로 어버이께서 안심하시고 처자들도 원망하지 않아서, 나아가나 물러서나 피차간에 여유 있고, 영욕을 모두 잊게 되었으니, 농사와 벼슬길의 두 길과 비교해보면 그 괴롭고 즐거움이 어떻겠습니까.

또 저희들은 특히 사귐에 있어서 모두 더없이 착한 성품을 지녔답니다. 『논어』에도 '세 사람이 함께 가면 그 중에 반드시 나의 스승이 될 이가 있다' 하였고, 『주역』에는 '두 사람의 마음이 합한다면 굳은 쇠라도 녹일 수 있다' 하였으니, 온 천하의 즐거움이 이보다 더 지나칠 것이 있겠습니까. 사람이 한평생에 만일 친구가 없다면 아무런 재미도 없을 것입니다.

먹고 입는 것밖에 모르는 위인들은 이런 취미를 모른답니다. 세상에는 과연 그 얄미운 면목에 정상적이지 못한 말씨를 가진 자가 얼마나 많습니까. 그들은 옷가지나 밥사발만이 눈에 뜨일 뿐,

---

55 도주공은 곧 춘추시대 초나라 범려를 가리킨 말. 범려가 월나라의 왕 구천句踐을 도와 오나라를 멸망시킨 다음 절세의 미인인 서시西施를 거룻배에 싣고 오호五湖로 떠다녔기 때문에 이름이다.

56 아주 호화스러움을 비유한 말이다. 단목씨는 공자의 제자들 가운데 가장 돈이 많았던 단목사端木賜를 가리킨다. 자는 자공子貢이다.

친구를 사귀는 즐거움이라고는 조금도 지니지 않았답니다."

한다. 나는,

"중국의 백성들은 제각기 네 갈래의 분업적인 생활을 하고 있
으니 거기에는 귀천의 차별이 없을 것이며 따라서 혼인이라든지
또는 벼슬살이에 있어서도 서로가 아무런 구애가 없겠지요."

하니 동야는,

"우리 나라에서는 벼슬아치들은 상인이나 공인과 혼인하는 것
을 금하여 관로官路를 깨끗이 하는데, 이는 도道를 높이고, 이利를
낮게 보며, 근본을 숭상하고 지엽적인 것을 억제하려는 것입니다.
우리 집은 대대로 장사하는 가정이므로 사대부 집안과는 혼인을
할 수 없고, 비록 돈과 쌀을 바쳐 생원이라도 얻어 할 수는 있겠지
만, 그 역시 향공鄕貢[57]을 거쳐서 거인이 되지는 못한답니다."

하자 비생이,

"그러나 그건 고향에서만이지 타관에 나서면 반드시 그렇지도
않습니다."

한다. 나는,

"한번 제생諸生이 되기만 하면 선비로 행세할 수는 있습니까?"

하였더니 이가,

"그렇습니다. 제생 중에도 늠생·감생·공생[58] 등의 여러 가지

---

57 지방 장관이 처리하는 사람.
58 지방에서 추천한 선비.

명목이 있는데, 이들은 모두 생원 중에서 뽑혀 오르기 때문에 한 번만 생원에 통과되면 구족九族에까지 빛이 납니다. 그러나 그 대신 이웃들이 해를 입습니다. 왜냐하면 관권을 잡고 시골에서 무단武斷을 감행하는 것이 곧 생원의 전문적인 기량이기 때문입니다. 소위 선비들 중에도 세 층이 있는데, 상등은 벼슬아치가 되어 관록을 먹는 것이요, 중등은 학관을 열어서 생도를 모집하는 것이요, 하등은 남에게 창피를 무릅쓰고 빌붙고 꾸러 다니는 축들입니다. 이는 속담에 '남에게 빌붙어 사니 체면이 서지 않는다'는 꼴이지만, 당장 살 길이 막연하니 남에게 빌붙지 않을 수도 없지요. 추위와 더위를 헤아리지 않고 줄곧 쏘다니면서 사람을 만나면 말을 할까말까 주저하다가 끝내는 그 야비한 의도가 드러납니다. 한때엔 고담준론만 하던 선비가 뜻밖에 미움받는 대상이 되고 마는 것입니다. 속담에도 '남에게 구하는 것이 내가 스스로 구하는 것만 못하다'고 했지만, 장사를 하면 차라리 이런 지경에까지는 이르지 않습니다."

한다. 나는 말머리를 돌려서,

"중국의 상정觴政59엔 반드시 묘한 방법이 있을 것인데, 어제 오늘 이틀 밤을 여럿이 모여 마셨음에도 주령酒令을 내지 않은 건 무슨 까닭입니까?"

---

59 술자리에서 수수께끼 같은 놀음으로 승부를 겨루어 진 사람에게 벌주를 먹이는 것.

하고 물었더니 배갈부가,

"이는 옛날의 상정을 말씀함이지요. 지금은 하찮은 수레 모는 이나 금고를 지키는 사람들도 다 아는 일이어서 그리 운치 있는 일로 치지를 않습니다."

하니 비생이 다시,

"『입옹소사笠翁笑史』[60]에 고려 중의 주령에 관한 용자유龍子猶의 이야기를 실었습니다. 어떤 사신이 고려에 갔을 때 고려에서 한 중을 시켜 그를 초대하여 잔치를 벌이게 했습니다. 그런데 중이 문제를 내기를 '항우項羽와 장량張良이 서로 산傘 하나를 놓고 다투는데, 항우는 우산雨傘이라 하고, 장량은 양산涼傘이라 했다' 하자, 사신이 엉겁결에 대답하기를 '허유許由와 조조鼂錯가 호로胡盧 하나를 두고 다투는데 허유는 유호로油胡盧라 하고, 조조는 조호로醋胡盧라 하였다' 하니, 그때 고려 중의 이름은 누구입니까?"

하기에 나는,

"그 문제는 전혀 이치에 닿지 않을 뿐 아니라 중의 이름도 전하지 않습니다."

하였다.

닭 우는 소리를 듣고 잠깐 눈을 붙였다가 문밖에서 떠들썩하게 사람소리가 나기에 곧 일어나 사관에 돌아오니 아직 날이 채 밝지도 않았다. 옷을 벗고 다시 잠을 자다가 조반을 알릴 때에서야

---

60 청나라 이어李漁가 지은 책.

깨었다.

12일, 보슬비가 오다 곧 개었다.

심양에서 원당顧堂까지 3리, 탑원塔院 10리, 방사촌方士村 2리, 장원교壯元橋 1리, 영안교永安橋 14리였고, 길을 쌓은 것이 영안교에서 쌍가자雙家子까지 5리, 대방신大方身 10리, 그래서 모두 합해 45리이다. 이곳에서 점심을 먹고, 대방신에서 다시 마도교磨刀橋까지 5리, 변성邊城 10리, 홍륭점興隆店 12리, 고가자孤家子 13리로, 모두 40리이다. 이날은 전부 80리를 갔다. 고가자에서 머물렀다.

이날 아침 일찍 심양을 떠날 적에 가상루에 들르니, 배관이 홀로 나와 맞이한다. 온백고는 잠이 깊이 들어 있었다. 손을 들어 배관과 작별하고 예속재에 이르니, 전사가와 비치가 나와서 맞는다. 전생이 글 두 봉을 내어 한 봉을 나에게 보이는데, 곧 나에게 주는 고동의 명목을 기록한 것이었다. 또 한 봉은 겉의 붉은 쪽지에 '허태사 태촌선생 수계許太史台村先生手啓'라고 쓴 것이었다. 전생은 다시,

"이는 저의 성심에서 나온 것이요, 아무런 객기 없는 말입니다. 조선관朝鮮館[61]과 서길사관庶吉士館[62]은 바로 문이 나란히 있으니, 선생이 북경에 도착하시거든 이 편지를 전해주십시오. 허태사는

---

61 조선 사신이 드는 객사.
62 한림원에 속한 문인들을 모아둔 곳.

그 의표가 속되지 않을 뿐더러 문장이 아름다우니, 반드시 선생을 잘 대우할 것입니다. 편지 중에도 선생의 존함과 자함을 함께 적었사오니, 결코 헛걸음이 되지 않을 것입니다."

하고 설명한다. 나는,

"여러분을 일일이 만나서 하직하지 못하니 매우 서운합니다. 선생이 이 뜻을 잘 전해주시오."

하니 전생이 머리를 끄덕인다. 내가 곧 일어나려 할 때 전생이,

"목수환이옵니다."

한다.

목수환이 한 청년을 데리고 왔는데, 청년은 포도 한 광주리를 들었다. 아마 청년은 나를 위하여 예물로 포도를 가지고 온 모양이었다. 그는 나를 향하여 공손히 읍한 뒤에 앞으로 다가와서 내 손을 잡는데, 마치 구면처럼 다정스러웠다. 그러나 갈 길이 바빠서 곧장 손을 들어 작별하고 가게를 나와 말을 타는데, 그가 말머리에 이르러 두 손으로 포도 광주리를 받쳐들었다. 나는 말 위에서 포도 한 송이를 집고 다시 손을 들어 치사하고 떠났다.

얼마쯤 가다 돌아보니 여러 사람이 아직도 가게 앞에서 내가 가는 것을 바라보고 서 있다. 길이 바빠서 미처 그 청년의 성명을 묻지 못한 것이 한스러웠다.

연거푸 이틀 밤이나 잠을 설쳤으므로 해 뜬 뒤에는 고단함이 더욱 심해졌다. 해서 창대를 시켜 굴레를 놓고 장복과 함께 이쪽 저쪽에서 부축하게 하면서 한숨 달게 잤더니, 그제야 정신이 맑아

지고 주위의 빛깔이 한층 더 새로워졌다. 장복이

 "아까 몽골 사람이 낙타 두 마리를 끌고 가더이다."

하기에 나는,

 "왜 내게 알리지 않았어?"

하고 꾸짖었더니 창대가,

 "코고는 소리가 마치 천둥 치듯 했고, 불렀사오나 깨시지 않는 걸 어찌합니까? 저희들도 생전 처음 보는 것이어서 무엇인지는 똑똑히 모르나 생각에 낙타인 듯싶습니다."

한다. 나는,

 "그 모양이 어떻게 생겼더냐?"

하고 물었더니 창대가,

 "정말 형용하기 어렵습니다. 말인가 하면 굽이 두 갈래일 뿐더러 꼬리가 소처럼 생겼고, 소인가 하면 머리에 뿔이 없을 뿐더러 얼굴이 양같이 생겼고, 양인가 하면 털이 꼬불꼬불하지 않을 뿐더러 등에 두 봉우리가 솟았으며, 게다가 머리를 쳐들면 거위 같기도 하고, 눈은 떴다는 것이 청맹과니[63]와 같습니다."

한다. 나는,

 "과연 낙타인가 보다. 그 크기는 얼마만하더냐?"

하니, 그는 한 길쯤 되는 허물어진 담을 가리키며,

 "높이가 저만하더이다."

---

63 보기에는 멀쩡하나 실지로는 조금도 보지 못하는 눈, 또는 그런 사람. 당달봉사.

한다. 나는,

  "이 다음에는 처음 보는 물건이 있거든 아무리 졸 때나 식사할
때일지라도 알려야 한다."
하고 타일렀다.

  지는 해가 뉘엿뉘엿 말 머리에 감돈다. 강가에 수백 마리의 나
귀떼가 물을 먹고 있다. 한 노파가 수숫대를 손에 들고 나귀를 모
는데, 일고여덟 살쯤 되는 어린아이가 노파를 따라다닌다. 그는
시골 노파로 짧은 파란 치마를 입고 발에는 검은 신을 신었는데,
머리가 모두 벗어져서 뻔질뻔질한 것이 마치 바가지처럼 빛난다.
게다가 정수리 밑에 조그마하게 낭자를 틀었는데, 겨우 한 치 길
이밖에 안 되는 그곳에다 별의별 꽃을 수두룩히 꽂았다. 그는 장
복을 보고 조선 담배를 달라고 했다. 나도,

  "저 나귀가 모두 너의 집에서 기르는 것이냐?"
하고 물었더니, 노파는 머리를 끄덕이고 가버린다. 그가 내 말을
알아들었는지 모르겠다.

고동에 대한 기록
古董錄

  전사가가 연암에게 준 편지는 다음과 같다.

제가 지난해 겨울 처음으로 북경에 갔다가 2월에 돌아왔습니다. 북경에 있을 때 날마다 유리창에 가보았는데, 눈에 띄는 것이 모두 보배롭고 기이하여 이루 다 형용할 수 없었습니다. 그때 저의 심정은 마치 물귀신 하백이 자기 얼굴의 누추함을 앎과 같이, 싸움을 시작도 하지 않고서 이미 항복했답니다. 다만 저 금창金閶[64] 지방에 살고 있는 경박한 무리들이 마치 이나 벼룩처럼 기고 뛰며, 창중에 들끓으면서 값을 함부로 올려 불러 열 곱만 넘게 할 뿐 아니라, 온갖 감언이설로 사람의 굳은 간장을 녹여냅니다.

저는 그 길이 처음이어서 하도 놀랍고 미혹되어, 삼관三官[65]이 아찔하고 오장이 뒤집히는 것 같았습니다. 그리하여 조금도 소득이 없이 그저 어리둥절해하다가 돌아오고 말았습니다. 가만히 이 일을 생각하면 문득 머리카락이 수꿀해지니 이는 어인 까닭일까요. 제가 시골에서 생장하여 어리석고 겸허함이 지방성을 그대로 지녔기에, 연석燕石을 보배로 여기고[66] 어목魚目을 구슬로 잘못 아는 건[67] 할 수 없는 일이지만, 다만 분한 것은 그들의 웃음거리가 될 만큼 많은 값을 치를 것이니, 이는 이른바 도둑의 배를 불리는 셈

---

64 소주蘇州의 별명.

65 눈·입·귀.

66 연석은 연산燕山에서 나는 옥 비슷하면서도 옥이 아닌 돌인데, 송나라의 어떤 어리석은 사람이 이것을 진짜 옥으로 알고 깊이 간직하여 세상 사람들의 웃음거리가 되었다는 고사이다. 《太平御覽 地部》

67 고기 눈인지 구슬인지를 분간하지 못하여 혼동되는 것을 말한다.

입니다.

지금 선생이 북경을 가시는 마당에 제가 잊지 못하고 이런 구구한 말씀을 드리는 것은, 실로 선생과 같은 외국 손님이 후일 본국에 돌아가 중국에는 전혀 올바른 사람이 없더라고 하실까 염려해서입니다. 아울러 충심껏 말씀드릴 것은 제가 옛 서화에 대한 감상이 아직 넓지 못할 뿐더러 사랑하는 벽도 깊지 못하면서 함부로 말씀드리기는 어렵습니다. 이들은 대략 전시대 현인들의 글씨나 그림은 아닐지라도 역시 후세의 명필들이 잘 본뜬 것이어서, 비록 노련한 품은 없다 하더라도 그들의 전형은 엿볼 수 있으며, 미불米芾·채경蔡京·소식蘇軾·황정견黃庭堅은 모두 그 이름을 상고할 수 있습니다.

그리고 선생이 전날에 저의 무모함을 헤아리지 않으시고 아름다운 사람을 구하시는 뜻을 말씀하셨으나, 연로 중에서 누구와 이야기를 붙인다 해봤자 너무나 창졸간이어서 마음을 다 드러내지 못할 것이요, 또한 일부러 길을 돌아가면서 일일이 찾아보는 것도 쉬운 일은 아닐 것입니다. 제가 북경에 있을 때 태사 허조당許兆棠과 며칠 동안 사귀어 지기가 될 것을 맹세하였는데, 그의 자는 태촌台村이며 호북湖北 사람입니다.

여기 그에게 부치는 편지 한 통이 있으니, 선생이 북경에 도착하시는 날 곧 한림원에 가셔서 허태촌을 찾아서 제 이름을 대시고 이 글을 전하십시오.

그가 만일 선생과 저의 사이가 이처럼 친밀함을 알게 되면 반드시 푸대접하지는 않을 것입니다. 그리고 그의 사람됨이 헌걸하오니 한 번만 보시면 문득 뜻이 맞을 것이며, 결코 제가 잘못 추천함이 아님을 아시게 될 겁니다. 아울러 박공 노야老爺께서 양해하여 주시기 바랍니다.

전사가는 머리를 조아리면서 사뢰옵니다.

13일, 날씨는 맑으나 바람이 심하다.

고가자에서 새벽에 떠나 거류하巨流河까지 8리인데, 거류하는 주류하周流河라고도 한다. 거기서 거류하보巨流河堡가 7리, 필점자泌店子 3리, 오도하五渡河 2리, 사방대四方臺 5리, 곽가둔郭家屯 3리, 신민둔新民屯 3리, 소황기보小黃旗堡 4리를 와서 이곳에서 점심을 먹었는데, 모두 35리를 왔다. 소황기보에서 대황기보까지 8리, 유하구柳河溝 12리, 석사자石獅子 12리, 영방營房 10리, 백기보白旗堡 10리로 모두 47리이다. 이날은 도합 82리를 와서 백기보에서 묵었다.

새벽에 일어나 아침 세수를 마치니 몹시 고단했다. 달이 막 지니 온 하늘에 총총한 별들이 모두 깜박거리고 마을 닭이 번갈아 울어댄다. 몇 리를 못 가서 안개가 뽀얗게 끼어 큰 들이 삽시간에 수은 바다를 이루었다. 의주 장사꾼 한 떼가 서로 지껄이며 지나가는데, 그 모습이 몽롱하여 마치 꿈속에서 기이한 글을 읽는 것처럼 분명하지는 않으나 그 영검스러운 경지는 이루 말할 수 없다.

조금 뒤에 하늘빛이 환해지며, 길가에 늘어선 수많은 버드나무에서 매미가 한꺼번에 울기 시작한다. 저들이 저처럼 알리지 않아도 이미 낮 더위가 몹시 뜨거운 줄은 알고 있다. 들판에 가득했던 안개가 점차 걷히고 먼 마을 사당 앞에 세운 깃발이 마치 돛대처럼 보인다. 동쪽 하늘을 돌아보니 붉은 구름이 용솟음치며, 붉은 해가 옥수수밭 저편에서 솟을 듯 말 듯 천천히 온 요동벌이 꽉 차게 떠오른다. 땅 위에 오가는 말이며, 수레·나무·집 등 마치 털 끝같이 자잘하게 보이는 것들이 모두 햇살을 받기 시작하였다.

신민둔의 시가나 점포가 요동 못지않게 번화하다. 한 전당포에 들어가니 뜰 가득히 시렁 위 포도덩굴의 그늘이 영롱하다. 뜰 가운데는 여러 가지 이상스러운 돌을 포개어 하나의 산을 만들었고, 그 산 앞에는 높이가 한 길이나 되는 항아리를 놓아서 그 속에 연꽃 네댓 포기가 피어 있다. 또 땅을 파서 나무통 하나를 묻고 그 속에 뜸부기 한 쌍을 기른다. 산에는 종려·추해당·안석류 등을 담은 화분이 여러 개 놓여 있다. 휘장 밑에는 의자를 나란히 놓고 우람한 사나이 대여섯 명이 앉아 있다가 나를 보고 일어나 읍하며, 앉기를 청하고 시원한 냉차 한잔을 권한다. 점포 주인이 유금색乳金色으로 이룡螭龍 두 마리를 곱게 그린 붉은 종이 두 장을 꺼내며 주련을 써달라고 한다. 나는 곧,

목욕하는 원앙새는 날으는 비단이요
갓 핀 연꽃송이는 말없는 신선일세

鴛鴦對浴能飛繡　　菡萏初開不語仙

라고 쓰니, 보는 사람들 모두 필법이 아름답다고 칭찬들이다. 주인은,

"영감님, 잠깐만 계십시오. 제가 다시 좋은 종이를 가져오겠습니다."

하고 일어나더니, 조금 뒤에 왼손엔 종이를, 오른손엔 진한 먹물 한 종지를 받쳐들고 오더니, 칼로 백로지 한 장을 끊어 석 자 길이로 만들어 문 위에 붙일 만한 좋은 액자를 써달라고 한다. 내가 길을 오다 보니, 점포 문설주에 '기상새설欺霜賽雪'[68]이란 네 글자가 써 붙여 있는 것이 늘 눈에 띄었다.

나는 마음속으로 생각하기를, '장사치들이 자기네들의 애초에 지닌 마음씨가 깨끗하기는 가을 서릿발 같고, 게다가 그토록 흰 눈빛보다도 더 밝음을 스스로 나타내기 위함이 아닐까' 하고, 또 문득 생각하기를, '며칠 전에 난니보를 지날 때 어떤 점포 문설주에 붙인 이 넉 자의 필법이 매우 기묘하기에, 내가 한참 말을 멈추고 감상해보니, 상설霜雪이란 두 글자는 틀림없이 미불米芾[69]의 체이리라 하였는데, 이제 그 체대로 한번 써보리라' 했다.

먼저 붓끝을 먹물에 담가 붓을 높였다 낮추었다 하여 먹빛은 붉은 기운이 돌듯 짙고 연함이 골고루 퍼진 다음 종이를 펴고 왼

---

68 희기가 서리를 능가하여 눈을 걸고 내기할 수 있다는 뜻.

69 송나라 사람으로 자는 원장元章, 호는 해악외사海嶽外史. 문장이 기험하고 서화에 능하였는데, 특히 산수·인물을 잘 그려 후세에 남화가南畫家의 종宗이라 불렸다.

쪽에서 오른쪽으로 쓰기 시작하여, 먼저 설雪자를 썼다. 이는 비록 미불의 것에야 비길 수 없겠지만, 어찌 동기창董其昌[70]만이야 못하랴 싶게 잘된 셈이었다. 구경하는 사람들의 수가 점점 불어난다. 그들은 일제히,

"글씨가 참 잘되었습니다."

하고 감탄한다.

다음에 새賽자를 쓰니, 더러는 "잘되었다"고 칭찬하는 이도 있으나 다만 주인의 기색이 자못 달라져서 아까 설자를 쓸 때처럼 절규하지는 않는다. 나는 속으로, '정말 새자는 써본 적이 없어 손에 익지 못하여 위의 寔자는 너무 빽빽하게 썼고 아래 貝자는 지나치게 길어서 그의 마음에 들지 않았을 뿐더러, 붓끝에서 짙은 먹물이 새자의 왼편에 잘못 떨어져 점차 번져 마치 얼룩진 표범처럼 되었으니, 이게 아마 그 자가 언짢게 생각하는 것이리라' 생각하고, 단숨에 잇달아 상霜·기欺 두 글자를 쓰고는 붓을 던지고 한번 죽 읽어보니, 큼직한 기상새설 네 글자가 틀림없다. 그런데 주인은,

"이는 우리와는 아무런 상관없어요."

하며 머리를 저을 뿐이다. 나는,

"그저 두고 보시오."

---

70 명나라 문민 서화가로 호는 사백思白. 행서·초서에 능하였으며 남화를 완성시켰다.

하고 일어나 나오면서, '이런 궁벽한 곳의 장사치가 어찌 전날 심
양 사람들만할까. 제까짓 놈이 글씨가 잘되고 못된 것을 어찌 안
단 말야' 하고, 혼자 속으로 투덜거렸다.

이날 해가 뜬 뒤에 바람이 온누리를 뒤덮을 듯이 몰아치더니,
오후에는 몇고 공중에 바람이 한 점도 없어 더욱 찌는 듯했다.

영안교에서부터 아름드리 통나무를 엮어서 다리를 놓았는데,
다리의 높이가 두어 길이나 되고, 넓이가 다섯 길이나 되며, 양쪽
의 나무 끝이 가지런하여 마치 한 칼로 재단해놓은 것 같다. 다리
밑 도랑에는 푸른 물이 끝없이 흐르고 진흙벌이 윤기가 난다. 만
일 이를 개간해서 논을 만든다면 해마다 몇만 섬의 벼를 거둘 수
있을 것이다. 혹은 이르기를,

"강희제가 일찍이 『경직도耕織圖』[71]와 농정에 대한 『농정전서農
政全書』를 지었으니, 지금 황제도 농가의 자제이신 만큼 이 산해관
밖의 검푸르고 기름진 땅이 최상의 밭이 될 줄을 어찌 모르리요.
그러나 개간을 하지 않는 것은 저 관 밖의 땅은 실로 자기네들이
일어난 고장이라, 벼가 기름지고 향기로우며 이밥이 윤기가 번지
르르함을 너무나 잘 알기에, 백성들이 늘 이밥을 먹어놓으면 힘줄
이 풀리고 뼈가 연해져서 용맹을 쓸 수 없게 될 것이므로, 차라리
수수밥이나 밭벼밥을 늘상 먹게 하여, 그들에게 주림을 잘 참고

---

71 원래 남송의 누숙樓璹이 경도耕圖 스물한 건, 직도織圖 스물네 건을 그려서 고종
에게 바쳤던 것을 청나라 성조聖祖 때에 초병정焦秉貞·냉매冷枚·진매陳枚 등
에게 명하여 각기 한 책씩을 짓게 하였다.

혈기를 돋우어 입과 배의 사치를 잊어버리게 하는 것이 좋겠다고 생각해서이다. 그래서 비록 천 리의 기름진 땅을 버릴지언정 그들로 하여금 메마른 땅에서 정의를 향해 사는 백성이 되게 하고자 했으니, 이것이 그의 깊은 생각일 것이다."

한다.

길에서 보니 2리나 3리마다 시골집들이 끊어졌다 이어지고, 수레와 말이 수없이 쏘다니며, 좌우의 점포들도 모두 볼 만하다. 봉성에서 여기까기 비록 사치와 검소함의 차이는 없지 않겠지만, 그 규모는 모두 한결같다. 가끔 언뜻언뜻 진정 놀랄 만하고 기뻐할 만한 것들이 적지 않게 눈에 띄지만 이루 다 적을 수는 없다.

날이 저물어 먼 곳에 자욱이 번지는 연기를 바라보고 말을 채찍질하여 참站으로 달리는데, 참외밭에서 한 늙은이가 나와 말 앞에 엎드려 네댓 칸쯤 되는 초가집을 가리키며,

"이 늙은 것이 혼자 길가에서 참외를 팔아 생계를 이어가는데, 아까 당신네 조선 사람 4, 50명이 이곳을 지나다가 잠시 쉬면서 처음엔 값을 내고 참외를 사 자시더니, 떠날 때는 모두 참외를 한 개씩 쥐고 소리를 지르며 달아나버렸습니다."

한다. 나는,

"그러면 왜 그 우두머리 어른에게 하소연하지 않았는고?"

하니, 늙은이는 눈물을 흘리면서,

"그렇지 않아도 그리하였습니다만, 그 어른이 귀먹고 벙어리인 체하시는데 나 혼자 어찌 그 4, 50명이나 되는 힘센 장정들을 당하

겠습니까. 방금도 쫓아가니까 한 사람이 길을 막으며 참외로 저의 얼굴을 후려갈기는 바람에 눈에선 번갯불이 일고 얼굴에 아직도 참외물이 마르지 않았습니다."

하며, 청심환을 달라고 조르기에 없다고 하였다. 그랬더니 창대의 허리를 꼭 껴안고 참외를 팔아달라고 떼를 쓰고는 이어 참외 다섯 개를 앞에 갖다놓는다.

나는 마침 목이 마르던 참이라 한 개를 깎아 먹어보았다. 향기와 단맛이 비상하기에 장복에게 남은 네 개를 마저 사가지고 가서 밤에 먹자고 하고, 창대와 장복에게 각기 두 개씩을 또 먹였다. 이래서 모두 아홉 개인데, 늙은이가 80문文을 달라고 떼를 쓴다. 장복이 50문을 내었으나 노파는 성을 내며 받지 않는다. 창대와 둘이 주머니를 털어 세어보니 모두 71문이 나와 이를 주기로 했다. 나는 먼저 말에 오르고 장복을 시켜 주게 하였더니, 장복이 주머니를 털어 보이자 그제야 노파는 가만있는다. 눈물을 흘려 가련한 빛을 보인 다음 참외 아홉 개를 팔고서 1백 문에 가까운 비싼 값을 내라고 떼를 쓰니 매우 통탄할 일이다. 아니, 그보다도 우리 나라 하정배들이 길에서 못되게 구는 것이 더욱 한스러운 일이다.

어두워서야 참에 이르렀다. 저녁식사 후 참외를 내어 내원과 계함 등에게 주어 입가심으로 먹게 하고 길에서 하인들이 참외를 빼앗았다는 이야기를 하니, 여러 마두들이,

"도무지 그런 일이 없었습니다. 그 외딴집 참외 파는 늙은이가 본디 간교하기 짝이 없어, 서방님이 홀로 떨어져 오시는 걸 보고

거짓말을 꾸며 짐짓 가엾은 꼴상을 지어 청심환을 얻으려던 것이 었지요."

한다.

나는 그제서야 비로소 속은 것을 깨닫고, 그 참외 샀던 일을 생각하니 분하기 짝이 없다. 더구나 즉석에서 흘린 노파의 눈물은 어디서 그렇게 솟아났는지 모르겠다. 시대가,

"그 늙은이는 아마 한인일 겁니다. 만주 사람들은 실로 그다지 요사스럽고 간악한 짓은 하지 않습니다."

한다.

14일, 개다.

백기보에서 소백기보까지 12리, 평방 6리, 일반랍문一半拉門 12리인데, 일반랍문은 일판문一板門이라고도 한다. 거기서 또 고산둔靠山屯 8리, 이도정二道井 2리, 모두 50리이다. 이곳에서 점심을 먹었다.

다시 이도정에서 은적사隱寂寺까지 8리, 고가포古家鋪 22리이다. 여기서 다리가 끝난다. 다시 고정자古井子 1리, 십강자十扛子 9리, 연대烟臺 2리, 소흑산小黑山 4리, 모두 50리이다. 이날은 1백 리를 갔다. 소흑산에서 묵었다.

이날은 마침 말복이라 늦더위가 더욱 심할 것이고 또 참이 멀어서 일행이 새벽에 떠났다. 나와 정비장·변주부가 먼저 떠났다. 길에서 어제 아침 해 뜰 때의 광경을 이야기하고는, 두 사람이 꼭

한번 구경하고자 하였으나 막상 해가 뜰 무렵에는 동녘 하늘에 구름과 안개가 개지 않아서 광경이 어제보다 훨씬 못하다. 해가 이미 한 길이나 땅 위에 솟았을 때 그 밑의 구름이 여러 가지 금 빛 용이 되어 뛰고 솟고 꿈틀거리며, 신출귀몰하여 잠시도 한 가지 모양으로 머물러 있지 않는데, 해는 다만 천천히 높은 공중으로 향해 오른다.

요양에서부터 조그마한 성과 못을 많이 거쳐왔으나 이루 다 기록할 수 없다. 이른바 "3리마다 성이요 5리마다 곽이다"는 것은, 반드시 모두 군이나 읍의 청사廳事가 있는 것이 아니고, 그저 시골의 취락에 지나지 않는 곳이었다. 그러나 그 제도는 큰 성과 다름이 없다.

일판문과 이도정은 땅이 웅덩이진 곳이어서 비가 조금만 와도 시궁창이 되고, 봄에 얼음이 풀릴 무렵에는 잘못 이 시궁창에 빠지면 사람도 말도 삽시간에 보이지 않게 되어 지척에 있어도 구출하기 어렵다. 작년 봄에 산서山西의 장사꾼 스무남은 명이 모두 건장한 나귀를 타고 오다가 일판문에 이르러 한꺼번에 빠졌으며, 우리 나라 마부도 두 사람이 빠져버렸다 한다. 『당서』에 이르기를,

"태종이 고구려를 치려다가 뜻을 이루지 못한 채 돌아가는 길에 발착수渤錯水에 이르러 80리 진펄에 수레가 통과할 수 없으므로, 장손무기長孫無忌와 양사도楊師道 등이 군정 1만 명을 거느리고 나무를 베어 길을 쌓고, 수레를 잇대어 다리를 놓을 적에 태종

198

도 말 위에서 손수 나무를 날라 일을 도왔다. 때마침 눈보라가 심해서 횃불을 밝히고 건넜다."

하였으니, 발착수가 어디인지는 알 수 없다.

그러나 요동 진펄 1천 리에 흙이 먹가루처럼 보드라워서 비를 맞으면 마치 녹은 엿처럼 반죽이 되어, 자칫하면 사람의 허리와 무릎까지 빠지고, 겨우 한 다리를 빼면 다시 한 다리가 더 깊이 빠지게 된다. 이때 만일 애써 발을 빼지 않으면 땅속에서 마치 무언가가 빨아들이는 것처럼 온몸이 파묻혀서 흔적도 없게 된다.

지금은 청나라에서 자주 성경에 거하므로, 영안교에서부터 나무를 엮어 다리를 만들어 진펄을 막기 시작하여 고가포 밑에 이르러서 비로소 그치는데, 2백여 리 사이에 한결같이 뻗쳤다. 물력이 굉장할 뿐더러 그 나무 끝이 한 군데도 들쭉날쭉한 것이 없이 2백 리 사이에 두 쪽이 마치 한 먹줄로 퉁긴 듯이 가지런하게 되었으니, 그 일솜씨의 정교함을 짐작할 수 있다. 그러므로 민간에서 늘 쓰는 물건 하나라도 서로 이를 본받아서 그 규모가 대체로 같다. 홍대용洪大容이 이른바 "중국 사람의 심법心法을 우리로서는 당할 수 없다"는 것이 바로 이런 일을 두고 한 말이리라. 이 다리는 3년 만에 한 번씩 고친다고 한다. 그리고 보면 『당서』에서 말한 발착수는 아마 일판문·이도정의 사이를 말한 것인 듯하다.

아골관鴉鶻關에서부터 가끔 마을 가운데 높다랗게 흰 패루를 세운 것이 보이는데, 바로 초상난 집들이다. 이는 삿자리로 지었는데 기왓골이나 치문鴟吻[72]이 여느 가옥이나 조금도 다름이 없다. 높이도 네댓 길이나 되고 그 집 문 앞에서 10보쯤 떨어진 곳에 세웠는데, 그 밑에는 악공들이 늘어앉아 음악을 연주한다. 바리 한 쌍, 피리 한 쌍, 태평소 한 쌍이 밤낮을 가리지 않고 조객이 문에 이르면 이를 요란하게 불고 두드린다. 상식上食[73]이나 제사가 시작될 때 안에서 곡성이 일면 밖에서는 반드시 음악을 연주하여 서로 화응한다.

내가 십강자十扛子에 이르러 잠깐 쉬면서 정·변 등과 함께 거리를 거닐다가, 삿자리로 만든 한 패루에 이르러 바야흐로 그 제도를 상세히 구경하려 할 즈음에 요란스런 음악이 시작되었다. 정·변 두 사람은 엉겁결에 귀를 막고 도망치고, 나 역시 귀먹을 것 같아서 손을 흔들어 소리를 멈추라 하였지만 막무가내로 듣지 않고, 힐끔힐끔 돌아보기만 하며 그냥 불고 두드리고 한다. 나는 상가의 제도가 보고 싶어서 발을 옮겨 대문 앞에 이르렀다. 그러자 문 안에서 한 상주가 뛰어나오더니 내 앞에 와 울며 대막대를 내던지고 두 번 절하는데, 엎드릴 때는 머리가 땅에 닿도록 조아리고 일어설 때는 발을 구르며 비 오듯 눈물을 흘리면서,

"갑작스럽게 변을 당해서 어찌할 바를 모르겠습니다."

하고 끝없이 울부짖는다.

---

72 큰 전각 등의 지붕 용마루 끝에 장식하는 물형.
73 초상집에서 조석으로 음식을 영위에 차려놓는 것.

상주 뒤에 또 대여섯 명이 따라 나오는데, 모두 흰 두건을 썼다. 그들이 나를 양쪽에서 부축하고 문 안으로 들어가니, 상주 역시 곡을 멈추고 따라 들어온다. 때마침 건량마두 이동二同이 안에서 나오기에, 나는 하도 반가워서 엉겁결에,

"이 일을 어찌하면 좋단 말이냐?"

하니 이동은,

"소인이 죽은 사람과 동갑이어서 본래부터 서로 친하게 지냈습니다. 그래서 아까 들어와 그 처를 조문하고 나오는 길입니다."

한다. 나는,

"조례를 어떻게 하는 거냐?"

하고 물으니 이동이,

"상주의 손목을 잡고 '너의 어른이 돌아가셨다지' 하면 됩니다."

하고 이동도 나를 따라 다시 들어오면서,

"백지 권이나 주지 않으면 안 되오니, 소인이 마련해드리오리다."

한다.

당 앞에 삿자리로 큰 집을 지었는데 그 제도가 매우 이상스러우며, 뜰에는 흰 베로 포장을 치고 그 속에 내외 복인服人들이 따로 나누어져 있다. 이동은,

"주인이 술과 과일을 대접할 것이니 좀 지체하시고 너무 빨리 일어나지 마십시오. 만일 자시지 않으면 큰 수치랍니다."

한다. 나는,

"이왕 여기에 들어왔으니 이것 역시 구경함 직하다만 상주가 조문을 받으려면 너무 괴롭겠구나."

하니 이동이,

"아까 벌써 조문은 끝났사오니, 다시 조문하실 필요는 없습니다."

하고, 이내 삿자리집을 가리키며,

"이게 빈소입니다. 남녀가 모두 집을 비우고 이 빈소로 옮겨 옵니다. 그리고 포장 속에는 기년복朞年服·대공복大功服·소공복小功服 등 복제服制에 따라 각기 장소가 마련되었으며, 장사를 치른 뒤에 저마다 돌아간답니다."

한다.

포장 속에서 한 여인이 가끔 머리를 내밀고 엿보는데, 흰 베로 머리를 싸고 그 위에 마질麻絰을 둘렀다. 이동이 그 여인을 가리키며,

"저 여인은 죽은 이의 딸인데, 산해관에 살고 있는 부자 상인의 아내랍니다."

한다.

이윽고 상주가 빈소에서 나와 걸상에 나앉고, 흰 두건을 쓴 사람들이 국수 두 그릇, 과실 한 쟁반, 두부 한 쟁반, 채소 한 쟁반, 차 두 잔, 술 한 주전자를 탁자 위에 차려놓는다. 또 내 앞에 빈 잔 세 개를 놓은 다음, 탁자 저편에 또 빈 의자를 가져오고, 잔 세

개를 나란히 늘어놓고는 이동에게 앉기를 청한다. 이동은 굳이 사양하면서,

"저의 상전이 계신데 어찌 감히 마주앉을 수 있겠습니까?"

하고 곧 밖으로 나가더니, 백지 한 권과 돈 일 초鈔를 갖고 들어와서 상주 앞에 놓고 내가 부조로 보내는 것임을 말하니, 상주가 걸상에서 내려와 머리를 조아리며 공손히 사례한다.

나는 채소와 과실 등을 대충 먹는 체만 하고 곧 일어나 나오니, 상주가 문밖까지 나와서 전송한다. 문 앞 양쪽 상랑廂廊에서는 방금 대말(竹馬)을 만들어 옷을 입히고 있다. 이윽고 사행이 와서 쉬고, 부사도 잇따라 이곳에 이르러 길가에 가마를 내렸다. 내가 아까 조문했던 이야기를 하니, 모두 허리를 잡고 웃는다.

이도정은 마을이 꽤 번화롭다. 은적사隱寂寺는 굉장한 절인데 많이 헐었다. 비석에는 시주한 조선 사람의 성명들이 새겨졌는데, 이는 모두 의주 상인인 것 같다. 이곳에서 처음으로 의무려산醫巫閭山을 보았는데, 멀리 하늘 끝 닿게 서북을 가로지른 것이 마치 푸른 장막을 드리운 것 같고, 산봉우리는 아직도 보일락말락한다.

혼하를 건넌 뒤로 모두 다섯 번 강을 건넜는데, 그때마다 배로 건넜다. 연대는 여기서부터 시작된다. 5리마다 대가 하나씩 있는데, 둘레가 10여 길이고, 높이가 대여섯 길이며, 쌓은 제도가 성과 같고, 그 위에는 총구멍을 뚫고 여장女墻74을 둘렀는데 남궁南宮

---

74 성 위에 또 쌓은 담장.

척계광戚繼光이 만들었다는 '팔백망八百望'이 곧 이것이다. 소흑산은 들 가운데 민 듯이 편평하며, 조금 불룩하고 주먹처럼 생긴 작은 산이라 하여 이렇게 이름하였다 한다.

인가가 즐비하고 점포가 번화한 것이 신민둔 못지않고, 푸른 들 가운데 말·노새·소·양 수천 마리가 떼를 지어 있으니, 역시 큰 곳이라 이를 만하다. 일행 하인들이 으레 이 소흑산에서 돼지를 삶아놓고 서로 행역의 고단함을 위로하므로, 장복과 창대도 밤에 가서 얻어먹겠다고 여쭙는다.

이날 밤 달빛은 대낮같이 밝고 더위는 이미 물러갔다. 저녁식사 후에 곧 밖으로 나가서 아득히 먼 들을 바라보니, 푸른 내는 땅에 깔리고 소와 양은 제각기 집으로 돌아간다. 상점들은 아직 모두 문을 닫지 않았으므로 그 중 한 집에 들어갔다. 뜰 가운데 시렁을 높이 매었는데, 이를 삿자리로 엎어두었다가 밑에서 끈을 당기면 걷히어서 달빛을 받게 되었다. 기이한 화초가 달빛 아래 얽혀 있다. 길에서 놀던 사람들이 내가 들어오는 것을 보고 뒤따라 들어와서 뜰에 가득하다.

다시 일각문一角門을 들어서니 뜰 넓이가 앞뜰과 같고, 난간 아래 몇 그루 푸른 파초가 심어져 있으며, 네 사람이 탁자를 가운데 놓고 삥 둘러앉았는데, 그 중 한 사람이 탁자를 차지하고 '신추경상新秋慶賞'이란 네 자를 쓴다. 자줏빛 먹, 불그레한 종이 위에 흰 달빛이 비끼어서 똑똑히 보이지는 않으나 붓놀림이 매우 간삽하여 겨우 글자 모양을 이루었다. 나는 마음속으로 '저 사람 필법이

204

저토록 옹졸하니, 내가 정작 한번 뽐낼 때로구나' 하였다.

여러 사람들이 이 글씨를 다투어가면서 구경하고, 곧 당 앞 한 가운데 있는 문설주에 붙인다. 이는 곧 달구경을 축하하는 방문이다. 그리고 그들은 모두 일어나 당 앞으로 가서 뒷짐을 지고 구경을 한다.

아직 탁자 위에 남은 종이가 있길래 나는 걸상에 가 앉아서 남은 먹을 흠뻑 묻혀 시비를 가리지 않고 커다랗게 '신추경상'이라 써갈겼다.

그 중 한 사람이 내가 쓴 글씨를 보고는 뭇사람들에게 소리치니, 모두들 탁자 앞으로 달려왔다. 서로 웃고 떠들며,

"조선 사람이 글씨 참 잘 쓰네."

하기도 하고 혹은,

"동이東夷도 글씨가 우리와 같네."

하고 혹은,

"글자는 같지만 음은 다르다네."

한다.

나는 붓을 던지고 일어섰다. 여러 사람이 내 손목을 잡으면서,

"영감님은 잠깐만 앉으세요. 존함은 뉘십니까?"

하기에 내가 성명을 써 보이니 그들은 더욱 기뻐한다.

내가 처음 들어올 때에는 반가워하지 않을 뿐 아니라 본체만체 하더니, 내 글씨를 본 뒤에는 분에 넘칠 정도로 반기면서 급히 차한잔을 내오고, 또 담배를 붙여 권한다. 이리하여 별안간에 대접

이 달라졌다.

그들은 모두 태원太原 분진汾晉에 사는 사람으로, 지난해에 이곳에 와서 수식포首飾舖를 열었는데, 비녀·팔찌·귀고리·가락지 등속을 사들이고 가게 이름을 '만취당晩翠堂'이라 한다. 그 중 세 사람은 성이 최요, 두 사람은 유·곽인데 모두 문필이 극히 짧아서 말할 것도 없으나, 그 중 곽선비가 가장 나아 보인다. 다섯 사람이 다 나이가 서른 남짓하고 건강하기가 마치 노새 같으며, 얼굴들은 모두 희맑고 눈매는 다정스러워 보이나 맑고 단아한 기는 전혀 없다. 지난번에 보았던 오나라·촉나라 사람들과는 매우 다르다. 각 지방의 풍토가 서로 같지 않음을 여기에서 충분히 알 수 있으며, 산서에서 장수가 잘 난다더니 과연 빈말이 아닌 듯하다. 나는 곽선비에게,

"당신이 태원에 살고 계시다니, 그곳에 아호가 금납錦衲이라고 하는 곽태봉郭泰峰 어른을 아시는지요?"

하고 물으니 곽생은,

"모릅니다."

하고는 이내 곽霍과 곽郭의 두 글자에다 점을 치면서,

"이는 곽태조郭太祖[75] 곽위郭威의 곽자이고, 나는 곽거병霍去病의 곽자입니다."

한다. 나는 웃으면서,

---

75 후주後周의 태조.

"왜 분양汾陽과76 박륙博陸77을 끌어오지 않고, 고작 주 태조나 표요漂姚78로 증명하시오?"

하니, 곽성이 물끄러미 들여다보고 잠자코 있다. 아마 제 생각엔 내가 만인들처럼 곽霍과 곽郭을 혼용할까 보아 이렇게 밝히는 듯싶다. 곽생은,

"등주에서 육지에 내리셨으면 어째서 이리로 오셨습니까?"

하기에 나는,

"거기로 오지 않았소. 육로 3천 리로 곧장 북경까지 대어가는 길이오."

하니 곽생이,

"조선은 곧 일본과 같습니까?"

한다.

마침 한 사람이 붉은 종이를 가지고 와서 글씨를 써달라 하고는 저희 동료들을 불러오니, 모이는 이들이 점점 많아진다. 내가,

"붉은 종이에는 글씨가 잘되지 않으니, 계란빛 종이를 가져오시오."

하니, 한 사람이 바삐 나가서 분지粉紙 몇 장을 가져왔다.

나는 그것을 끊어 주련을 만들어,

---

76 당나라 때의 명장 곽자의郭子儀. 분양은 봉호.
77 곽거병의 아우 곽광霍光. 박륙은 봉호.
78 곽거병이 표요교위를 지냈으므로 일컬은 말이다.

옹은 산과 숲을 즐기노니

객도 물과 달을 아시나요[79]

翁之樂者山林也   客亦知夫水月乎

라고 썼더니, 여러 사람들이 좋아라고 환성을 지른다.

서로 다투어 먹을 갈고, 모두들 종이를 찾느라고 왔다갔다 분주하다. 나는 이에 종이를 펴놓고는 마치 고소장을 쓰듯 잠시도 쉴 새없이 붓을 달려 쓰니, 한 사람이 나에게,

"영감님은 술을 자실 줄 아십니까?"

하고 묻기에 내가,

"한잔 술이야 어찌 사양하겠소."

하니, 여러 사람이 모두 크게 한바탕 웃고 나서 곧 따끈한 술 한 주전자를 가져와서 연거푸 석 잔을 권한다. 내가,

"주인은 어찌 술을 들지 않으십니까?"

하고 물었더니 그들은,

"하나도 먹을 줄 아는 이가 없습니다."

한다.

모여 구경하던 이들이 서로 능금·사과·포도 등을 가져다 내

---

79 이 시 중에 윗 구절은 구양수의 「취옹정기醉翁亭記」에 나온 것이고, 아래 구절은 소식의 「적벽부赤壁賦」에 나온 것이다.

게 권한다. 나는,

"달빛이 비록 밝다 해도 글씨 쓰기엔 방해가 되니, 촛불을 켜는 것이 좋겠소."

하니 곽생이,

"하늘 위에 한 조각 거울이 달렸으니, 이 세상에 천만 개의 거울보다 낫지 않습니까?"

하고 한 사람은,

"영감님은 눈이 좋지 못하십니까?"

하기에 나는,

"그렇소."

하니, 곧 네 가지의 촛불을 밝혀준다.

나는 갑자기 '어제 전당포에서 기상새설이란 네 글자를 썼는데, 주인이 왜 갑자기 좋아하지 않았는지 오늘은 단연코 그 부끄러움을 씻어야겠다'라는 생각이 들었다. 나는 곧 주인에게,

"주인댁에서는 점포 머리에 달 만한 액자가 어떨까요."

하니 그들은 일제히,

"이것이야말로 더욱 좋겠습니다."

한다.

내가 드디어 기상새설이란 네 자를 써놓으니, 모두들 서로 쳐다보는 품이 어제 전당포 주인의 기색과 같은 게 수상스럽다. 나는 마음속으로 이상스러운 일이라 생각되어 또,

"이건 아무런 상관도 없는 겁니까?"

하고 물으니 그들은,

"그렇습니다."

한다. 곽생은,

"우리 집에선 오로지 부인네들의 머리에 쓰는 장식품을 매매하옵고 국숫집은 아니옵니다."

한다.

나는 비로소 내 잘못을 깨달았다. 전에 한 일이 부끄럽지 않을 수 없었다. 그제야 나는,

"나도 모르는 바 아니지만 심심풀이로 써보았을 뿐이오."

하고 얼버무렸다.

그리고는 곧 전날 요양 점포에서 본 '계명부가鷄鳴副珈'라는 금으로 쓴 간판이 문득 생각나기에, 이것과 그것은 한가지일 듯싶어 '부가당副珈堂'이란 세 자를 써주었다. 그랬더니 그들이 소리치며, 곽생은,

"이게 무슨 뜻입니까?"

하고 묻기에 나는,

"이제 귀댁에선 부인네들의 머리 장신구를 전문으로 매매한다 하니, 『시경』에 이른바 '부계육가副筓六珈[80]'란 말이 바로 이것이오."

하니 곽생은,

---

80 비녀를 뒤이어서 온갖 수식을 꽂는다는 뜻.

"저의 집을 빛내주신 그 은덕을 무엇으로 보답하리까."
하고 사례한다.

다음날은 북진묘北鎭廟를 구경하기로 되어 있기에 일찍 돌아왔다. 그리고 일행에게 아까 일을 이야기하니 허리를 잡지 않는 이가 없다.

그 뒤로는 점포 앞에 기상새설이란 네 자를 볼 때마다 이 집이 국숫집이로구나 하였다. 이는 그 심지의 밝고 깨끗함을 이름이 아니요, 실은 그 가루가 서릿발처럼 가늘고 눈보다 희다는 것을 자랑함이다. 여기서 가루란 곧 우리 나라에서 말하는 '진말眞末'이다. 청여·계함·주부 조달동과 함께 다음날 북진묘에 가기로 약속했다.

성경의 절들
盛京伽藍記

성자사聖慈寺는 숭덕崇德[81] 2년에 세웠다. 전각은 깊고 장엄하고도 화려하다. 법당은 돈대 높이가 한 길인데, 두루 돌난간을 세웠고, 전각 위에는 부시罘罳[82]를 둘러쳤으며, 세 그루 소나무 가지는

---

81 청나라 태종의 연호. 1636~1643.
82 큰 건물에 참새집 짓는 것을 막기 위해 그물 같은 것을 처마 밑에 둘러친 것.

서로 엉켜 푸른 그림자가 뜰에 가득하여 어둠침침한 빛이 감돈다.

또한 비석 둘이 있는데, 하나는 태학사 강림剛林의 글로 뒷면에는 만주 글이고, 또 하나는 앞뒷면이 모두 몽골 서번西番[83]의 글자이다. 지키는 중들 중에는 라마교喇嘛教[84] 중 몇 명이 있고, 전 안에는 8백나한이 있는데, 키가 겨우 몇 치씩밖에 되지 않으나 하나하나가 모두 정묘하다.

강희제는 손수 작은 탑 수백 개를 만들었는데, 크기가 주사위만하고, 그 아로새긴 솜씨가 기묘하여 신의 경지에 이르렀다 할 만하다. 탑 높이는 10여 길인데, 위는 둥글고 아래는 모나며 사자를 새겼다.

만수사萬壽寺는 강희 55년에 중수하였다. 절 앞에 패루 하나가 있는데, 현판에 '만세무강萬歲無疆'이라 씌어 있다. 전각이 웅장하고 화려하기는 성자사를 능가했고 뜰에 소나무 그늘이 가득했다. 비석들이 있으며, 정전正殿에는 강희황제가 쓴 '요해자운遼海紫雲'이란 액자가 붙어 있고, 향정香鼎이며 보로寶爐며 그밖에도 이루다 기록할 수 없을 정도로 보물이 많았다. 라마교 중 10여 명이 있는데, 모두 누런 옷에 누런 벙거지를 썼으며 사납고 건장해 보였다.

실승사實勝寺는 현판에 '연화정토蓮花淨土'라 씌어 있었고, 숭덕

---

83 티베트·중국을 비롯하여 아시아 등지 서역의 모든 국가.
84 몽골과 티베트 등지에 퍼진 불교의 한 파.

3년에 세웠다. 지붕은 모두 푸르고 누런 유리기와로 이었다. 이는 청나라 태종의 원당願堂[85]이다.

산천의 대략
山川記略

주필산駐蹕山은 요양의 서남쪽에 있다. 당초의 이름은 수산首山이었는데, 당나라 태종이 고구려를 치러 왔을 때 이 산 위에 며칠 머물러 있으면서 돌에 그 공덕을 새기고 '주필산'이라고 이름을 고쳤다.

개운산開運山은 봉천부 서북쪽에 있다. 여러 산봉우리가 둘러 있고 많은 물이 거기서부터 나온다. 바로 청나라의 영릉永陵[86]이다.

철배산鐵背山은 봉천부 서북에 있다. 그 위엔 계界·번藩 두 성이 있다 한다.

천주산天柱山은 승덕현承德縣 동쪽에 있다. 곧 청나라 태종의 능인 복릉福陵이 있는 곳으로, 『진서』에 이른바 동모산東牟山이 바로 이곳이다.

융업산隆業山은 승덕현 서북에 있다. 여기에는 청나라의 소릉昭

---

85 각 사찰 안의 일실一室로 궁사宮司 또는 민가에 베풀어 왕실의 명복을 빌던 곳.
86 청나라 태조의 부조父祖 4대의 능이 있다.

陵[87]이 있다고 한다.

십삼산十三山은 금주부錦州府 동쪽에 있다. 봉우리가 열셋이 있으므로 금나라 학자 채규蔡珪의 시에,

여산이 다한 곳에 다시 열세 봉우리
굽은 시내 집집마다 화폭 사이로세

閭山盡處十三山　　溪曲人家畫幅間

라고 하였다.

발해는 봉천부 남쪽에 있다. 『성경통지盛京統志』에 이르기를,
"바다의 옆으로 나간 것을 발渤이라 한다."
하였다. 요동벌이 2천 리 뻗쳤는데 그 남쪽이 곧 발해이다.

요하遼河는 승덕현의 서쪽에 있다. 곧 구려하句驪河인데 혹은 구류하枸柳河라고도 한다. 『한서』와 『수경水經』에는 모두 대요수大遼水라 하였다. 요수의 좌우가 곧 요동·요서의 경계이다. 당 태종이 고구려를 칠 적에 진펄 2백여 리에 흙을 깔아 다리를 놓고 건너갔다.

혼하는 승덕현 남쪽에 있다. 일명 소요수小遼水요, 아리강阿利江 또는 헌우락수萴芋濼水라고도 한다. 물은 장백산에서 발원하여 태

---

87 청나라 태종의 능.

자하와 합하고 다시 요수와 합하여 바다로 들어간다.

　태자하는 요양 북쪽에 있다. 변문 밖 영길주永吉州에서 발원하여 변문 안으로 흘러들어, 혼하·요하와 합쳐서 삼차하가 되었다. 세상에 전하기를,

　"연나라 태자 단이 도망하여 이곳까지 온 것을 마침내 그의 머리를 베어 진나라에 바쳤으므로 후세 사람이 이를 가엾이 여겨 이 물 이름을 태자하라 하였다."
한다.

　소심수小瀋水는 승덕현 남쪽에 있다. 동관東關 관음각觀音閣에서 발원하여 혼하로 들어간다. 물 북편을 양陽이라 하므로 심양의 이름이 대개 여기에서 연유된 것이라 한다.

　내가 그 동안 지나온 산하는 다만 그 지방 사람들에게 구전되어 온 말과 길 가는 사람들의 가르침 혹은 중국을 자주 다녔던 우리 하인들에게서 들은 것인데, 대략 생각나는 대로 대답한 것이어서 모두가 상세하지 않다.

　화표주華表柱는 요동의 고적인데, 어떤 이는 성안에 있다 하고 어떤 이는 성 10리 밖에 있다 하니, 이로 미루어 다른 것도 짐작할 수 있겠다.

역마를 달리며 적은 수필 · 馹汛隨筆

7월 15일에 시작하여 23일에 마쳤다.
모두 아흐레 동안이다. 신광녕에서
부터 산해관까지 모두 5백62리다.

서문
序

한갓 말한 것과 들은 것만을 가지고 이들과 서로 학문을 이야
기할 수 없다. 더구나 그의 평생 동안 생각이 미치지 못한 곳에야
말할 나위나 있겠는가.

만일 어떤 이가 "성인이 태산에 올라서 천하를 작게 생각하였
다"고 말한다면, 마음속으로는 그렇지 않다고 생각하면서도 입으
로는 그렇다고 답할 것이다. 그러나 부처가 "시방세계十方世界[1]를
보살핀다" 하면, 그는 곧 환망幻妄된 말이라고 배격할 것이며, "서

---

1 불가에서 말하는 이 세상 밖의 다른 여러 세계.

양 사람이 큰 배를 타고 지구 밖을 둘러 다녔다" 하면, 그는 괴이하고 허탄한 이야기라고 꾸짖을 것이다.

그렇다면 나는 누구와 함께 천지 사이의 크나큰 구경을 이야기 할 수 있겠는가. 아, 공자께서 2백40년 간의 역사를 필삭筆削하여 『춘추春秋』라 이름하였으나 이 2백40년 간의 옥백玉帛・병거兵車 의 일은 곧 하나의 꽃피고 잎 지는 삽시간의 광경에 지나지 않을 것이다.

아, 슬프다. 내 이제 글을 빨리 써서 이에 이르러 생각하니, 이 한 점의 먹을 찍는 사이는 눈 한 번 감고 숨 한 번 쉬는 사이에 지나지 않는 것이건만, 눈 한 번 감고 숨 한 번 쉬는 사이에 벌써 소고小古・소금小今이 이룩된다. 그러면 하나의 옛이라는 것과 이제라는 것도 크게 눈을 한 번 감고 숨을 한 번 쉬는 것이라고 할 수 있겠다. 그런데도 그 사이에서 온갖 명예와 사업을 세우고자 한다는 것이 그 어찌 슬프지 않겠는가.

내가 일찍이 묘향산妙香山에 올라가 상원암上元庵에서 묵을 때 밤이 다하도록 달이 마치 대낮처럼 밝았다. 창을 열고 동쪽을 바라보니, 절 앞에는 자욱한 안개가 달빛을 받아 수은 바다가 되었다. 그런데 그 수은 바다 밑에서는 은은히 코고는 소리 같은 것이 들려온다. 중들이 서로,

"저 하계에는 한창 큰 천둥에 소나기가 내리는 것이다."
하였다.

며칠 뒤에 산을 떠나 안주安州에 이르니, 지난밤에 과연 급작스

런 비와 천둥 번개로 한 길이나 되는 물이 평지에 흐르고, 민가들이 해를 많이 입었다. 이를 보고 나는 슬픈 생각에 말을 멈추고,

"어젯밤에는 내가 구름과 비 밖에서 밝은 달을 껴안고 누워 있었으니, 저 묘향산을 태산에 비한다면 겨우 한 개의 언덕에 지나지 않을 뿐이나 이토록 높낮이가 심한 세계를 이룩했는데, 하물며 성인이 천하를 봄에랴."

하고 중얼거렸다.

설산雪山[2]에서 고행을 한 이가 만일 공자의 처지를 조금 더 넓게 보지 못하고 세 번이나 아내를 내쫓았느니,[3] 백어伯魚가 일찍 죽었느니,[4] 노나라·위나라에서 봉변을 당했느니[5] 한다면, 이는 실로 땅·물·바람·불 등이 별안간에 모두 빈 것이 된다는 것이니, 참으로 한심한 일이다. 또 그들은 성인과 불씨佛氏의 관점도 오히려 땅에서 떠나지 못했다 하였으니, 그렇다면 이 지구를 어루만지고 창공을 거닐며 별을 따는 등 가지 못하는 곳이 없다는 이들은 스스로 자기의 보는 것이, 유교와 불교보다 낫다고 함도 무리가 아닐 듯하다.

그들 모두 이국에 와서 말을 배우며, 머리털이 희도록 남의 글을 익혀서 썩지 않는 업적을 꾀하는 것은 무슨 이유일까. 대개 귀

---

2 히말라야. 석가가 여기서 도를 닦았다.
3 공자와 아들 백어, 손자 자사까지 3대가 모두 아내를 내쫓았다.
4 백어는 공자의 아들인 이鯉의 자로 아버지인 공자가 생존했을 때에 요사하였다.
5 공자가 일찍이 노·위 등지에서 무뢰배들로부터 봉변당했던 것을 말한다.

로 듣고 눈으로 보았다는 것은 벌써 지난 경지이니, 그 경지가 지나고 또 지나서 쉬지 않는다면 옛날 이를 빙자하여 학문을 하던 사람들에게서도 무슨 고증을 취할 만한 것이 없을 것이다. 그러므로 강경하게 글을 지어서 남들이 이를 반드시 믿어주게 하고자 함이다. 그리하여 그들 서양 사람은 우리 유가儒家에서 이단을 치는 이론을 보고 그 실마리를 주워서 억지로 불교를 배격하고, 또 그들은 불씨의 천당과 지옥의 선을 좋아하여 찌꺼기를 들이켤 뿐이다.

15일, 개다.

내원·태의 변관해·주부 조달동과 함께 새벽에 소흑산을 떠나 중안포中安浦까지 30리를 와서 점심을 먹고, 또 먼저 떠나 구광녕을 지나서 북진묘를 구경하고는 달빛을 맞으며 40리를 가서 신광녕에서 묵다. 북진묘를 구경하느라고 왕복 20리를 더 걷고 나니, 모두 90리를 걸은 셈이다.

정리록에 실린 것으로 말하면, 백대자白臺子·망우대蟒牛臺·사하자沙河子·굴가둔屈家屯·삼의묘三義廟·북진보北鎭堡·양장하羊腸河·우가둔于家屯·후가둔侯家屯·이대자二臺子·소고가자小古家子·대고가자大古家子 등의 지명과 이수가 서로 어긋난 것이 많다. 만일 이대로 계산한다면 1백80리가 될 것이나 지금은 상고할 길이 없다. 이날은 몹시 더웠다.

우리 나라의 선비들이 북경에서 돌아온 사람을 처음 만나면 반

드시,

"이번 걸음에 있어 제일 장관이 무엇이었습니까. 그 제일 장관이었던 것을 뽑아서 이야기해주십시오."

하고 묻는다. 그러면 그들은 제각기 본 바를 좇아서 입에서 나오는 대로, "요동 천리의 넓디넓은 들판이 장관이지요", "구요동의 백탑白塔이 장관이오", "그 연로의 시가와 점포가 장관이오", "계문薊門의 내가 낀 숲들이 장관이오", "노구교蘆溝橋가 장관이오", "산해관이 장관이오", "각산사角山寺가 장관이오", "망해정望海亭이 장관이오", "조가패루祖家牌樓가 장관이오", "유리창이 장관이오", "통주通州의 배가 장관이오", "금주위錦州衛의 목축이 장관이오", "서산西山의 누대가 장관이오", "사천주당四天主堂이 장관이오", "호권虎圈이 장관이오", "상방象房이 장관이오", "남해자南海子가 장관이오", "동악묘東岳廟가 장관이오", "북진묘가 장관이오." 하고 대답이 분분하여 이루 헤아릴 수 없다. 그러나 상등의 선비는 섭섭한 표정으로 얼굴빛을 바꾸면서,

"도무지 볼 것이 없더군요."

한다.

"어째서 아무런 볼 것이 없더냐?"

하고 물으면 그는,

"황제가 머리를 깎았고, 장將·상相 등 대신과 모든 관원들이 머리를 깎았으며, 사서인士庶人들까지 모두 그러합니다. 그러나 비록 공덕이 은·주와 같고 부강하기가 진·한에 지나친다 하더

라도 생민生民이 있은 이후로 아직껏 머리를 깎은 천자는 없었습니다. 또 비록 육농기陸隴其와 이광지李光地의 학문이 있고, 위희魏禧·왕완汪琬·왕사진王士禛의 문장이 있고, 고염무顧炎武·주이준朱彝尊의 박식이 있다 한들 한번 머리를 깎으면 곧 되놈이요, 되놈이면 곧 짐승일 것이니, 우리가 그들 짐승에게서 무엇을 볼 것이 있단 말이오."

한다. 이것이 곧 으뜸가는 의리라 하여 이야기하는 이도 잠잠하고, 듣는 이도 숙연해진다. 중등의 선비는 말하기를,

"그들의 성곽은 만리장성의 제도를 물려받은 것이요, 건물은 아방궁6의 법을 본뜬 것이며, 사서인은 위·진의 부화함을 숭상하고, 풍속은 대업·천보7 때의 사치함을 숭상하며, 중국이 더럽힘을 입어서 그 산천이 피비린내나는 고장으로 변했고, 성인들의 자취가 묻혀 언어조차 야만의 것을 따르게 되었으니, 무엇을 볼 만한 것이 있겠습니까. 진실로 10만의 군사를 얻을 수 있다면 급히 달려 산해관을 쳐들어가서 중원을 소탕한 다음이라야 비로소 장관을 이야기할 수 있겠지요."

한다.

이는 『춘추』를 잘 읽은 이의 말이다. 이 『춘추』의 일부는 중화를 높이고 이족夷族을 낮추어 보는 사상을 중심으로 만들어진 글

---

6 진나라 시황이 그의 수도 함양咸陽에 세운 궁궐.
7 대업大業은 수나라 양제煬帝의 연호, 천보天寶는 당나라 현종玄宗의 연호.

이다. 우리 나라가 명나라를 섬긴 지 2백 년 동안 충성을 한결같이 하여, 비록 이름은 속국이라 하나 실상은 한 나라나 다름이 없다. 그리고 만력 임진년(1592) 왜적의 난에 신종황제神宗皇帝가 천하의 군사를 이끌고 와 우리를 구원하였으니, 우리 나라 사람들의 발끝에서 머리털까지 그 어느 하나도 그의 은혜를 입지 않은 것이 없었다. 또 인조 36년 청나라의 군대가 쳐들어오자 명나라 의종열황제義宗烈皇帝가 우리 나라가 난리를 당했다는 말을 듣고 곧 총병 진홍범陳洪範에게 명하여 시급히 각 진의 수군을 징발하여 구원병을 파견하였다. 홍범이 관병의 출범을 아뢸 때, 산동순무山東巡撫 안계조顏繼祖가 조선이 이미 무너져서 강화가 벌써 함락되었다고 아뢰니, 황제는 계조가 힘껏 구원하지 않았다 하여 조서를 내려 준절히 꾸짖었다.

이때 천자는 안으로 복주福州·초주楚州·양주襄州·당주唐州 등 각지의 난리를 진압할 길이 없고, 밖으로는 조선의 난리가 더욱 박절하여 그 구출해줄 뜻이 형제의 나라보다 더 간절했었다. 마침내는 온누리가 하늘이 무너지고 땅이 갈라지는 비운을 당하고, 온 인민의 머리를 깎아서 모두 되놈을 만들었으니, 비록 우리 나라만은 이런 수치를 면했다 하더라도 중국을 위하여 원수를 갚고 치욕을 씻으려 하는 마음이야 어찌 하룬들 잊을 수 있었겠는가. 우리 나라 사대부들로 『춘추』의 종주국을 높이고 오랑캐를 물리치는 이론을 일삼는 이가 우뚝 서서 서로 따라보며 1백 년을 하루같이 줄기차게 잇달렸으니, 참으로 장한 일이라 하겠다.

그러나 존주尊周의 사상은 주를 높이는 데에만 국한되어야 할 것이요, 오랑캐의 문제는 오랑캐에서만 써야 할 일이다. 왜냐하면 중국의 성곽과 건물이며 인민들이 예전 그대로 남아 있고, 정덕正德·이용利用·후생厚生의 도구도 예전 그대로 남아 있으며, 최崔·노盧·왕王·사謝 성씨의 벌족閥族들도 없어지지 않았고, 주돈이周敦頤·장재張載·정호程顥·정이程頤·주희朱熹의 학문도 사라지지 않았으며, 3대三代[8] 이후의 성제聖帝·명왕明王과 한·당·송·명의 아름다운 법률 제도가 변함없이 그대로 남아 있다. 저들은 오랑캐일망정 중국이 자기에게 이로워서 길이 누리기에 족함을 알고, 곧장 이를 빼앗아 차지하고는 마치 본디부터 지녔던 것같이 하기까지에 이르렀다.

대개 천하를 위하여 일하는 자는 진실로 인민에게 이롭고 나라에 도움이 될 일이라면, 비록 그 법이 오랑캐에게서 나온 것일지라도 이를 취하여 본받는 것인데, 하물며 3대 이후의 성제·명왕과 한·당·송·명의 고유한 옛것이야 어떻겠는가.

성인이 『춘추』를 지을 때 물론 중화를 높이고 오랑캐를 물리쳤으나, 그렇다고 오랑캐가 중화를 어지럽혔던 것을 분하게 여겨 본받을 만한 오랑캐의 좋은 점마저 물리친다는 말은 듣지 못하였다.

그러므로 지금 사람들이 진실로 오랑캐를 물리치려면 중화에 끼친 법을 모조리 배워서 먼저 우리 나라의 유치한 풍속부터 개

---

8 하나라·은나라·주나라.

혁시켜야 한다. 밭 갈기·누에 치기·그릇 굽기·풀무 불기 등으로부터 공업·상업 등에 이르기까지도 다 배우며, 남이 열을 하면 우리는 백을 하여 먼저 우리 인민들을 이롭게 해야 한다. 그 다음 그들로 하여금 회초리를 마련해두었다가 저들의 굳은 갑옷과 예리한 무기를 매질할 수 있도록 한 연후라야, 중국에는 아무런 장관이 없더라고 이를 수 있겠다. 나와 같은 사람은 하류의 선비이지만 말 한마디한다면,

"그들의 장관은 기왓조각에 있고, 또 똥부스러기에 있다."
고 하련다.

무릇 저 깨진 기왓조각은 천하에 버리는 물건이지만, 민간에서 담을 쌓을 때 담 높이가 어깨에 솟을 경우 다시 이를 둘씩 둘씩 포개어 물결 무늬를 만든다든지, 또는 넷을 모아서 둥근 고리처럼 만든다든지, 넷을 등지워서 옛 노전魯錢[9]의 형상을 만들면, 그 구멍난 곳이 영롱하고 안팎이 서로 어리비쳐서 좋은 무늬가 이루어진다. 이는 곧 깨어진 기와쪽을 버리지 않아서 천하의 무늬가 이에 있다고 할 수 있을 것이다.

또 집집마다 뜰 앞에 벽돌을 깔지 못한다면 여러 빛깔의 유리와 기왓조각과 시냇가의 둥근 조약돌을 주워다가 꽃·나무·새·짐승의 모양으로 땅에 깔아서 비 올 때 진 수렁이 되는 것을 방지

9 엽전을 가리킨다. 진나라 때 노포魯褒가 돈만을 숭상하는 시속을 풍자한「전신론錢神論」을 지었기 때문에 이른 말이다.

하니, 이는 곧 부서진 돌자갈 하나도 버리지 않아서 천하의 그림이 되었다고 할 수 있을 것이다.

똥은 지극히 더러운 물건이지만 이를 밭에 내기 위해 아끼기를 마치 오금처럼 여기어 길에 내어버린 거름이 없고, 말똥을 줍는 자가 삼태기를 들고 말 뒤를 따라다닌다.

그리고 이를 주워 쌓는 데 있어서도 네 모가 반듯하게 쌓거나 혹은 여덟 모로 혹은 여섯 모로 하고 혹은 누각이나 돈대 모양으로 만드니, 이 똥무더기를 보아서 모든 규모가 벌써 세워졌음을 짐작할 수 있겠다. 그러므로 나는 이렇게 말하련다.

"저 기왓조각이나 똥무더기가 모두 장관이지, 꼭 성지·궁실·누대·시포市舗·사관寺觀·목축이라든지, 광막한 들판이라든지, 변환하는 연수烟樹라든지, 그런 것들만이 장관이 아니다."

구광녕성은 의무려산 밑에 있는데 앞에 큰 강이 있고 이 강물을 끌어다 해자를 만들었으며, 탑 두 개가 하늘 높이 솟아 있다. 성에 못미처 몇 마장 되는 곳에 큰 사당이 하나 있는데, 단청을 새로이 하여 찬란한 것이 눈에 든다.

광녕성 동문 밖 다리 머리에 새긴 공하蚣蛦가 매우 웅특하고 기묘하게 보였다. 겹문을 들어가서 시가를 지나노라니 점포들의 번화함이 요동에 못지않다. 영원백寧遠伯 이성량李成樑5의 패루가 성 북쪽에 있다. 어떤 이는 이르기를,

---

10 이여송의 아버지.

"광녕은 본디 기자의 나라이어서 옛날에 기자의 후관屛冠[11]을 쓴 소상이 있었는데, 명나라 가정 연간의 난리통에 타버렸다." 한다.

성이 겹으로 되었는데, 내성은 온전하나 외성은 많이 헐었다. 성안의 남녀가 집집에서 나와 구경하며 거리에 노는 사람들이 수없이 떼를 지어 말머리에 둘러서므로 빠져나갈 수가 없다.

성밖의 관제묘는 그 웅장하고 화려하기가 요양의 것과 비슷하다. 문밖에는 높고 깊고 화려한 희대戱臺가 있다. 마침 뭇사람이 모여서 연극을 하는 모양이나 갈 길이 바빠서 구경하지 못하였다. 명나라 천계天啓[12] 연간에 장수 왕화정王化貞이 이영방李永芳[13]에게 속아 그의 효장驍將 손득공孫得功이 적군을 맞아 성에 들어갔으므로, 광녕이 함락되고 천하의 대세가 기울어져버렸다.

북진묘에서
北鎭廟記

북진묘는 의무려산 밑에 있다. 북진묘 뒤에는 수많은 산봉우리

---

11 은나라 때의 관 이름.
12 희종熹宗의 연호. 1621~1627년.
13 명나라 때 우군을 도와 적을 치는 유격游擊이었으나 청나라에 항복하였다.

가 마치 병풍을 친 듯이 둘러 있고 앞으로는 큰 벌이 트였으며, 오른편에는 바닷물이 넘실거리고 광녕성은 마치 슬하의 아이들처럼 앞에 놓여 있다. 집집마다 피어 오르는 연기는 마치 푸른 띠를 두른 듯한데, 그 속에 잠긴 탑이 유달리 희게 보인다.

그 지형을 살펴보니 편평한 벌판이 여러 길 되는 둥근 언덕을 이루어, 굽어보나 쳐다보나 천지가 하도 넓어 거리낌이 없으며 해와 달이 떴다 졌다 하고 바람과 구름이 일었다 사라졌다 하는 것이 모두 그 가운데 있다. 동쪽을 바라보면 오·제 두 나라가 손에 닿을 듯 가까워 보인다. 시력이 미치지 못하는 것이 한스러울 뿐이다.

사당의 모양은 웅장하고 괴걸하다. 그렇지 않으면 해海·악嶽의 진사鎭祠가 될 수 없을 것이다. 여기는 북방의 현명제군玄冥帝君[14]과 아울러 그 종신從神을 모셨는데, 모두 곤포를 입고 면류관을 쓴 채 옥을 사고 옥홀玉笏을 받들고 섰는데, 위풍이 늠름하여 보는 사람으로 하여금 저절로 옷깃을 여미게 한다. 향정은 높이 여섯 자가 넘는데다 괴상한 간물姦物과 귀물鬼物들을 새겼는데, 푸른 기운이 속속들이 배어 있다. 그 앞에는 열 섬이나 들 만한 검은 항아리가 있으며, 횃불 네 개를 켜서 밤낮으로 밝히고 있다.

순舜임금이 일찍이 열두 곳의 이름난 산에 봉선封禪[15]할 적에

---

14 북방을 맡은 신군.
15 천자가 산천에 제사를 지내는 일.

의무려산을 유주幽州의 진산鎭山으로 삼았는데, 그 후 하·상·주·진이 모두 그대로 변경하지 않았으며, 그에 대한 예식은 저 오악五嶽[16]이나 사독四瀆[17]과 같이 하였다. 이 사당이 어느 시대에 창건되었는지는 알 수 없으나 당나라 현종 개원 연간에 의무려산의 신을 광녕공廣寧公으로 봉하였고, 요·금 때에는 왕호를 붙였으며, 원나라 성종 대덕大德 연간에 정덕광녕왕貞德廣寧王을 봉했었는데, 명나라 태조 홍무 초년에는 북진의무려산지신北鎭醫巫閭山之神이라고만 칭하고, 세시歲時가 되면 향을 하사하여 제사하는데, 축문에는 천자의 성명까지 쓴다고 한다. 나라에 큰 의식이 있으면 예관을 보내어 제사하였다. 지금은 나라가 동북에서 일어났기 때문에 특히 이 산의 신을 더욱 융숭하게 받든다 한다. 어떤 이는 이르기를,

"옹정제가 제왕諸王으로 있을 때에 칙명을 받들고 향을 내리러 와서 제사를 마치고 재실에서 자는데, 꿈에 신선이 그에게 커다란 구슬 하나를 주어 그 구슬이 해가 되었는데, 그 길로 돌아와서 천자의 자리에 오르게 되었으므로, 이 사당을 크게 중수하여 그 신인의 은덕을 갚았다."

한다.

사당 앞에는 다섯 문의 패루가 있는데, 기둥이나 서까래·기와

---

16 태산泰山·화산華山·형산荊山·항산杭山·숭산嵩山.
17 강江·하河·회淮·제濟.

· 추녀 등 모두 나무는 하나도 쓰지 않고 순전히 돌로만 만들었다. 높이는 네댓 길이나 되고 그 공교한 구조와 정미로운 조각이 거의 사람의 힘으로는 미치지 못할 만큼 잘되었다. 패루의 좌우에는 돌사자가 있는데 높이가 두 길이나 되고, 묘문廟門으로부터 흰 돌로 층계를 놓았다.

묘문의 왼켠에는 절이 있는데, 그 뜰에 비석 두 개가 서 있다. 하나는 '만수선림萬壽禪林'이라 하였고, 또 하나는 '만고유방萬古流芳'이라 하였으며, 절 안에 큰 부처 다섯 구를 모셨다. 절 오른편에 문 하나가 있으며, 왼쪽은 고루鼓樓, 오른쪽은 종루鐘樓이며, 그 두 누 사이에 또 문 셋이 있고, 그 앞에는 또 비석 셋이 있는데, 모두 누런 기와로 비 위를 덮었다. 비석 세 개 중 둘은 강희제의 글과 글씨였고, 또 하나는 옹정제의 글과 글씨다.

정전은 푸른 유리기와를 이었고, 북쪽 벽에는 '울총가기鬱蔥佳氣'라 써 붙였는데, 이는 옹정황제의 글씨다. 층계 위에는 동서로 돌화로가 마주서 있고, 높이는 모두 한 길이 넘으며, 다시 동서로 낭무廊廡[18] 수백 칸이 있다. 정전 뒤에는 비어 있는 전각이 있는데, 그 제도는 정전과 다름없이 휘황 찬란하지만 아무것도 놓인 것 없이 텅 비어 있다. 그 뒤에 또 전각 한 채가 있는데, 그 역시 제도가 정전과 같다. 여기에 소상 둘이 있으며, 면류관을 쓰고 옥홀을 가진 이는 문창성군文昌星君이요, 봉관鳳冠을 쓰고 구슬띠를 띤 것

---

18 정전正殿 아래로 동서에 붙여 지은 건물.

230

은 옥비낭랑玉妃娘娘이라 하며, 그 좌우에는 두 동자가 모시고 섰다. 현판에는 '건시령구乾始靈區'라 씌어 있는데, 이는 지금 황제의 글씨이다.

바깥문으로부터 층계마다 흰 돌로 난간을 둘렀는데, 그 조촐하고 매끄러움이 마치 옥 같으며, 그 위에는 골고루 이룡〔螭〕과 도롱뇽을 새겨서 낭무의 층대를 두루 둘러 전전에까지 이르렀다. 또 전전에서부터 후전까지는 눈부실 만큼 흰빛이 꼬불꼬불 이어져 있는데, 말끔하여 티끌 하나도 날지 않는다. 전전의 앞뒤에는 역대의 큰 비석들이 나란히 서 있어 마치 파밭의 이랑 같은데, 거기에 새겨진 글들은 모두 나라를 위하여 복을 빈 것들이다. 그 중 송나라의 연우비延祐碑가 가장 오래된 것이다.

서각문西角門을 나서니 두어 길이나 되는 창벽蒼壁에 '보천석補天石'이라 새겨져 있는데, 이는 명나라 순무巡撫 장학안張學顏의 글씨였고, 다시 한 칸쯤 떨어진 곳에 '취병석翠屛石'이라 새긴 것이 있다.

동문 밖으로 수백 보쯤 나오면 커다란 둥근 돌이 놓여 있는데, 마치 거북이 등처럼 금이 갔으며, '여공석呂公石' 또는 '회선정會仙亭'이라 새겼다. 그 위에 오르니 의무려산의 충만하고 아름다운 형세가 한눈에 선뜻 들어온다.

문득 바위에 의지해 있는 조그마한 정자 하나를 발견했는데, 흙으로 쌓은 섬돌이 두 층이고, 띠 이엉에 끝을 약간 가지런하게 베었다. 그 깨끗하고 그윽함이 마음을 퍽 즐겁게 해준다. 거기서 잠

간 앉아 쉬는데 변군이 말하기를,

"비유하건대, 마치 감사가 군읍을 돌아다니느라 아침저녁으로 공궤하는 것이 모두 산해의 진미여서 속이 보깨고 구역질이 날 즈음에 문득 산뜻한 야채 한 접시를 보고는 그냥 구미가 당기는 것 같군요."

하기에 나는 웃으면서,

"그야말로 참 의원다운 말이로군."

하니 조군이,

"늘 기생들과 노닐면서 그 예쁘고 안 예쁜 것조차 분간하지 못하다가, 저 시골 싸리문께서 갑자기 형차포군荊釵布裙[19]으로 수수하게 차린 여인을 만나면, 자신도 모르는 결에 눈이 훤하게 트이지 않겠습니까?"

한다. 나는,

"호색가다운 말이로군. 만일 그대들 말과 같이 된다면 이제 이 흙 섬돌과 띠 이엉이 천자의 안목과 비위를 이끌 수 있겠지."

하고는 돌아와 나무 밑에 앉았다.

사당을 지키는 도사 세 명이 있기에 부채 세 개, 종이 세 권, 청심환 세 개를 선물하니, 모두들 매우 기뻐했다. 도사가 뜰 앞의 막 무르익은 복숭아를 한 쟁반 따왔다. 하인들은 다투어 나무 아래로 달려가서 가지를 휘어잡고 마구 딴다. 내가 하인들에게 그리 말라

---

19 가시나무의 비녀와 베치마라는 뜻으로, 부인의 검소함을 말한다.

고 타일러도 막무가내였다. 도사는,

"애써 금하실 거 없습니다. 배부르면 스스로 그만두겠지요."

하고, 또 하인들을 향하여,

마음대로 따먹지만 가지는 다치지 마오
그대로 두었다가 명년 이때 다시 오게나

任君摘取莫傷枝　　留待明年再到時

라고 한다.

그 도사의 성명은 이붕李鵬이고, 호는 소요관逍遙館 또는 찬하도
인餐霞道人이라고도 한다. 사당 뜰에는 반이나 썩은 늙은 소나무
한 그루가 서 있다. 황제가 갑술년[20] 이곳에 행차했을 때 남겼다
는 시와 그림은 모두 바위 틈에 새겨져 있다.

수레 제도
車制

사람이 타는 수레는 태평차太平車라 한다. 바퀴 높이가 팔꿈치

---

20 건륭 19년.

에 닿으며, 바퀴마다 살이 서른 개씩인데 대추나무로 둥글게 테를 메우고 쇳조각과 쇠못을 온 바퀴에 입혔다. 그 위에는 둥근 방을 만들어 세 사람이 들어앉을 만하다. 방에는 푸른 베나 공단·우단으로 휘장을 치고, 어떤 것은 주렴을 드리워 은단추로 여닫게 되어 있다. 좌우에는 유리를 붙여서 창문을 내고, 앞에는 널판을 가로놓아서 마부가 앉게 되었으며, 뒤에는 타인이 앉게 되어 있다. 나귀 한 마리가 끌고 갈 수 있으나, 먼 길을 가려면 말이나 노새를 더 늘려야 한다.

짐을 싣는 것은 대차大車라 한다. 바퀴는 태평차보다 조금 낮은 듯하며 바퀴 살은 입廿자 모양으로 되었고, 싣는 양은 8백 근으로 정하여 말 두 필을 채우는데, 8백 근이 넘을 경우에는 짐을 헤아려서 말을 늘린다. 짐 위에는 삿자리로 방을 꾸미는데, 마치 배 안 같이 하여 그 속에서 눕고 자게 되어 있다. 대체로 말 여섯 필이 끄는데, 수레 밑에 커다란 왕방울을 달고 말 목에도 조그마한 방울 수백 개를 달아서 그 댕그랑댕그랑 하는 소리로 밤을 경계한다. 태평차는 겉바퀴가 돌고, 대차는 속바퀴가 돈다. 그리고 쌍바퀴가 똑같이 둥글기 때문에 고루 돌아가고 빨리 달릴 수 있다.

멍에 밑에 매는 말은 반드시 제일 튼튼한 말이나 건장한 나귀를 사용하며, 수레 멍에를 쓰지 않고 조그마한 나무 안장을 만들어 가죽 끈이나 튼튼한 밧줄로 멍에 머리에 얽어매어서 말을 달았다. 멍에 밑에 들지 않은 기타의 말들은 모두 쇠가죽 끈으로 배띠를 하고 바를 매어서 끌게 되어 있다. 짐이 많으면 바퀴채보다 훨씬 더 밖으로 튀어 나오고 때로는 높이가 몇 길이나 되기도 하며, 끄는 말도 많으면 10여 필에 이른다. 말 모는 사람을 '간차적看車的'이라 부르는데, 그는 짐 위에 덩실 높이 앉아서 손에 긴 채찍을 쥐고 길이가 두 길쯤 되는 끈 두 개를 그 끝에 매고는, 그것으로 힘을 내지 않은 놈은 귀며 옆구리를 가리지 않고 마구 때린다. 이것이 손에 익으면 더욱 잘 맞는다. 그 채찍질하는 소리가 우레처럼 요란스럽다.

독륜차獨輪車는 뒤에서 한 사람이 칫대를 잡고 밀게끔 되어 있다. 한가운데쯤 바퀴를 달았는데 바퀴가 수레바닥 위로 반이나 솟았으므로 양쪽이 상자처럼 되어 싣는 물건이 꼭 서로 같아야 한다. 바퀴가 닿는 곳은 마치 북을 반쯤 잘라놓은 것 같은 형체로 되어 있으며, 바퀴를 가운데로 사이를 둔 채 짐을 양쪽으로 실어서, 바퀴와 짐이 서로 닿지 않도록 하였다. 칫대 밑에는 짧은 막대기가 양쪽으로 드리워서, 갈 때는 칫대와 함께 들리고 멈출 때는 바퀴와 함께 멈추는데, 이것이 버팀나무가 되어 수레가 쓰러지지 않게 된다.

길가에서 떡·엿·과일·오이 등을 파는 장사꾼들은 모두 이 독륜차를 이용하며, 또 밭둑길에 거름을 내는 데도 가장 편리하다. 한번은 시골 여자 둘이 이 독륜차의 양쪽 상자에 타고 앉아서 각기 어린애 하나씩을 안고 가는 것도 보았다. 물을 긷는 데는 양쪽에 각기 대여섯 통씩 싣는다. 짐이 무겁고 많으면 끈을 달아서 한 사람이 끌고, 두세 사람이 마치 배를 끌듯 끌고 가기도 한다.

대개 수레는 천리에 맞도록 만들어져서 땅 위에 다니는 것으로, 육지를 다니는 배요 움직일 수 있는 방이다. 나라의 쓰임에 수레보다 더 큰 것이 없다. 그러므로 『주례周禮』에 "임금의 부富를 물었을 때 수레의 많고 적음으로 대답했다" 하니 수레는 싣고 타는 것뿐만이 아님을 말한 것이다. 수레 중에도 융차戎車·역차役車·수차水車·포차砲車 등이 있어서 천백 가지 제도가 있으므로 지금 갑자기 다 이야기할 수 없다. 그러나 타는 수레와 싣는 수레는 백성들에게 가장 중요한 것이어서 시급히 연구하지 않을 수 없는 문제이다. 내가 일찍이 담헌湛軒 홍대용洪大容·참봉 이광려李匡呂와 함께 수레 제도를 이야기할 때,

"수레의 제도는 무엇보다도 궤도를 똑같이 하여야 한다. 이른바 궤도를 똑같이 한다는 것은 두 바퀴 사이의 일정한 본을 어기지 않는 것을 말한다. 그렇게 하면 수레가 몇만 대일지라도 그 바퀴 자리는 하나로 통일될 것이니, '거동궤車同軌'[21]라는 말이 곧 이를 두고 하는 말이다. 만일 두 바퀴 사이를 마음대로 넓히고 좁힐 수 있다면 길 가운데 바퀴 자국이 한 틀에 들 수 있겠는가."
하고 말한 일이 있었다.

이제 천리길을 오면서 날마다 수없이 많은 수레를 보았으나 앞 수레와 뒷수레가 언제나 한 자국을 따라서 갔다. 그러므로 애쓰지 않고도 똑같이 되는 것을 일철一轍이라 하고, 뒤에서 앞을 가리켜

---

21 모든 수레의 궤도가 다 같다. 『중용』에서 나온 말이다.

전철前轍이라 한다. 성 문턱에 수레바퀴 자국이 움푹 패어서 홈통을 이룬 것은 이른바 '성문지궤城門之軌'22라는 것이다. 우리 나라에도 수레가 전혀 없는 것은 아니나 그 바퀴가 십분 둥글지 못하고 바퀴 자국이 한 틀에 들지 못하니, 이는 수레가 없는 것이나 마찬가지다. 그런데 사람들이 늘 하는 말에,

"우리 나라는 길이 험하여 수레를 쓸 수 없다."

하니 이 무슨 말인가. 나라에서 수레를 쓰지 않기 때문에 길이 닦이지 않았을 뿐이다. 만일 수레가 다니게 된다면 길은 저절로 닦이게 될 터인데, 어찌하여 좁은 길과 험준한 산길을 걱정하겠는가. 『중용』에 이르기를,

"배와 수레가 이르는 곳, 서리와 이슬이 내리는 곳이다."

하였으니, 이는 곧 수레가 어떠한 먼 곳이라도 이를 수 있다는 말이다.

중국에도 검각산劍閣山 아홉 구비의 험한 잔도棧道와 태항산太行山 양장판羊腸坂의 위험한 재가 없는 것은 아니지만, 역시 수레는 가지 못하는 곳이 없다. 그리하여 관關·섬陝·천川·촉蜀·강江·절浙·민閩·광廣 등지와 같은 먼 곳에서도 큰 장사치들이나 또는 온 가족을 이끌고 부임하러 가는 벼슬아치들의 수레바퀴가 서로 잇대어서 마치 자기 집 뜰 앞을 거니는 것처럼 다니고, 우레가 치는 듯이 우렁차게 울려 퍼지는 수레바퀴소리가 대낮에도 끊

---

22 『맹자』에서 나온 말이다.

이지 않는다. 이 마천摩天·청석靑石의 고개와 장항獐項·마전馬轉의 언덕들이 어찌 우리 나라의 것보다 덜 험준하겠는가. 그 층암절벽에 막히고 험준한 것은 우리 나라 사람들도 목격한 것이지만, 그렇다고 수레로 다니지 않는 곳이 있던가. 중국의 재화가 풍족해졌을 뿐 아니라 그 재화가 한 곳에 지체되지 않고 골고루 유통되는 것은 모두 이 수레를 사용하기 때문이다. 비근한 예를 들건대, 우리 사행이 모든 번폐로움을 없애버리고 우리가 만든 수레에 우리가 타면 곧장 연경에 닿을 것인데 무엇을 꺼려서 하지 않는단 말인가.

그리하여 영남 지방 어린이들은 새우젓을 모르고, 관동 백성들은 아가위를 절여서 장 대신 쓰고, 서북 사람들은 감과 감자를 분간하지 못하며, 바닷가에 사는 사람들은 새우나 정어리를 거름으로 밭에 내건만, 서울에서는 한 움큼에 한 푼을 주고 사니 어째서 이토록 귀한가.

6진六鎭[23]의 삼베, 관서의 명주, 영·호남의 종이, 해서의 솜과 쇠, 충남 서해안의 생선과 소금 등은 모두 백성들이 날로 쓰는 필수품이어서 어느 하나도 없어서는 안 될 물건들이다. 또한 청산·보은의 대추 1천 그루와 황주·봉산의 배 1천 그루, 고흥·남해의 귤과 유자 1천 그루, 임천·한산의 모시 1천 이랑, 관동의 벌꿀 1천 통 등은 모두 우리 일상 생활에서 서로 꼭 바꾸어 써야 할 물

---

23 두만강 기슭에 있는 종성·경원·회령·경흥·온성·부령.

건들이다.

그런데 이제 이곳에서 천한 물건이 저곳에서는 몹시 귀하여 그 이름은 들었어도 실물은 구경도 못한 것은 무슨 이유일까. 이는 오로지 멀리 실어 나를 힘이 없기 때문이다. 사방이 겨우 몇천 리밖에 되지 않는 나라에 국민의 살림살이가 이처럼 가난한 것은, 한마디로 표현하자면 국내에 수레가 다니지 못한 까닭이라 하겠다. 누가,

"그러면 수레는 어째서 다니지 못하는 거요?"

하고 묻는다면 역시 한마디로,

"이는 사대부들의 허물입니다."

하고 답할 것이다. 왜냐하면 그들이 평소에 글을 읽을 때에는,

"『주례』는 성인이 지으신 글이다."

한다.

또 윤인輪人[24]이니 여인輿人이니 거인車人이니 주인輈人이니 하며 떠들지만, 끝내 그것을 만드는 기술이나 움직이는 방법에 대해서는 도무지 연구하지 않으니, 한갓 글만 읽을 뿐이지 참된 학문에는 무슨 이익이 있겠는가.

아, 슬프다. 황제黃帝가 수레를 창조하였으므로 헌원씨軒轅氏라 불린 이후 백년 천년의 세월이 지나는 동안 몇몇 성인의 연구와

---

24 『주례』에 나오는 말로, 옛날 수레를 맡은 관리의 벼슬 이름. 이 다음 여인·거인·주인도 모두 이와 같다.

견식과 기술을 다하였고, 또 몇 사람의 수倕[25]처럼 유능한 솜씨를 거쳤으며, 게다가 상앙商鞅[26]·이사李斯[27] 같은 이들의 제도 통일을 거쳐왔으니, 이야말로 저 현관縣官들의 학술에 비한다면 몇백 배나 나을 것이다. 그들의 정미로운 연구와 행하기 간편한 것이 어찌 우연한 일이겠는가. 이는 진실로 민생의 살림에 유익하고 국가의 경영에 큰 그릇이 되는 것이다. 이제 나는 날마다 눈에 뜨이는 놀랍고 반가운 것들을 이 수레 제도 하나만으로 미루어 다 짐작할 수 있으며, 또한 어렴풋이나마 몇천 년 동안에 걸쳐 여러 성인이 고심했던 것을 알 수 있었다.

밭에 물을 대는 것으로 용미차龍尾車·용골차龍骨車·항승차恒升車·옥형차玉衡車 등이 있고, 불을 끄는 것으로는 홍흡虹吸[28]·학음鶴飮 등의 기구가 있으며, 전쟁에 쓰는 수레로는 포차·충차衝車·화차 등이 있다. 모두 서양의 『기기도奇器圖』와 강희제가 지은 『경직도耕織圖』에 실려 있고 그 글은 『천공개물天工開物』·『농정전서』에 있으니, 뜻있는 이가 잘 연구하여 그 제도를 본받는다면 우리 나라 백성들의 극도에 달한 가난도 거의 물리칠 수 있을 것이다. 이제 나는 내가 본 불 끄는 수레의 제도를 대략 적어서 우리 나라에 돌아가 전하련다.

---

25 황제 때의 유명한 공장이의 이름.
26 진나라 효공孝公 때의 정치가.
27 진나라 시황 때의 정치가.
28 굽은 관으로 액체를 빨아올리는 기계.

북진묘에서 달밤에 신광녕으로 돌아오면서 보니 성밖의 어떤 집이 저녁 나절에 불이 나서 금방 겨우 불길을 잡은 모양이다. 길 위에 수차 세 대가 있어 곧 거두어 가려는 것을 내가 그들을 잠깐 멈추게 하고 먼저 그 이름을 물었더니, 수통차水統車라 한다. 그 제도를 살펴보니, 바퀴가 네 개에다 그 위에 큰 나무 구유가 놓였고, 구유 속에는 커다란 구리 그릇이 있으며, 그 그릇 속에는 구리 통 두 개를 두었는데 구리통 사이에는 목이 을乙자 모양으로 생긴 물총을 세웠다. 물총은 발이 둘이어서 양쪽 구리통과 통하였고, 양쪽 구리통은 짧은 다리가 있어 밑에 구멍이 뚫렸으며, 구멍은 얇은 구리 쇳조각으로 문짝을 만들어 물의 오르내림을 따라 여닫게 되었다. 그리고 두 구리통 주둥이에는 역시 구리반으로 뚜껑을 만들어 달았는데, 그 둘레가 구리통에 꼭 알맞게 되었다. 그 구리 반 한복판에 쇠기둥을 세우고는 나무를 건너질러 그 나무가 구리 반을 누르기도 하고 들기도 할 수 있게 되어서, 구리반의 드나들 고 오르내리는 것이 그 나무에 달렸다.

 그리고는 물을 구리동이 속에 붓고 몇 사람이 이 나무를 밟으 면 구리반이 솟았다 내렸다 하는데, 물을 빨아들이는 조화는 대개 이 구리반에 있다. 구리반이 구리통 목에까지 솟으면 구리통 밑에 뚫린 구멍이 갑자기 열리면서 밖의 물을 빨아들이고, 반대로 구리 반이 구리통 속으로 떨어지면 그 밑구멍이 세차게 저절로 닫힌다. 그리하여 구리통에 물이 가득 차서 쏟아질 곳이 없으므로, 물총 뿌리로부터 을乙자로 생긴 물총의 목으로 내달아 위로 치솟아 내

뿜는데, 10여 길이나 물발이 올라가고 가로는 3, 40보쯤 뻗는다.

그 제도가 생황[29]과 비슷한데, 물 긷는 사람은 계속 나무 구유에 물을 들이부을 뿐이다. 옆에 있는 두 물차는 제도가 이것과 다르고 더욱 별다른 곡절이 있는 듯했으나 짧은 시간에 상세히 볼 수는 없었다. 그러나 그 물을 빨아들이고 뿜는 방법은 거의 같았다.

물건을 찧고 빻는 데는, 두 층으로 된 큰 아륜牙輪[30]에다 쇠궁글막대로 이를 꿰어 방안에 세워두고 틀을 움직여서 돌리게 되어 있다. 아륜이라는 것은 마치 자명종의 속처럼 이가 들쭉날쭉하여 서로 맞물리게 된 것이다. 방안 네 구석에 두 층으로 된 맷돌판을 설치하는데, 맷돌판의 가장자리 역시 들쭉날쭉하여 아륜의 이와 서로 맞물리게 되었다. 그리하여 아륜이 한번 돌기만 하면 여덟 맷돌판이 모두 다투어 돌아, 순식간에 밀가루가 눈처럼 쌓인다. 이 법은 시계의 속과 비슷하다. 길가의 민가들은 각기 맷돌방아 하나와 나귀 한 마리씩이 있고, 곡식을 빻는 데는 항상 돌곰배를 쓰는데, 때로는 나귀를 끌어서 방앗공이를 대신하기도 한다.

가루 치는 법은, 굳게 닫힌 방안에 바퀴가 셋 달린 요차搖車를 놓았는데, 그 바퀴는 앞이 두 개이고 뒤가 한 개이다. 수레 위에 기둥 네 개를 세우고 그 위에 두어 섬들이 큰 체를 두 층으로 교묘하게 놓았다. 위 체에 가루를 붓고 아래 체는 그냥 비워두어서

---

29 관악기의 일종.

30 톱니바퀴.

위 체의 것을 받아서 더 보드랍게 갈도록 되어 있다. 그리고 요차 앞에는 막대 하나를 바로 질렀는데, 그 막대의 한쪽 끝은 수레를 잡아 달리고 또 한쪽 끝은 방 밖으로 뚫고 나가 있다. 밖에는 기둥 하나를 세워서 그 막대기 끝을 잡아매고, 기둥 밑에는 땅을 파서 큰 널빤지를 놓아 막대기 밑이 이에 닿게 했다. 그 널빤지 밑 한가운데에 받침을 놓고 그 양쪽을 뜨게 하여, 마치 풀무를 다루듯 한다. 사람이 널빤지 위에 걸터앉아서 다리만 약간 움직이면 널빤지의 두 머리가 서로 오르내리므로 널빤지 위의 기둥이 견디지 못하여 흔들린다.

그러면 그 기둥 끝에 가로지른 막대기가 세차게 들이밀고 내밀고 하여 방안의 수레가 저절로 전진과 후퇴를 계속한다. 방안에는 네 벽에 10층으로 시렁을 매고 그릇을 그 위에 올려놓아 날아오는 가루를 받게 되어 있다. 방 밖에 앉아 있는 사람은 발을 놀리면서 책도 읽고 글씨도 쓰고 손님과 수작도 하는 등 못하는 일이 없다. 다만 등 뒤에서 약간 요란한 소리가 들릴 뿐 누가 그러는지 알지 못한다. 대개 그 발 움직이는 공력은 아주 적으면서도 많은 일을 하는 것이다. 우리 나라 여자들의 경우 몇 말이나 되는 가루를 한 번에 치려다 보니 머리와 눈썹이 잠시 동안에 하얗게 되고 팔이 나른해진다. 그 어느것이 힘이 덜 들고 편리한가를 이 법과 비교해보면 알 수 있을 것이다.

누에고치를 켜는 소차繅車는 더욱 묘하니 꼭 본받아야 한다. 이는 아까 곡식을 빻는 것과 마찬가지로 큰 아륜을 쓰는데, 소차의 양쪽 머리에 아륜이 달리고, 그 역시 들쭉날쭉한 이가 서로 맞물려서 쉴새없이 저절로 돌아간다. 소차란 곧 몇 아름드리가 되는 큰 자새이다. 수십 보 밖에서 고치를 삶는데, 그 사이에는 수십 층의 시렁을 매고 높은 곳에서부터 차츰 낮은 데로 기울게 하고, 시렁 머리마다 쇳조각을 세워 구멍을 바늘귀만큼 가늘게 뚫고는 그 구멍에 실을 꿴다. 이리하여 틀이 움직이면 바퀴가 돌고, 바퀴가 돌면 자새가 따라 도는데, 그 아륜이 서로 맞물려서 빠르지도 느리지도 않게 실을 뽑는다. 그 움직임이 거세지도 몰리지도 않고 자연스럽게 뽑아내기 때문에 실이 고르지 않거나 한데 얽히는 탈이 없다. 켠 실이 솥에서 나와 자새에 들어가기까지 쇠구멍을 두루 거쳤기 때문에 털과 가시 부스러기가 다 다듬어졌고, 또 자새에 들어가기 전에 실몸이 알맞게 말라서 말쑥하고 매끄러우므로, 다시 재에 익히지 않고도 곧 베틀에 올릴 수 있다. 우리 나라의 고치 켜는 법이란 오직 손으로 훑기만 할 뿐, 수레를 쓸 줄 모른다.

사람의 손놀림은 이미 그 타고난 바탕대로의 성질과 맞지 않아서, 빠르고 더딘 것이 고르지 못하다. 어쩌다가 홀치고 섞갈리면 실과 고치가 성낸 듯 놀랜 듯 뛰어 내달려서 실 켜는 널빤지 위에 휘몰리어 갈피를 잡을 수 없게 되고, 무거리가 나서 덩이가 지면 저절로 광택을 잃게 되며, 실밥이 얽히어 붙으면 실이 끊어졌다 이어졌다 하므로, 티를 뽑아 정미롭게 하려면 입과 손이 모두 피로하다. 이를 저 고치 켜는 수레에 비교한다면, 그 우열이 또 어떠한가.

나는 그들에게 고치가 여름을 나는 동안 벌레가 일지 않게 하는 방법을 물었다. 그랬더니 약간 볶거나 더운 구들에 말리면 나비도 생기지 않고 벌레도 먹지 않으므로, 아무리 추운 겨울철이라도 고치를 켤 수 있다고 한다.

길에서 날마다 상여를 만났는데, 그 제도는 한결같지 않으나 가장 거추장스럽게 보인다. 크기는 거의 두 칸 방만하고 오색 비단으로 휘장을 치고, 거기다 구름·꿩·참새 같은 여러 가지 그림을 그렸으며, 당마루턱에는 은실을 땋아 늘이기도 하고 또는 오색 실을 꼬아서 끈을 만들기도 하였다. 양쪽 대채의 길이는 거의 일고여덟 길이나 되는데, 붉은 칠을 하고 누런 구리를 올려서 금빛으로 꾸몄다. 횡강목橫杠木은 앞뒤에 각기 다섯씩인데, 길이는 역시 서너 길이나 되고 그 뒤에 짧은 막대기를 걸쳐서 양쪽을 어깨에 메게 되어 있다.

상여꾼은 적어도 수백 명이고, 명정銘旌은 모두 붉은 비단에 금자로 썼다. 명정대는 세 길이나 되는데, 검은 칠을 하고 금빛 나는 용을 그렸다. 깃대 밑에는 발을 달고, 거기에 또한 막대기 두 개를 가로놓아서 반드시 아홉 사람이 멘다. 붉은 양산 한 쌍, 푸른 양산 한 쌍, 검은 양산 한 쌍, 기〔幡幢〕 대여섯 쌍이 이에 따르고, 그 다음에 생황·퉁소·북·나팔 등의 악대가 서고, 승려와 도사들이 각기 복장을 차리고 불경과 주문을 외우면서 그 뒤를 따른다. 중국에는 모든 일이 간편하지 않은 것이 없어 하나도 헛됨이 없는데, 이 상여만은 알 수 없는 일이다. 이는 본받을 것이 못 된다.

희대

戲臺

절이나 관觀[31]이나 사당의 맞은편 문에는 반드시 희대가 있다. 들보의 수가 모두 일곱이나 아홉이 되므로, 드높고 깊숙하고 웅장하여 보통 점사店舍와는 비교가 되지 않는다. 만일 이렇게 깊고 넓지 않으면 1만 명이나 되는 사람들을 수용할 수 없기 때문이다. 등자凳子, 탁자, 의자, 평상 등 모든 앉을 자리가 1천여 개나 되며, 붉은 칠은 정미롭고도 호화스럽게 보인다. 연도沿道 1천 리에 가끔 삿자리로 누樓·각閣·궁宮·전殿의 모양을 본떠서 높은 희대를 만들어놓았는데, 그 구조의 정교함이 기와집보다 더 낫게 보인다. 현판에는 '중추경상仲秋慶賞' 또는 '중추가절仲秋佳節'이라 쓰기도 하였다. 조그만 시골 동네에 사당이 없는 곳이면, 반드시 정월 보름이나 8월 보름을 맞이하여 삿자리로 희대를 만들고는 여기서 여러 가지 광대놀이를 연출한다. 일찍이 고가포古家舖를 지나다가 보니, 길에 수레가 끊이지 않고 수레마다 여인들이 일고여덟 명씩 탔는데, 모두 진한 화장에 화려한 차림새였다. 그런 차들이 수백 대가 연달았는데, 이는 모두 소흑산에 가서 광대놀이를 구경하고 해가 저물어서 돌아가는 시골 부인네들이었다.

---

31 도사가 거처하는 건물.

시사
市肆

이번에 1천여 리 길을 오면서 지나온 저자와 점포는 봉성·요동·성경·신민둔·소흑산·광녕 등지였는데, 크고 작음과 검박하고 사치스러운 차이야 없지 않지만 그 중 성경이 가장 화려한 편이었다. 그곳에서는 모두 비단 창에 수를 놓았는데, 좁장한 거리에 늘어선 술집들은 더욱 오색 찬란하였다. 그 중에서도 특히 이상한 것은 처마 밖으로 불쑥 내민 아롱진 난간이 여름 장마를 겪고도 그 단청빛이 퇴색하지 않은 것이었다.

봉성은 동쪽 변두리에 있어 다시 더 발전할 수 없는 궁벽한 곳이지만 의자·탁자·주렴·휘장·담요 등의 모든 도구라든가 화초 등이 우리로서는 처음 본 것들이었고, 뿐만 아니라 문패며 간판들이 서로 그 호화스러움을 다투고 있었다.

그 겉치레를 꾸미기 위하여 낭비한 것도 천금이 넘겠지만 이렇게 하지 않으면 장사가 잘되지 않을 뿐더러 재물신이 도와주지 않는다고 한다. 그들이 모신 재물신은 흔히들 관우의 조각상이었는데, 탁상에 향불을 피우고 아침저녁으로 머리를 조아리고 절하는 품이 집안의 사당보다 더 정성스럽다. 이로 미루어보면 산해관 안의 습속을 예측할 수 있다.

길을 가면서 물건을 파는 자잘한 장사치들은 가끔 큰소리로 싸구려를 외치기도 하고, 푸른 천을 파는 자수는 손에 든 작은 북을 흔들며, 머리를 깎는 사람은 양철판을 두드리고, 기름장수는 바리때를 친다. 또 쇠징·대비치개·목탁 따위를 갖고 다니는 자도 있다. 그들이 거리를 감돌며 두드리는 소리가 끊이지 않으므로 집 안에서 어린아이들이 달려나와 이들을 부른다. 그들이 큰소리로 외치지 않아도 두드리는 소리만 들으면 그 파는 물건을 알게 마련이다.

점사
店舍

점사는 뜰이 넓어서 적어도 수백 보는 된다. 그렇지 않으면 수레와 말과 사람들을 수용할 수 없다. 그러므로 문에 들어가서도 한 마장을 달려야 전당에 이르니, 그 넓음을 짐작할 수 있다. 낭무 廊廡 사이에는 의자·탁자 4, 50개가 놓여 있다. 마구간에는 길이가 두세 칸, 넓이가 반 칸쯤 되는 돌구유가 있는데, 돌구유가 아니면 벽돌을 쌓아서 돌구유처럼 만든 것이었다.

뜰 가운데 역시 나무구유 수십 개를 나란히 두고는 양쪽 머리에 아귀진 나무로 받쳐주었다. 그릇들의 경우에는 오로지 그림 그린 자기만을 쓰고, 백동·놋쇠·주석 등의 그릇은 보이지 않는다. 아무리 궁벽한 두메에 다 허물어져가는 집이라도 날마다 쓰는 밥

주발·접시 등은 모두 단청으로 그림을 아로새긴 것들이다. 이는 사치를 숭상해서가 아니라, 그릇 굽는 이들의 솜씨가 본디 그러해서 아무리 조잡한 그릇을 사려고 하더라도 구할 수 없는 것이다.

그리고 자기가 깨어져도 버리지 않고 밖으로 쇠못을 쳐서 다시 쓴다. 다만 아무래도 알 수 없는 것은 못이 그릇 속에 뚫고 들어가지 않고도 꼭 끼어서 풀로 붙인 듯 감쪽 같아지는 것이다. 높이가 두 자나 되는 여러 가지 빛깔의 술잔과 오지병, 그리고 꽃과 잎을 꽂은 병과 두루미 같은 것은 어딜 가나 흔히들 있다. 이로 미루어 보면 우리 나라 분원分院[32]에서 구운 것은 시장에 들어올 수도 없는 것들이다.

아, 그릇 굽는 법 한 가지가 좋지 못하여 온 나라의 모든 사물이 그 그릇과 같아서 마침내 한 나라의 풍속을 이루었으니, 어찌 통탄할 일이 아니겠는가.

교량
橋梁

교량은 모두 무지개다리여서 다리 밑이 성문과 같았다. 큰 것은 돛단배가 마음대로 지나갈 수 있고, 작은 것도 거룻배 정도는 지

---

32 경기도 광주에 있는, 조선시대 사옹원司饔院에서 쓰는 자기를 굽던 곳.

나다닐 수 있다.

돌 난간에는 흔히 구름 무늬와 공하蚣蝀·교리蛟螭 등을 새겼고, 나무 난간에도 단청을 입혔다. 양쪽 다리목에는 모두 팔八자로 된 담을 쌓아서 이를 보호하게 하였다. 지나온 것 중에서는 만보교萬寶橋·화소교火燒橋·장원교壯元橋·마도교磨刀橋가 가장 큰 것들이다.

16일, 개다.

이날도 정진사·변주부·내원 등과 서늘한 새벽에 먼저 떠나기로 약속했다. 신광녕에서 흥륭점興隆店까지 5리, 쌍하보雙河堡 7리, 장진보壯鎭堡 5리, 상흥점常興店 5리, 삼대자三臺子 3리, 여양역閭陽驛 15리, 모두 40리를 와서 점심을 먹었다. 이곳에서 등마루 없는 집이 시작된다. 여양역에서 두대자頭臺子까지 10리, 이대자二臺子 5리, 삼대자 5리, 사대자 5리, 왕삼포王三鋪 7리, 십삼산十三山 8리로, 이날은 모두 80리를 가서 십삼산에서 묵었다.

새벽에 신광녕을 떠날 때 지샌 달이 아직 땅 위에서 몇 자 안되는 곳에 있는 듯 서늘하고 완연하다. 계수나무 그림자가 성기고 옥토끼와 은두꺼비는 금방 손으로 만져볼 수 있을 것 같고, 펄펄 날리는 항아姮娥[33]의 흰 옷자락 속으로 비치는 살결이 얼룽얼룽하는 듯하여, 나는 정군을 돌아보면서,

---

33 달 속에 산다는 선녀.

"이상도 하군. 오늘은 해가 서쪽에서 돋는구려."

하였더니, 정군은 그것이 달인 줄을 깜빡 잊은 듯 곧장 입에서 나오는 대로,

"늘 새벽에 여관을 떠나므로 처음엔 정말 동서남북을 가리기 어렵더군요."

하자 모두들 크게 웃는다.

조금 뒤에 달이 점점 기울어져 넘어가니, 정군도 크게 웃었다. 아침 노을빛이 물건처럼 일어 먼 나무 끝으로 뻗치더니, 갑자기 천만 가지 기이한 봉우리로 화하여 맑고 충만한 형세가 마치 용이 서린 듯 봉이 춤추는 듯 천리 벌에 가없이 뻗쳤다. 나는 정군을 돌아보고,

"장백산이 뽀얗게 눈에 들어오는구나."

하니, 정군뿐 아니라 모두들 기이하다고 외치지 않는 이가 없다.

조금 뒤에 구름과 안개가 말끔히 걷히니, 해가 이미 세 발이나 솟았는데 하늘엔 티끌 한 점 없다. 갑자기 먼 마을 나무숲 사이로 새어드는 빛이 마치 맑은 물이 하늘에 고여 어린 듯하여, 연기도 아니고 안개도 아니며 높지도 낮지도 않은 것이 맑고 환하게 나무 사이를 감돈다. 그 환하게 비치는 품이 마치 나무가 물 가운데 선 것처럼 영롱한데, 그 기운이 차츰 퍼져 먼 하늘에 가로 비낀다. 빛깔이 흰 듯도 하고 검은 듯도 한 것이 마치 큰 수정 거울 같아서 오색이 찬란할 뿐 아니라 일종의 빛이나 기 같은 것이 있다. 비유를 잘하는 이들이 흔히 강물빛 같다느니 호숫빛 같다느니 하

지만, 말끔하고도 어리어리한 것이 실로 그 무엇이라고 형언하기 어렵다. 동네와 집, 수레와 말 등의 그림자도 모두 거꾸로 비친다. 태복은,

"이것이 곧 계문薊門의 연수烟樹입니다."

하기에 나는,

"계주는 여기서 거리가 1천 리나 되는데, 연수가 어찌 이곳에 있겠나."

하니 의주 상인 임경찬林景贊이,

"계문이 비록 이곳에서 멀기는 하지만 이를 통칭 '계문연수'라 한답니다. 날씨가 청명하고 바람이 잔잔한 때면 요동 천리 벌판에 늘상 이런 기운이 있으나, 계주에 들어가더라도 만일 바람이 불고 날씨가 흐릴 때에는 볼 수 없습니다."

한다. 통상 겨울 날씨가 고요하고 따뜻하면 산해관 안팎에서 늘 볼 수 있다 한다.

마침 여양의 장날을 만났는데, 온갖 물건이 모여들고 수레와 말이 거리에 가득 찼다. 아로새긴 초롱 속에 갖가지 새를 넣었는데, 매화조梅花鳥니 요봉幺鳳이니 오동조梧桐鳥니 화미조畵眉鳥니 하여 형형색색이다. 새장수의 수레가 여섯에 우는 벌레를 실은 수레가 둘이어서 그 지저귀는 소리에 온 장판이 깊은 산속에 들어온 듯 싶다.

국화차 한잔과 불불 두 덩이를 사먹고, 거기서 역관 조명회를 만나 어떤 술집에 들어가니, 마침 소주를 곤다기에 다른 집으로

옮기려 하자 술집 주인이 성을 내며 조에게 달려들어서 머리로 앙가슴을 들이받으며 꼼짝못하게 한다. 조는 어쩔 수 없이 웃으면서 자리로 돌아와 돼지고기 볶음 한 쟁반, 달걀 지진 것 한 쟁반, 술 두 주발을 사서 배불리 먹고 자리를 떴다.

멀리 십삼산을 바라보니, 산맥이 뻗어온 근원도 없고 끊어진 곳도 없이 갑자기 큰 벌판 가운데에 열세 무더기의 돌메 봉우리가 날아와 앉은 듯하여, 그 아득히 기이하게 솟은 품이 마치 여름 하늘에 피어 오르는 구름 봉우리 같다. 머리가 하얗게 센 늙은이 하나가 손에 조그마한 낚싯대를 들고 그 끝에 고리를 달아서 참새 한 마리를 앉히고 색실로 발을 매어 길로 다닌다. 새를 놀리는 그들의 품이 거의 다 이러하다.

더위에 지쳐 졸리기에 말에서 내려 걷기로 했다. 일고여덟 살쯤 되는 아이 하나가 머리에는 새빨간 실로 뜬 여름 모자를 쓰고 고동색 운문사 두루마기를 입고 검은 공단신을 신었는데, 걸음걸이가 아담하고 얼굴이 눈빛처럼 희며 눈매가 그린 것 같다. 내가 짐짓 길을 막아 서자 아이는 놀라지도 않고 두려워하는 기색도 없이 앞에 와 공손히 절하고 땅에 엎드려 머리를 조아린다. 나는 황급히 아이를 안아 일으켰다. 그 뒤에 한 노인이 멀찌감치 따라오면서 미소를 지으며,

"이 애는 이 늙은이의 손주놈이오. 영감께서 이놈을 귀여워하시니, 무어라 고마운 말씀을 드리리까."

하기에 나는 그 아이에게,

"나이는 몇 살이냐?"

하고 물었다. 아이는 손가락을 꼽아 보이면서,

"아홉 살입니다."

한다. 내가 또 성명을 물었더니 그는,

"제 성은 사繼입니다."

하더니, 신발 속에서 작은 쇠빗 하나를 꺼내어 땅에다 효孝·수壽 두 글자를 쓰면서,

"효는 백행의 근본이요 수는 오복의 으뜸이기에 저의 할아버지가 저에게 축언하시기를, 남의 아들이 되어서는 효도를 해야 한다 하셨습니다. 또 저에게 첫째는 수壽라고 하시면서 효·수 두 글자를 합하여 아명을 지어서 효수孝壽라 부르옵니다."

하고 설명한다. 나는 놀라지 않을 수 없어,

"지금 무슨 글을 읽느냐?"

하고 물었더니 효수는,

"두 글을 벌써 외고 지금은 『논어』「학이學而」편을 읽는 중입니다."

하기에 내가,

"두 글이라니, 무엇무엇인가?"

하고 물었더니 그는,

"『대학』과 『중용』입니다."

한다. 나는,

"그러면 강의도 이미 끝났느냐?"

하니 그는,

  "두 글은 외우기만 하였고, 『논어』는 강의를 받고 있는 중입니다."

하고 이어서,

  "선생께서는 성이 무엇이시옵니까?"

하기에 나는,

  "내 성은 박이다."

하고 대답했다. 효수는,

  "『백가원百家源』34에도 없는 것이옵니다."

한다. 노인은 내가 자기 손자를 귀여워함을 보고는 얼굴에 천진스런 웃음을 가득 머금고,

  "고려 노야老爺께서는 부처님같이 어지신 어른입니다. 아마 슬하에 많은 붕새 같은 아드님에 기린 같은 손자들을 두신 모양이지요. 그래서 그 생각을 하시고 남의 아이를 귀여워하신 거죠."

하기에 나는,

  "내가 나이는 많이 먹었으나 아직 손자는 보지 못했습니다."

하고 이내,

  "당신께서는 연세가 얼마나 되셨나요?"

하고 물었더니 그는,

  "헛되이 58년이 지났습니다."

---

34 백가성百家姓이라는 뜻인데, 중국 시골에 흔히 유행하는 책이다.

한다.

내가 손에 들었던 부채를 아이에게 주니, 노인은 허리춤에서 쇠
사슬 고리에 달아매어 찼던 비단 수건과 아울러 부시까지 겹쳐
주면서 못내 고마운 뜻을 표한다. 나는 노인에게,

"댁은 어디 계신지요?"

하고 물었더니 사생은,

"여기에서 멀지 않은 왕삼포王三浦에 살고 있습니다."

한다. 나는,

"영손令孫이 매우 숙성하고 총명한 게 옛날 왕사가王謝家[35]의 풍
류에 부끄럽지 않겠습니다."

하니 사생은,

"조상 때부터 내려오던 계통이 끊어진 지 이미 오래인데, 어찌
강좌江左[36]의 풍류를 다시 바라겠습니까."

한다.

갈 길이 바빠서 곧 서로 작별하였다. 아이는 공손히 읍하면서,

"영감님, 여행길에 조심하옵소서."

한다.

길을 가며 늘 그 아이의 절묘한 눈매와 동작이 눈에 삼삼했다.

---

35 진나라 때의 왕씨 집안과 사씨 집안을 가리키는데, 왕검王儉·사안謝安 등이 풍
류로 유명했다.
36 왕씨·사씨가 살았던 강소성 지방.

또 사생이 땅바닥에 쓴 몇 마디 말이 충분히 서로 이야기를 나눌 만하였으나, 바빠서 그 집을 찾지 못했던 것이 못내 한스러웠다.

17일, 개다.

아침에 십삼산을 떠나 독로포禿老舖까지 12리, 배로 대릉하大凌河를 건너기까지 14리, 대릉하점大凌河店이 4리였는데, 이곳에서 묵었다. 이날은 겨우 30리를 갔다.

대릉하는 근원이 장성 밖에서 시작하여, 구관대九官臺와 변문을 뚫고 광녕성을 지나 두산斗山을 나와서, 금주위 경계에 들어와 점어당占魚塘에 이르러, 동으로 바다에 든다.

호행통관 쌍림은 곧 조선 수통관 오림포烏林哺의 아들인데, 진은 봉성에 있다. 말은 호행이라 하지만 저는 태평차를 타고 뒤를 따를 뿐이며, 그의 행동거지는 우리 사행의 소관 밖이다.

그는 하인 넷을 거느렸는데, 하나는 성이 악씨로 연로의 조석 공궤와 말 먹이는 일만을 맡아보고, 또 한 하인은 성이 이씨인데 매를 데리고 그저 길에서 꿩사냥만 한다. 또 성이 서씨라는 자는 제 말로 의주부윤 서모와 서로 일가간이라 하며, 또 하나는 성이 감씨이다. 그들은 모두 조선 사람이고 나이도 다 열아홉 살이며 눈매가 아름다워서 쌍림의 길동무들이라 한다. 그러나 우리 나라에는 감이란 성은 없으니 의심스러운 일이다.

내가 책문에 든 지 10여 일이 되어도 쌍림의 꼴을 보지 못했다. 통원보의 시냇물을 건널 때 언덕에 올라가서,

"물살이 센데."

하니, 이때 언덕 위에 깨끗하게 차린 되놈 하나가 우리 역관들과 함께 서 있다가 선뜻 조선말로,

"물살이 셉니다. 그런데도 용하게 건너셨습니다."

한다. 그는 연산관連山關에 이르러서 수역에게,

"아침나절 물을 건널 때 얼굴이 웅위한 이가 누구요?"

하고 묻는다. 수역이,

"정사 대감과 일가 형제 되시는 분이오. 글을 잘 아셔서 구경하러 오신답니다."

하니 쌍림은,

"그러면 사점四點인가요?"

한다. 수역이,

"아니오. 정사 대감의 적친嫡親 삼종 형제지요."

하니 쌍림이,

"그러면 이량위쳰伊兩羽泉이구먼."

한다.

'이량위쳰 一兩五錢'이란 중국말로 한 냥 닷 돈을 말한다. 한 냥 닷 돈은 곧 양반兩半이기에, 우리 나라에서 사족을 양반兩班이라 하니, 양반兩半과 양반兩班이 음이 같으므로, 쌍림이 '이량위쳰'이라 하여 은어를 쓴 것이다. 사점이란 곧 서庶자이니 우리 나라 서얼을 두고 하는 말이다.

사행이 갈 때마다 사무를 맡은 역관이 공비로 은 4천 냥을 가져

258

와서 5백 냥은 호행장경에게 주고, 7백 냥은 호행통관에게 주어 차삯과 여관비에 쓰게 되어 있다. 그러나 실상은 한푼도 쓰는 일이 없이 상사와 부사의 주방에서 돌려가며 두 사람을 먹인다.

쌍림은 사람됨이 교활하고 조선말을 잘한다고 한다. 앞서 소황기보에서 점심을 먹을 때 여러 비장·역관들과 둘러앉아서 한담을 하노라니, 쌍림이 밖에서 들어오자 여러 사람이 모두 반겨 맞았다. 쌍림이 부사의 비장 이성제와 간곡히 이야기하고 또 내원을 향하여 말을 걸었다. 그것은 이 두 사람이 두번째 길이어서 구면이기 때문이다. 내원이 쌍림에게,

"내, 영감님께 섭섭한 일이 있소."

하니 쌍림이 웃으면서,

"무슨 섭섭한 일입니까?"

한다. 내원은,

"상사또上使道께서는 비록 작은 나라의 사신이라 할지라도 우리 나라에서는 정일품 내대신內大臣[37]이므로 황제께서도 각별히 예우하시는데, 영감님은 대국 사람이지만 조선의 통관이고 보면 우리 사또에게 의당히 체면을 지켜야 할 것인데, 두 사또께서 말을 갈아타실 때나 길가에 가마를 멈추실 때마다 영감님들은 마땅히 수레를 멈추고 기다려야 할 일인데도, 그러지 않고 번번이 그냥 수레를 몰아 지나면서 조금도 거리낌이 없으니, 이 무슨 도리

---

37 황제의 친척으로 시위하는 관직. 조선엔 이런 것이 없으나 청에 비겨서 말한 것.

요. 이래서 장경도 영감님들을 본받으니 더욱 한심한 일이오."

하니, 쌍림이 발끈 성을 내며,

"그것은 당신이 모르는 말이오. 대국의 체모가 당신네 나라와 는 훨씬 다르오. 중국에서 칙사가 가면 당신네 나라 의정대신이 우리들을 평등하게 대접하여 말도 서로 공경해서 하는데, 이제 당 신이 새로이 체모를 지어내 나더러 회피하란 말이오?"

한다. 그러자 역관 조학동이 내원에게 눈짓하여 더 다투지 말라 하였으나, 내원은 한층 더 소리를 높여,

"그러면 영감님의 종놈은 어느 존전이라고 손에 매를 긴 채 의 기가 양양하게 지나간단 말이오. 그건 해괴한 짓이 아닙니까. 이 제 다시금 그런 걸 보면 내 곧 곤장을 때릴 테니 영감님은 괴이하 게 여기지 마시오."

하니 쌍림은,

"그것은 아직 못 보았소. 만일 내가 보기만 하면 단매에 처치해 버리겠소."

한다.

그는 조선말을 잘한다지만 가장 서투르고 다급하면 다시 북경 말을 쓰곤 한다. 공연히 돈 7백 냥을 허비하니 실로 아깝기 그지 없다. 내가 이때 종이를 꼬아서 코를 쑤시니 쌍림이 제 콧담배[38] 그릇을 풀어서,

---

38 코로 피우는 담배.

"재채기를 하시려오?"
한다.

그러나 나는 그와 말을 건네기도 싫고 또 콧담배 그릇을 쓰는
법도 모르므로 받지 않았다. 쌍림이 나를 보고 몇 번이나 말을 걸
고 싶어했으나 내가 더욱 표정을 근엄하게 하고 앉자 그는 곧 일
어나 나가버렸다.

그 뒤에 역관들의 말을 들으니, 쌍림은 내가 자기에게 수작을
건네지 않으므로 무료하게 일어나서 매우 노하였다 한다. 그리고
그의 아비가 늘 아문衙門에 앉아 있으니, 만일 쌍림의 노염을 사면
구경하러 드나들 때 반드시 말썽이 있을 것이고, 또 "웃는 낯에
침 못 뱉는다"는 속담이 있듯이, 전번 쌍림을 냉대한 것은 재미없
는 일이라고들 하므로 나 역시 그러려니 여겼다.

이윽고 사행은 먼저 떠나고, 나는 잠에 곤히 들었기 때문에 늦
게야 일어났다. 마침 밥상을 물리고 행장을 차리는데 쌍림이 들어
왔다. 나는 웃는 얼굴로 맞이하며,

"영감님, 한참 못 뵈었구려. 요즘 안녕들 하시오."
했다.

쌍림은 좋아라고 자리에 앉으면서 삼등초三登草39를 달라 하고,
제 집에 붙일 주련도 요구하며, 또 내가 먹는 진짜 청심환과 단오
에 기름 먹인 접부채를 달라고 한다. 나는 일일이 머리를 끄덕이

---

39 평안남도 삼등에서 나는 좋은 담배.

면서,

"수레에 실은 짐이 도착되면 다 드리구말구요."

하고 또,

"말을 타고 먼 길을 왔기에 퍽 고단하니 한 정거장만 당신과 한 수레에 타고 갔으면 좋겠소."

하였더니, 그는 쾌히 승낙하면서,

"공자와 함께 타고 간다면 이 길이 저에게 퍽 영광이겠소."

한다.

곧 함께 떠나는데, 쌍림은 수레 왼편을 비워 나를 앉히곤 스스로 수레를 몰고 갔다. 쌍림은 또 장복을 불러 오른편에 앉히고는 그에게,

"내가 조선말로 묻거든 네가 북경말로 대답해라."

한다. 그리하여 둘이서 수작하는 소리를 들으니, 우스워서 허리를 잡을 지경이었다.

한편 쌍림의 조선말은 마치 세 살 먹은 아이의 밥 달라는 말이 밤 달라는 것 같고, 또 한편 장복의 중국말은 반벙어리가 이름 부르는 듯 언제나 애_哀 하는 소리만 거듭한다. 혼자서 보기는 참 아까운 일이다. 쌍림의 조선말이 장복의 중국말보다 훨씬 못하여 말 끝마다 존비를 가려 쓸 줄 모르고, 게다가 말 마디를 굴릴 줄 모른다. 그는 장복에게,

"너, 우리 아버지를 보았나?"

하니 장복은,

"칙사로 나왔을 때 보았소이다. 대감 수염이 좋으시더군요. 내가 보행으로 뒤를 따르며 권마성勸馬聲을 거푸 지르자 대감이 눈에 웃음을 가득 담고 '네 목청이 좋구나. 그치지 말고 불러라' 하시기에 쉬지 않고 외쳤더니, 대감이 연방 '좋다, 좋아' 하시고, 곽산에 이르러선 손수 다과를 주셨답니다."

하자 쌍림은,

"우리 아버지 눈이 흉악해 보이지?"

하니 장복은 껄껄 웃으면서,

"마치 꿩 잡는 매 눈 같더군요."

한다. 쌍림은 "옳아" 하고 또,

"너, 장가들었나?"

하니 장복이,

"집이 가난해서 아직 못 들었습니다."

하자 쌍림은 연신,

"하하, 불상不祥하구나."

한다. '불상'이란 우리말로 "아, 안됐군" 하고 차탄하는 따위의 말이다. 쌍림은 다시,

"의주 기생이 몇 명이나 되느냐?"

하자 장복은,

"아마 3, 40명 있지요."

하니 쌍림이,

"예쁜 것도 많겠지?"

한다. 장복은,

"예쁘다뿐인가요. 양귀비[40] 같은 것도 있고, 서시[41] 같은 것도 있습니다. 이름이 유색柳色이라는 기생은 수줍은 꽃이며 밝은 달 같은 자태가 있고, 또 춘운春雲이라는 기생은 구름을 멈추게 하고 남의 애를 끊일 만큼 창을 잘한답니다."

하니 쌍림은 깔깔대면서,

"이런 기생이 있다면 내가 갔을 때에는 왜 나타나지 않았나?"

한다. 장복은,

"만일 한 번만 보시면 대감님의 혼이 그만 구만리장천 구름 밖으로 날아가버리고, 손에 쥐었던 만 냥 돈이 저절로 없어지고는 저 압록강을 다시 건너오지 못할 것입니다."

하니 쌍림은 손뼉을 치고 깔깔대면서,

"내 다음번 칙사를 따라가거든 네가 가만히 데려오려무나."

한다. 장복은 머리를 흔들면서,

"잘 안 될 거요. 남에게 들키면 목이 달아나게요."

하고 둘이 한바탕 크게 웃는다.

이렇게 주고받고 하면서 30리를 갔다. 이는 대개 둘이 서로 피차의 말을 시험하려 한 것인데, 장복은 겨우 책문에 들어온 뒤 길에서 주워들은 데 불과한 것이나, 쌍림이 평생 두고 배운 것보다

---

40 재색이 뛰어났던 당나라 현종의 비.
41 전국시대 월나라의 미인.

더 잘한다. 이로 보아 우리말보다 중국말이 쉬운 것을 알겠다.

수레는 3면을 초록빛 전氈[42]으로 휘장을 쳐서 걷어올렸고, 동서 양쪽에는 주렴을 드리우고 앞에는 공단으로 차일을 쳤다. 수레 안에는 이불이 놓였고, 한글로 쓴『유씨삼대록劉氏三代錄』[43] 두어 권이 있다. 그러나 언문 글씨가 너절할 뿐만 아니라 어떤 것은 책장이 해졌다.

내가 쌍림에게 읽으라 하였더니, 쌍림이 몸을 흔들면서 소리를 높여 읽었으나 전혀 말이 닿지 않고 뒤범벅으로 읽어갔다. 입 안에 가시가 돋친 듯 입술이 얼어붙은 듯 군소리를 수없이 내며 끙끙거린다. 나 역시 한참 들어도 멍하니 무슨 소린지 알 수가 없다. 그렇게 해서는 늙어 죽도록 읽어도 아무 보람이 없을 것이다.

길에서 사행이 말을 갈아타는데 쌍림이 수레에서 뛰어내려 점포 속으로 몸을 숨겼다가 사행이 떠난 뒤에 천천히 수레에 올랐다. 전날에 내원이 그를 나무랐을 때 겉으로 버티기는 하였지만 마음속으로는 조금 위축되었던 모양이다.

18일, 개다.

새벽에 대릉하점을 떠나 사동비四同碑까지 12리, 쌍양점雙陽店 8리, 소릉하 10리, 소릉하교 2리, 송산보松山堡 18리 등 모두 50리를

---

42 짐승의 털로 아무 무늬 없이 짠 피륙.
43 우리 나라의 고전소설.

가서 점심을 먹었다. 송산보에서 행산보杏山堡까지 18리, 십리하점 10리, 고교보高橋堡 8리, 모두 36리로, 이날은 총 86리를 가서 고교보에서 묵었다.

사동비 근처에 이르니 길가에 큰 비석 네 개가 있는데, 그 제도가 모두 꼭 같으므로 땅이름을 사동비라 한 것이다. 그 중 하나는 명나라 만력 15년(1587) 8월 29일에 왕성종王盛宗[44]을 요동전둔유격장군遼東前屯游擊將軍으로 삼는다는 칙문勅文을 새겼고, 위에는 광운지보廣運之寶를 찍었는데, 비문 가운데 '노추虜酋'라는 두 글자는 모두 지워버렸다. 그 둘째는 만력 15년 11월 4일에 왕성종을 요동도지휘체통행사遼東都指揮體統行事로 삼아서 금주金州 지방을 지킨다는 칙문을 새긴 것이고, 셋째는 만력 20년 9월 3일에 왕평王平[45]을 요동유격장군으로 삼는다는 칙문을 새긴 것인데, 위에는 칙명지보勅命之寶를 찍었으며, 넷째는 만력 22년 10월 10일에 왕평을 유격장군금주통할游擊將軍錦州統轄로 삼는다는 칙문을 새겼으며, 위에는 광운지보를 찍었다. 왕평은 아마 왕성종의 아들 아니면 조카인 듯하다. 그들이 노추를 잘 막았다 하여 신종황제가 칙명을 내려 이를 표창하고, 큰 돌을 다듬어 칙문과 고신告身[46]을 새겨서 세상 사람들에게 그들의 갸륵함을 드러냈다.

---

44 명나라 말엽에 요동을 지키던 장수.
45 명나라 말기에 요동을 지키던 장수.
46 사령장.

그러나 성종이 만일 요동에서 대대로 장수의 직책에 있었다면, 임진년에 왜적들을 칠 때 참여하지 않았던 것은 무슨 이유일까.

전부터 사행이 다닐 때 이곳에 이르면, 비장이 반드시 이 비석에다 "모일 모시에 관을 나왔고, 모일 모시에 이곳을 지난다"고 써놓기로 되어 있다. 먹이는 말이 곳곳마다 1천여 마리씩 떼를 지어 몰려 다니는데, 온통 흰빛이다.

배로 소릉하를 건넜다. 수레에 몇천 바리의 쌀을 싣고 지나가는데 먼지가 하늘을 덮는다. 이는 해주海州에서 금주로 실어들이는 쌀이다. 사나운 바람이 일기에 내가 먼저 말을 달려 사관에 들어가 한숨 자고 나니, 정사가 뒤이어 와서 말하기를,

"낙타 수백 마리가 철물을 싣고 금주로 가더군."

한다.

나는 공교롭게도 두 번이나 낙타를 보지 못한 셈이다. 강가에 수백 호나 되던 민가가 지난해 몽골의 침략을 받아 모두 아내들을 잃고 몇 리 밖으로 옮겨갔다 한다. 지금은 그 길가에 허물어진 담만 둘러 있고 네 벽만이 쓸쓸하게 서 있을 뿐인데, 강가 아래위에는 흰 장막을 치고 파수를 보고 있다. 대개 이 강은 몽골의 지경에서 60리밖에 되지 않는 곳으로, 며칠 전에 몽골의 기병 수백 명이 여기에 이르렀다가 수비가 있음을 알고 도망해버렸다고 한다.

송산에서부터 행산·고교를 거쳐 탑산까지의 1백여 리 사이에는 동네나 점포가 있기는 하나 가난하고 쓸쓸하다. 그래서인지 그

들은 조금도 생업에 안주할 뜻이 없다. 아, 이곳이 옛날 숭정의 경진·신사 연간에 피 흘리던 마당이다. 이제 벌써 1백여 년이 지났건만 아직도 소생하는 기색이 보이지 않으니, 그 당시 용호龍虎의 투쟁이 격렬하였음을 짐작할 수 있겠다.

밤엔 고교보에서 묵었다. 이곳은 지난해 사행이 은을 잃은 곳이다. 지방관은 이로 인해 파직을 당하였고, 근처 점포에 애매하게 죽은 사람이 있었으므로, 갑군이 밤새도록 야경을 돌며 우리 나라 사람 방비하기를 도둑이나 다름없이 엄하게 한다. 사처방 청지기의 말에 의하면,

"이곳 사람들은 조선 사람을 원수처럼 여겨서 조선 사람들이 들르는 곳마다 문을 닫고 맞이하지 않으며 '고려야, 고려는 저들이 신세진 사관 주인을 죽였다. 돈 1천 냥이 어찌 네댓 명의 목숨을 당할 것인가. 우리들 가운데도 불량한 사람이 많지만 당신네들 일행 중엔들 어찌 좀도둑이 없을 건가' 하면서 그 교묘하게 은닉하는 방법이 몽골과 다름없습니다."

한다. 내가 이 사실을 역관에게 물으니 역관이,

"지난 병신년(1776)에 고부사告訃使[47]가 갔다 돌아오는 길에 이곳에 이르러 공비 은 1천 냥을 잃었던 일이 있습니다. 사신들이 의논하기를 '이는 나라의 돈이라 만일 쓴 곳이 없을 때에는 액수를 맞추어 돈으로 바치는 것이 국법인데, 돈을 잃어버렸으니 장차

---

47 영조의 국상國喪을 알리러 갔던 사행.

돌아가 무슨 말로 아뢸 것인가. 잃었다 한들 누가 믿으며 이를 물어내자 한들 누가 감당하겠는가' 하고 곧 지방관에게 그 사연을 알렸다. 그러자 지방관은 중후소 참장中後所參將에게 알리고, 중후소에서는 금주위에, 금주위에서는 산해관 수비에게 알려 며칠 사이에 이 일이 예부에 알려져 곧 황제의 분부가 내렸습니다. 그리하여 이 지방의 관은官銀으로 우리가 잃은 돈을 물리고, 또 이 지방관이 항시 도둑을 막기에 힘쓰지 않아서 길손에게 원통한 변을 당하게 했다 하여 파직으로 그 책임을 지우게 하고, 사관의 주인과 그 가까운 이웃에 사는 용의자들을 잡아다가 닦달하는 바람에 그 중 네댓 명이나 죽었습니다. 사행이 미처 심양에 이르기 전에 황제의 분부가 벌써 내렸으니, 그 신속한 거행이 이러합니다. 그후부터 고교보 사람들이 우리 나라 사람을 원수처럼 보는 것이 괴이한 일은 아닌 듯합니다."

한다.

무릇 의주의 말몰이꾼들은 거의가 불량한 축들이며, 오로지 연경에 드나드는 것으로 생활을 삼아서 해마다 연경 다니기를 저희들 뜰 앞처럼 여긴다. 그리고 의주부에서 그들에게 주는 것은 누구나 백지 60권에 지나지 않으므로, 1백여 명의 말몰이꾼들이 길 가다가 훔치지 않고서는 다녀올 수 없는 것이다. 그들은 압록강을 건넌 후로는 얼굴도 씻지 않고 벙거지도 쓰지 않아 머리털이 더부룩한데다 먼지와 땀으로 뒤범벅이 되고, 비바람에 잔뜩 시달리어 그 남루한 옷과 벙거지 차림이 귀신도 아니고 인간도 아닌 꼴이 마치 도깨비처럼 우습게 보인다.

이 무리 중에는 열다섯 살 된 아이가 있는데 벌써 이 길을 세 번이나 드나들었다고 한다. 그는 처음 구련성九連城에 이르렀을 때는 제법 말쑥해 보이던 것이 그 길 절반도 못 가서 햇볕에 얼굴이 그슬리고 시꺼먼 먼지가 살에 녹슨 듯하여 두 눈만 빠꼼하니 희게 보일 뿐이며, 홑바지는 다 낡아서 엉덩이가 드러났다. 이 아이가 이럴 정도면 다른 것들은 말할 나위도 없다. 그들은 전혀 부끄러운 줄도 모르고 도둑질하는 것을 보통으로 여기며, 밤에 사관에 들면 어떠한 방법으로라도 꼭 도둑질을 하고 만다. 그러므로 이를 막으려는 주인의 수단도 극도에 달하였다.

지난해 동지 사행길에 의주 상인 하나가 은화를 가만히 가지고 오다가 말몰이꾼에게 맞아 죽고, 빈 말 두 마리만 고삐를 놓아서 도로 강을 건너 보냈으므로, 말이 각기 그 집에 찾아들자 이것을 증거로 삼아 마침내 법에 걸렸다고 한다. 그 흉험하기가 이같으니, 그 은을 잃은 것도 어찌 이놈들의 소행이 아니라 할 수 있겠는가. 이것은 그나마 사소한 일이지, 만일 병자호란 같은 난이 다시 일어난다면 용천・철산의 서쪽은 우리 땅이 아닐 것이다. 변방을 지키는 자 역시 알아두지 않으면 안 될 것이다. 이날 밤엔 바람이 심하여 밤새도록 하늘을 뒤흔들 듯하였다.

19일, 개다.

새벽에 고교보를 떠나 탑산까지 12리, 주사하朱獅河 5리, 조라산

점라산점罩羅山店 5리, 이대자 10리, 연산역連山驛 7리, 모두 32리를 가서 점심을 먹었다. 또 연산역에서 오리하자五里河子까지 5리, 노화상 대老和尚臺 5리, 쌍수포雙樹舖 5리, 건시령乾柴嶺 5리, 다붕암茶棚菴 5리 , 영원위寧遠衛 5리, 모두 30리이다. 이날은 총 60리를 가서 영 원성 밖에서 묵었다.

어제 부사·서장관과 새벽 일찍 탑산에 가서 해돋이를 구경하 자고 약속하였다. 그러나 모두 늦게 떠나는 바람에 탑산에 이르니 해가 세 발이나 높이 솟아 있었다. 동남으로 큰 바다가 하늘에 닿 았는데, 수만이나 되는 상선들이 간밤의 바람에 쫓겨 들어와서 작 은 섬에 의지하였다가 마침 일시에 돛을 달고 떠나는 것이 마치 물위에 뜬 오리떼 같았다.

영녕사永寧寺는 숭정 연간에 조대수祖大壽[48]가 지은 절이라고 한 다. 절이나 관묘關廟는 요동에서 처음 그 웅장 화려함을 보았으므 로 그때는 대략 기록한 것이 있었으나, 그 후 수없이 본 것들은 비록 대소의 차이는 있겠지만 그 제도는 대략 같은데, 이루 다 기 록할 수도 없을 뿐더러 역시 구경하기에도 지쳐서 나중에는 들어 가보지도 않았다. 길가에 10여 길이나 되는 높은 봉우리가 있는 데, 이를 구혈대嘔血臺라 한다. 전하는 말에 의하면,

"청나라 태종이 이 봉우리에 올라서 영원성 안을 굽어보다가 명나라 순무 원숭환袁崇煥에게 패하여 피를 토하고 죽었으므로 이

---

48 명나라의 장수였으나 청나라에 항복하였다.

이름이 생겼다."

한다.

영원성 안 한길 가에 조가祖家의 패루 둘이 마주섰는데, 그 사이가 수백 보나 되며, 두 패루가 삼문三門으로 되었고 기둥마다 앞에 몇 길 되는 돌사자를 앉혔다. 하나는 조대수의 형 조대락祖大樂의 패루이고, 또 하나는 조대수의 패루이다. 높이가 모두 예닐곱 길이나 되는데, 대수의 패루가 조금 낮은 편이다. 둘 다 옥결 같은 흰 돌로 층층이 쌓아 올려, 추녀·도리·들보·서까래며, 기와·처마·들창·기둥에 이르기까지 나무는 한 토막도 쓰지 않았고, 조대락의 패루는 오색 무늬가 있는 돌로 세웠다. 두 패루를 세운 솜씨와 그 조각의 정교함은 거의 사람의 힘으로는 미칠 수 없을 정도였다. 대락의 패루에는 3대를 추존하여 증조 조진祖鎭, 할아버지 조인祖仁, 아버지 조승교祖承敎를 쓰고, 전면에는 원훈초석元勳初錫, 후면에는 등단준렬登壇峻烈, 맨 위층에는 옥음玉音이라 썼다. 주련에는,

　　무덤이 산뜻하여 경사가 네 대에 쌓이고
　　자손이 현달하여 영광이 천추에 빛나리라

　　松檟如初慶善培于四世　　琳琅有赫賁永譽于千秋

라고 새겼고 그 뒷면에는,

272

노래로 찬송하니 늠름한 모습은 간성의 중책이요
임금이 총애하여 기록한 공훈을 금석에 새겼구나

桓赳興歌國倚干城之重　　　絲綸錫寵朝隆銘鼎之褎

라고 새겼다.

대수의 패루에도 사대를 추존하여 기록했는데, 증조와 조부는
대략과 같고, 아버지는 조승훈祖承訓이다. 이 사람이 바로 우리 나
라에서 임진왜란이 일어났을 때 요동 부총병으로 기병 3천 명을
거느리고 맨 먼저 왔던 사람이다. 위층에는 확청지열廓淸之烈, 아
래층에는 사대원융四大元戎이라 썼다. 그 앞뒤 주련이며 날짐승·
길짐승의 모양이나 싸움하는 그림을 새긴 것은 모두 양각이다. 주
련의 글은 바빠서 적지 못했다.

조씨의 집은 요계遼薊에서 대대로 이름난 장수의 집안이다. 숭
정 2년 11월에 청나라 병사들이 북경에 쳐들어오자 이해 12월에
독수督帥 원숭환이 조대수·하가강何可剛 등을 거느리고 들어와
서 구원하여 지나는 곳마다 군대를 머물러서 지키니, 황제는 그가
이르렀다는 말을 듣고 매우 기뻐하여 그로 하여금 구원병을 모두
통솔하게 하였다. 청나라 사람이 이를 이간하려고 장수 고홍중高
鴻中을 시켜 사로잡아온 명의 태감太監[49] 두 사람 앞에서 일부러

---

49 명나라의 벼슬 이름.

귓엣말로,

"오늘 군사를 철수하는 것은 아마 원숭무와 비밀 약속이 있어서 한 일인가 보오. 아까 두 사람이 와서 한汗[50]을 만나보고 이야기하다 한참 만에야 돌아갔다오."

하였다.

양태감이 거짓 잠든 체하고 그 말을 가만히 엿듣고 있다가 청나라가 짐짓 그를 놓아주자 돌아와서 이 일을 황제에게 일러바쳤다. 황제가 이 말을 듣고 마침내 원숭환을 잡아 가두었다. 그러자 대수가 크게 놀라 하가강과 함께 군사를 거느리고 동으로 달려나가 산해관을 헐고 나갔다. 그 후 금주·송산의 싸움에 조대락·조대성祖大成·조대명祖大明 등이 모두 사로잡히고 대수는 대릉하성大凌河城을 지키다가 청군에게 포위되어 양식이 다하자 마침내 항복하고 말았다. 이제는 그들의 패루만 우뚝 서 있을 뿐, 농서隴西의 가성家聲[51]은 벌써 무너져서 부질없이 후세 사람들의 웃음거리만 되었으니, 그 무슨 소용이 있겠는가.

대수가 성안에 있는 곳을 문방文坊이라 하고, 성밖에 있던 곳을 무당武堂이라 하였는데, 지금은 딴 사람이 들어 있다. 그리고 서쪽 몇 길 되는 담 안에 조그마한 각문 하나가 있는데, 그 문과 담의

---

50 몽고와 청나라 등에서 군장君長을 일컫는 말.
51 한나라 이광李廣이 농서의 명장으로 대대로 높은 성망이 있었기 때문에 비유한 말.

제도가 패루의 기묘한 솜씨와 비슷하다. 담 안에 아직도 두어 칸 정사精舍가 남아 있는데, 이 지방 사람들은 이를 가리켜 대수가 한 가할 때 글을 읽던 곳이라 한다. 이날 밤에 천둥과 비가 새벽까지 멎지 않았다.

20일, 아침에 개었다가 저녁나절에 비가 내렸다.

이날 새벽에 영원성을 떠나 청돈대靑墩臺까지 7리, 조장역曹庄驛 6리, 칠리파七里坡 7리, 오리교五里橋 5리, 사하소沙河所 6리, 모두 30리를 가서 점심을 먹었는데, 사하소는 곧 중우소中右所이다. 점심 후에 찌는 듯한 더위가 비를 빚더니, 겨우 건구대乾溝臺 3리를 와서 큰비가 왔다. 비를 무릅쓰고 연대하烟臺河 5리, 반랍점半拉店 5리, 망하점望河店 2리, 곡척교曲尺河 5리, 삼리교三里橋 7리, 동관 역東關驛 3리, 모두 30리를 가서, 이날은 총 60리를 갔다. 청돈대는 해돋이를 구경하는 곳이다.

부사와 서장관이 닭 울 무렵에 먼저 떠나서 해돋이를 구경할 예정으로 나에게 하인을 보내어 같이 가기를 청했으나 나는 푸근 히 자야겠다 하고 늦게 떠났다. 대체로 해돋이를 구경하는 것도 운수가 있어야 한다. 전에 동쪽 바다를 노닐 때 총석정叢石亭의 해 돋이와 옹천甕遷·석문石門의 해돋이를 하나도 시원히 보지 못했 다. 어떤 때는 늦게 도착하여 해가 벌써 바다를 떠났고, 어떤 때는 밤새도록 자지 않고 일찍 나가보면 구름과 안개에 가려서 흐리곤 하였다.

무릇 해뜰 무렵 하늘에 구름 한 점 없으면 구경을 잘할 수 있을 것 같지만 실상은 이처럼 무미한 것이 없다. 이는 다만 빨간 구리 쟁반 하나가 바닷속에서 나오는 것일 뿐 아무런 구경거리도 없는 것이다. 해는 임금의 기상이기에, 『사기』에서 요임금을 기리는 말에도,

바라볼 땐 구름 같더니
다가서니 해와 같더라

望之如雲　　就之如日

하였다.

그러므로 해가 돋기 전에는 반드시 많은 구름 기운이 그 변두리에 몰려들어 마치 앞길을 인도하는 듯, 뒤를 따르는 듯, 의장을 갖추는 듯, 천승千乘·만기萬騎가 임금을 모시고 옹위하여 깃발이 펄럭이고 용이 꿈틀거리는 듯하여야만 비로소 장관이라 할 수 있을 것이다.

그러나 만일 구름이 너무 많이 끼면 도리어 가려져서 가물가물 하여 또한 볼 것이 없다. 대개 새벽 순음純陰 기운이 햇빛을 받아 바위 틈에 구름이 서리고 시냇가에 안개가 피어나 서로 비치어, 해가 돋을락말락할 때에 그 기상이 원망스러운 듯 수심겨운 듯 해미가 끼어 빛을 잃게 되는 것이다.

대개 해가 돋는 광경은 천변만화하여 사람마다 견해가 같지 않을 뿐 아니라 반드시 바다에서 구경할 것만도 아니다. 요동 벌판에서 날마다 해돋이를 본 적이 있는데, 하늘이 개어서 구름이 없으면 햇덩이가 그리 크게 보이지 않는다. 열흘을 두고 보아도 날마다 같지 않았다. 부사와 서장관은 오늘도 구름이 가려서 해를 보지 못하였다 한다.

오후에 더위가 심하더니 소낙비가 억수로 퍼부었다. 우장 옷이 찌는 듯하고 가슴이 답답한 것이 더위를 먹은 것 같다. 자리에 누울 때 마늘뿌리를 갈아 소주에 타서 마셨더니, 그제야 뱃속이 편안하여 잠을 잘 수가 있었다. 밤새도록 비가 멎지 않았다.

21일, 비 오다 개다 하였다.

강물이 불어서 건너지 못하고 동관역에서 머물렀다. 들으니 옆 사관에는 등주에서 온 이선생이란 자가 점을 잘 치고, 또 사람을 시켜 우리 나라 사람을 보고자 한다 하기에 식후에 찾아갔다. 그의 점치는 법은 태을수太乙數[52]라 한다. 나는 그에게,

"이것은 자미두수紫微斗數[53]가 아니오?"

하고 물었더니 이생은,

"이른바 자미란 소수小數지만, 이 태을의 일성一星은 자미궁紫微

---

52 점술 용어. 태을은 별 이름으로 점을 친다.
53 역시 점술 용어. 자미는 곧 제왕의 성좌인 자미성紫微星.

宮[54]에 있어 천일생수天一生水[55]에 속하므로 태을이라 합니다. 그래서 을乙이란 곧 일一이요, 수水란 조화의 근본이며, 육임六壬[56]은 곧 물이요, 둔갑遁甲[57] 역시 태을입니다. 이는『오월춘추吳越春秋』같은 책에 많이 명험이 나타나 있고, 64괘가 도시 이에 지나지 않는 것이지요. 그러므로 장수가 된 자로서 이 육임과 둔갑의 법을 모르면 기이한 변을 알지 못하는 법입니다."

한다.

내 성미가 본디 관상이나 사주 같은 것을 좋아하지 않으므로 평생토록 그 법을 알지 못하고 또 그가 말한 육임·둔갑이라는 것이 무척 허망한 것이므로 나의 사주를 말해주지 않았다. 보아하니 그 자 역시 그의 술수를 과장하여 많은 복채를 낚으려다가 나의 기색이 매우 냉담함을 살피고는 다시 말하지 않았다. 방 맞은편에 한 노인이 안경을 쓰고 앉아서 글을 베끼고 있기에 그 앞으로 다가서서 베끼는 것을 보니, 근세의 모든 시화詩話였다. 노인이 안경을 벗고 붓을 멈추면서,

"손님이 멀리서 오셨으니 길에서 얻어 모은 시구가 반드시 풍부하시리니, 아름다운 시구 두어 구만 남겨주십시오."

한다.

---

54 옥황상제가 있는 궁전.
55 하늘이 열릴 때 첫째로 물을 내었다는 것.
56 육은 음수陰數이고 임도 북방의 귀신이다.
57 다른 사람의 눈에 자기의 몸이 보이지 않게 하는 술법.

그의 베끼는 글씨는 비록 옹졸하나, 시화에는 제법 묘한 것이 더러 있고, 노인 역시 생김새가 맑고 아담할 뿐만 아니라 곁에 놓인 물건들도 정쇄하다. 해서 옆에 앉아 서로 성명을 통하고 보니, 노인 역시 등주에 살고 있는 사람이다. 성은 축祝인데 이름은 잊어버렸다. 그가 우리 나라 여자들의 비녀 꽂는 법과 의복 제도를 묻기에 나는,

"모두 중국 상고시대의 것을 본받았습니다."

하니 축은,

"좋아요, 좋습니다."

한다. 나는 그에게,

"그럼 귀향의 여자들 옷차림은 어떻습니까?"

하니 축은,

"대략 같습니다. 여자가 시집갈 때면 쪽만 찌고 비녀는 꽂지 않으며, 빈부를 막론하고 평민의 부녀는 관을 쓰지 않고, 명부命婦[58]만이 관을 쓰는데, 제각기 남편의 직품에 따라서 잠簪이나 비녀도 모자의 제도와 같이 층하가 있습니다. 쌍봉차雙鳳釵가 제일 고귀한데, 그 중에도 비봉飛鳳・입봉立鳳・좌봉坐鳳・즙봉戢鳳 등의 구별이 있고, 비취잠에도 모두 품직의 차이가 있으며, 처녀는 긴 바지저고리를 입다가 시집가면 큰 소매가 달린 저고리에 긴 치마를 입고 띠를 두릅니다."

---

58 부녀로서 봉호를 받은 것. 외명부와 내명부가 있다.

한다. 내가,

"등주가 여기서 얼마나 되며 무슨 일로 이곳에 와 계시오?"

하니 축은,

"등주는 옛날 제나라의 지경이므로 이른바 바다를 등진 나라라는 겁니다. 육로는 북경까지 1천5백 리지만 우리들은 말을 타고 면화를 사러 금주金州에 가다 이곳에 머물고 있습니다."

한다.

축노인은 이야기를 멈추고 다시 글 베끼기에 바빴다. 그 옆에 있는 책 다섯 권에는 고인들의 생년·월·일·시를 적었는데, 하우씨·항우·장량·영포英布·관우 등의 사주가 모두 적혀 있다.

나는 종이 몇 장과 벼루를 빌려 대강 베끼기 시작했다. 이때 점쟁이가 내가 겨우 1백 명 남짓 베꼈을 때 밖에서 들어와 보고는 크게 노하여 이를 빼앗아 찢으면서,

"천기를 누설하면 안 되오."

하기에, 나는 한번 껄껄 웃고 일어나 사관으로 돌아왔다.

오후에 비가 잠깐 개기에 심심하여 어느 상점에 들어갔다. 뜰 안에는 무늬 진 대나무로 난간을 두르고, 도미茶蘼[59]로 짠 시렁 아래에 한 길이나 되는 태호석太湖石[60]이 서 있다. 돌빛은 파랗고 그 뒤에는 한 길이 넘는 파초가 심어져 있는데, 비 온 뒤의 빛깔이

---

59 장미과에 속하는 식물.
60 양주揚州 태호에서 나는 돌.

더욱 새로워 보인다.

난간가에 한 사람이 걸터앉아 있고, 책상 위에 놓인 붓과 벼루는 다 좋은 것들이었다. 그 자리에 들어앉아 글을 써서 성명을 물었더니, 그는 손을 흔들며 대답도 하지 않고 곧 일어나 나가버린다. 나는 그가 주인이 아닌가 보다 하고 태호석을 구경하느라 잠깐 지체하였는데, 좀전의 그 사람이 한 청년을 데리고 웃으며 들어온다. 청년은 나를 향해 읍하고 앉더니 급히 종이 한쪽을 내어 만주 글자를 쓰기에 나는,

"그것은 모르오."

하니, 둘이 다 웃는다.

아마 주인이 글을 한 자도 모르므로 맞은편 점포의 청년을 데리고 온 모양이다. 그 청년은 비록 만주 글은 잘 아는 듯하나 한자를 모르므로, 몇 마디 서로 수작은 해보았지만 피차간에 얼버무려 넘기니, 이야말로 이른바 귀머거리 아닌 귀머거리요, 장님 아닌 장님이요, 벙어리 아닌 벙어리꼴이다.

세 사람이 앉아 있으니 천하에 더할 나위 없는 병신들만 모인 셈이라 다만 서로 껄껄거리고 웃으면서 지나가는 판이다. 아까 그 청년이 만주 글자를 쓸 때 주인은 옆에서,

"벗이 먼 곳에서 찾아오니 어찌 기쁘지 않겠소."

하기에 나는,

"나는 만주 글을 모르오."

하니 청년은,

"배운 것을 때로 익히면 어찌 즐겁지 않겠소."

한다. 나는,

"그대들이 『논어』를 그처럼 잘 외면서 어찌 글자를 모르나?"

하니 주인은,

"남이 나를 몰라주더라도 노여워하는 뜻을 품지 않는다면 어찌 군자가 아니겠습니까?"

하기에 나는 시험 삼아 그들이 외운 세 장을 써서 보였다. 그들은 모두 눈이 둥그레지며 들여다볼 뿐 무슨 말인지는 도무지 모르는 모양이었다. 이윽고 소낙비가 퍼부어서 옆의 다른 소리는 들리지 않고 조용히 이야기하기에 좋았지만, 그들 모두 글을 모르고 나 역시 북경말에 서툴러 어쩔 수가 없었다.

　지척 사이에서 비에 갇히니 더욱 마음이 갑갑하고 무료하기 짝이 없었다. 청년이 나가더니 조금 뒤에 비를 무릅쓰고, 손에 능금 한 바구니, 지진 달걀 한 쟁반, 수란水卵 한 자배기를 들고 왔다. 그 자배기는 둘레가 7위七圍61나 되고, 두께는 한 치, 높이는 서너 치 되는데, 푸른 유리를 올리고 양쪽 볼에는 도철饕餮62의 무늬를 새겼으며, 입에는 큰 고리를 물렸는데, 세숫대야로나 쓰기에 알맞을 것 같으나 무거워서 멀리 가져갈 수는 없게 생겼다. 그 값을 물었더니 1초一鈔라고 한다. 1초는 1백63푼이니 은으로 치면 겨우

61　1위는 다섯 치.

62　욕심이 많고 사람을 잡아먹는다는 흉악한 짐승. 옛날 그릇에 흔히 이를 새겼다.

석 돈에 지나지 않는다. 상삼의 말이,

"이것이 북경에선 두 돈밖에 하지 않으나 몹시 육중해서 나르기 어렵습니다. 우리 나라에 가져가면 희귀한 보배가 될 줄 뻔히 알면서도 어찌할 수 없습니다."

한다.

저녁때 비가 완전히 개기에 또 한 점포에 들렀더니, 역시 등주에서 온 장사치 세 사람이 있었다. 그들은 솜을 틀고 고치를 켜기 위하여 배로 금주를 다니는데, 대개 금주의 우가장牛家庄은 등주에서 수로로 1백여 리 맞은편이지만 순풍에 돛을 달아 쉽사리 왕래할 수 있다고 한다. 세 사람이 모두 약간 글을 알긴 하나 사납게 생긴데다 전혀 예의를 모르고 버릇없이 농담을 붙이기에 곧 돌아왔다.

22일, 개다.

동관역을 떠나 이대자까지 5리, 육도하교六渡河橋 11리, 중후소中後所 2리, 모두 18리를 가서 점심을 먹었다. 중후소에서 일대자 5리, 이대자 3리, 삼대자 4리, 사하점 8리, 섭가분葉家墳 7리, 구어하둔口魚河屯 3리, 어하교魚河橋 1리, 석교하石橋河 9리, 전둔위前屯衛 6리, 모두 48리를 가서 전둔위에서 묵었다. 이날은 총 66리를 갔다.

배로 중후소하를 건넜다. 옛날에는 성이 있었는데, 중년에 허물어져서 막 수축하는 중이다. 보아 하니 점포와 주택가가 심양 다음가겠다. 관제묘의 웅장 화려함도 요동보다 나은데, 매우 영험이 있다고 한다. 일행이 모두 예폐를 바치고 머리를 조아리며 제비를 뽑아 길흉을 점쳤다. 창대가 참외 한 개를 놓고 절을 수없이 하고는 그 참외를 소상 앞에서 먹어버렸다. 그가 무엇을 빌었는지는 알 수 없으나 "가진 것은 적으면서 바라는 것은 너무 사치롭다"[63]는 옛말이 곧 이를 두고 이름이다.

문 안 조장照墻에 그린 파란 사자가 그럴듯하다. 이는 감로사甘露寺의 것을 본뜬 것 같다. 당나라 화가 오도자吳道子가 그리고 소동파가 찬을 지었는데 그 글에,

위엄은 이빨에 보이고
기쁨은 꼬리에 나타나네

威見齒　　喜見尾

하였으니, 참 잘 형용했다고 할 만하다.

우리 나라에서 쓰는 털모자는 모두 이곳에서 나온 것이다. 그 공장은 모두 셋이 있는데, 한 집이 적어도 4, 50칸은 되며, 거기서

---

63 공을 들이지 않고 큰 기대를 함을 비유. 전국시대에 초나라에서 크게 군대를 징발하여 제나라를 치려 하자 제나라 임금이 순우곤淳于髡에게 조나라에 가서 구원병을 요청하게 하면서 금 1백 근, 거마 10사를 주므로 순우곤이 그토록 작은 예폐로 큰 것을 요구하는 제왕을 일깨운 말이다.《史記 卷一百二十六 滑稽傳》

일하는 기술자는 1백 명이 넘는다. 의주 상인들이 수없이 많이 와서 모자를 예약해놓았다가 돌아갈 때에 싣고 간다. 모자를 만드는 법은 매우 쉽다. 양털만 있다면 나도 만들 수 있을 것 같았다. 우리 나라에서는 양을 치지 않으므로 사람들이 1년 내내 고기 맛을 모르고, 전국의 남녀 수는 수백만이 넘는데 사람마다 털모자 하나씩을 써야만 겨울을 날 수 있게 된다. 해마다 동지 · 황력皇曆[64] · 재자賫咨[65] 등의 사행에 가지고 가는 은이 적어도 10만 냥은 될 것이니, 10년을 계산하면 무려 1백만 냥이나 된다.

모자는 사람마다 겨울만 쓰다가 봄이 되어서 해지면 버리고 마는데, 천 년을 가도 헐지 않는 은으로 한 겨울만 쓰면 내버리는 모자와 바꾸고, 산에서 캐내는 한정 있는 은으로 한 번 가면 다시 돌아오지 못할 땅에 갖다버리니 그 얼마나 생각이 깊지 못한 일인가. 모자를 만드는 기술자들은 모두 웃통을 벗고서 일을 하는데, 손놀림이 바람처럼 빠르다. 우리 나라에서 갖고 온 은화 절반은 이곳에서 소비되므로, 공장 주인이 각기 단골 손님을 정하여 의주 장사치가 오면 반드시 크게 주식을 베풀어 대접한다는 것이다.

길에서 도사 세 사람을 만났는데, 그들은 짝을 지어 시장 골목을 두루 돌아다니며 구걸을 한다. 그 중 하나는 머리에 구름 무늬를 그린 검은 깁으로 만든 모난 갓을 쓰고, 옥색 추사縐紗로 지은

---

64 역서曆書를 받으러 가는 사행.
65 삼사의 격식을 갖추지 않고 역관 중에서 적당한 사람을 골라 보내는 약식 사행.

소매가 넓고 길이가 긴 도포와 푸른 항라杭羅 바지를 입었으며, 허리에는 붉은 비단 띠를 띠고, 붉고 모난 비운리飛雲履66를 신었으며, 등에는 참마검斬魔劍67을 지고 손에는 죽간竹簡을 들었는데, 흰 얼굴과 삼각 수염에 미목이 헌칠하다.

또 하나는 머리에 두 갈래의 뿔상투를 짜고 붉은 비단을 감았으며, 몸에는 소매가 좁은 푸른 비단 저고리를 입고, 어깨에는 벽려薜荔68를 걸쳤고 두 무릎에는 호랑이가죽을 대었으며, 허리에는 넓은 홍단紅緞 띠를 두르고, 푸른 신을 신고, 등에는 비단 바탕에 그린 오악도五嶽圖의 족자를 지고, 허리에는 금빛 호리병을 찼으며, 손에는 도교에 관한 책 한 갑을 들었는데 얼굴은 희고 가냘프다. 또 하나는 머리를 감아서 어깨에 걸치고 금테를 둘렀으며, 몸에 검은 공단으로 지은 소매 넓은 장삼을 입고, 맨발로 다니면서 손에는 붉은 호리병을 들었으며, 얼굴은 붉고 눈은 둥근데, 입 속으로 주문을 외면서 간다. 시장 사람들의 기색을 살펴보니, 모두 그들을 싫어하는 모양이다.

석교하에 이르니, 강물이 불어서 물과 언덕의 분간이 없다. 물은 그다지 깊지 않으나 물살이 아주 거세다. 모두들 말하기를,

"지금 곧 건너지 않으면 물이 차츰 더 불을걸."

---

66 신 이름. 검은 능 바탕에 흰 견으로 만드는데 구름 모양으로 꾸민다.
67 마귀를 베는 칼.
68 풀 이름. 여기서는 은사隱士의 옷을 가리킨다.

한다.

정사의 가마에 함께 타고 강을 건너 저쪽 언덕에 닿아서 보니,
말을 타고 건너는 사람은 모두 하늘을 쳐다보며 얼굴빛이 푸르락
붉으락한다. 서장관의 비장 조시학趙時學이 물에 빠져 하마터면
죽을 뻔하여 모두들 몹시 놀랐다. 의주 상인 중에는 돈주머니를
빠뜨린 자가 있어 물을 굽어보면서 "아이구, 어머니" 하고 통곡하
는 자도 있었다고 한다.

전둔위 시장에 연극이 열렸다가 막 파하려 한다. 시골 여자 수
백 명이 모두 늙은이들이었으나 차림새는 야단스럽게 꾸몄는데,
그들 역시 막 돌아가는 중이었다.

연극하는 자는 망포·상홀·피립·종립·등립·사립·사모·
복두 같은 것이 완연히 우리 나라 풍속과 다름없다. 도포는 자줏
빛도 있고, 방령方領은 검은 선을 둘렀으니, 이는 아마 옛날 당나
라 때의 제도인 듯하다.

아, 슬프다. 중화가 패망한 지 1백여 년이 지났으나 의관 제도는
아직도 옛날과 다름없이 저 배우들의 연극 사이에 남아 있으니,
마치 하늘이 여기에 무심하지 않은 성싶다. 무대에는 모두 '여시
관如是觀[69]'이란 세 자를 써 붙였으니, 이에서도 그 숨은 뜻이 어디
에 있는지를 알 수 있겠다.

마침 지현知縣[70]한 사람이 지나는데, '정당正堂'이라 쓴 큰 부채

---

[69] '이처럼 보았다'는 뜻의 불가의 말.

한 쌍, 붉은 양산 한 쌍, 검은 양산 한 쌍, 붉은 우산 한 개, 기 두 쌍, 대곤장 한 쌍, 가죽채찍 한 쌍을 가졌으며, 지현은 가마를 타고 뒤에는 활과 살을 가진 기병 대여섯 명이 따랐다.

　23일, 이슬비 내리다 곧 개다.

　오늘은 처서였다. 전둔위에서 아침에 떠나 왕가대王家臺까지 10리, 왕제구王濟溝 5리, 고령역高嶺驛 5리, 송령구松嶺溝 5리, 소송령小松嶺 5리, 중전소中前所 5리 등 39리를 가서 점심을 먹었다. 중전소에서 대석교大石橋까지 7리, 양수호兩水湖 3리, 노군점老君店 3리, 왕가점王家店 3리, 망부석望夫石 10리, 이리점二里店 8리, 산해관 2리, 관에 들어 다시 3리를 가서 심하深河에 이르러 배로 건넜다. 거기서 홍화포紅花舖 7리, 그래서 47리이다. 이날은 총 86리를 갔다. 홍화포에서 묵었다.

　길가에 있는 분묘들은 반드시 담을 둘렀는데, 그 둘레가 수백 보이고, 소나무와 버드나무를 나란히 심어서 그 배포가 가지런하다. 묘 앞에는 모두 화표주華表柱가 있는데, 석물들을 보니 거의 전 시대 귀인들의 무덤이다. 문은 혹 셋이거나 패루로 하였는데, 그 제도는 비록 이전 조가의 패루만은 못하나 웅장하고 사치스러운 것이 많다. 문 앞에는 돌다리를 무지개처럼 놓고 난간을 둘렀다. 그 중 영원 서문 밖 조대수의 선영과 사하점에 있는 섭씨葉氏

---

70 현縣의 장관.

의 분묘가 가장 웅장하고 화려했다.

어떤 여자 셋이 준마를 타고 말 위에서 재주를 넘는데, 그 중에 열세 살 난 소녀가 가장 재빠르고 잘 탄다. 모두 머리에 초립을 썼는데, 그 좌우左右[71]·칠보七步·도괘倒掛·시괘尸掛 등의 법은 날래기가 마치 나부끼는 눈송이나 춤추는 나비 같다. 중국 여자들은 생활의 대책이 없을 경우 대개 비럭질을 하거나 아니면 이런 일들을 한다고 한다.

또 들 위에 한 군대의 진영을 벌여놓았는데, 진 네 귀퉁이에 각기 기 하나씩을 꽂았다. 비록 검劍·극戟·과戈·모矛 따위는 없으나, 사람마다 앞에 쳇바퀴만큼 큰 화살통을 놓고 그 속에 수백 개나 되는 화살을 가득 꽂았다. 진의 모양은 똑바르고 기병은 모두 말에서 내려 진 밖에 흩어져 있다.

내가 말에서 내려 한바퀴 둘러보니, 다만 둘씩 둘씩 늘어서 있을 뿐 중권中權[72]의 기와 북도 없고 천막을 친 것도 없었다. 어떤 이는 말하기를,

"성경 장군이 내일 순시한답니다."

하고, 또 어떤 이는,

"성경 병부시랑이 갈리어서 점심 참에 당도할 예정이므로 중전소 참장이 이곳에서 맞이하는데, 참장이 아직 이르지 않았기 때문

---

71 말 위에서 부리는 연기의 일종. 이하 칠보·도괘·시괘도 같다.
72 참모부 같은 중심부.

에 진을 풀어 막 신지汛地[73]에 모이는 중입니다."
한다.

　들 가운데의 못에는 연꽃이 한창이기에 말을 멎고 한참을 구경
했다. 왕가참王家站에 이르니, 산 위에 있는 장성이 아득히 눈에
들어온다. 부사·서장관과 변주부·정진사, 수종군 이학령李鶴齡
등과 함께 강녀묘姜女廟에 갔다가 다시 관 밖의 장대將臺를 거쳐
마침내 산해관에 들어갔다. 저녁 나절에 홍화포에 닿았다. 밤에는
약간 감기 기운이 있어서 잠을 설쳤다.

강녀묘에서
姜女廟記

　강녀의 성은 허씨許氏요 이름은 맹강孟姜인데, 섬서의 동관同官
에 사는 사람이다. 범칠랑范七郎에게 시집을 갔는데, 진나라의 장
수 몽념蒙恬이 장성을 쌓을 때, 범칠랑이 그 일에 역사하다가 육라
산六螺山 밑에서 죽어 그 아내 맹강의 꿈에 나타났다. 그리하여 맹
강이 손수 옷을 지어 혼자 천 리를 가서 남편의 생사를 탐지하면
서 이곳에서 쉬며 장성을 보며 울다가 이내 돌로 변하였다고 한
다. 어떤 이는 이르기를,

---

73 청나라의 병제兵制에 있는 일종의 군관지軍管地.

"맹강이 그 남편이 죽었다는 소식을 듣고 혼자 가서 그 뼈를 거두어 등에 지고 바다에 들어간 지 며칠 만에 돌 하나가 바다 가운데 솟았는데, 조수가 밀려들어도 잠기지 않았다."

한다.

뜰 가운데 비석 세 개가 있는데, 거기 기록된 글이 각기 다르고, 또 황당무계한 말이 많다. 묘에는 소상을 세우고 좌우에 동남·동녀를 늘어 세웠다. 황제가 여기다 행궁行宮을 두었는데, 지난해 심양에 행차할 때 지나는 행궁마다 모두 중수하였으므로 단청이 아직도 휘황 찬란하다. 사당에는 송나라의 충신 문산文山 문천상文天祥이 쓴 주련이 있고, 망부석에는 황제가 지은 시를 새겼으며, 그 돌 곁에는 진의정振衣亭이 있다. 당나라 왕건王建의 망부석 시는 이 돌을 읊은 것이 아닌데도 『지지地志』에,

"망부석 하나는 무창武昌에 있고, 또 하나는 태평太平에 있다."

하였으니, 왕건이 읊은 것은 그 어느것인지 알 수 없다.

또 진나라 때에는 아직 섬陝이란 땅 이름이 없었을 뿐 아니라 강姜도 제녀齊女를 일컫는 말이고 보면, 허씨를 섬서 동관 사람이라고 하는 것은 더욱 옳지 않은 말이다. 행궁 섬돌에서 강녀묘에 이르기까지 전부 돌로 난간을 둘렀다. '방류요해芳流遼海'라고 쓴 현판은 지금 황제의 글씨이다.

장대에서
將臺記

만리장성을 보지 않고서는 중국의 큼을 모를 것이요, 산해관을 보지 않고서는 중국의 제도를 모를 것이며, 관 밖의 장대를 보지 않고서는 장수의 위엄을 모를 것이다.

산해관을 1리쯤 못 가서 동향으로 모난 성 하나가 있다. 높이가 10여 길에 둘레가 수백 보이고, 한 면이 모두 7첩으로 되었으며, 첩 밑에는 큰 구멍을 뚫어서 사람 수십 명을 감출 수 있게 하였다. 이런 구멍이 스물네 개이고, 성 아래도 구멍 네 개를 뚫어서 병장기를 간직하였으며, 그 밑으로 굴을 파서 장성과 서로 통하게 하였다. 역관들은 모두 한나라가 쌓은 것이 아니라고 하나 그릇된 말이다. 혹은 이를 '오왕대吳王臺'라고도 한다. 오삼계가 산해관을 지킬 때에 이 굴 속으로 행군하여 갑자기 이 대에 올라 포성을 내니, 관 안에 있던 수만 명의 군사가 일시에 고함을 질러서 그 소리가 천지를 진동하고, 관 밖의 여러 곳 돈대에 주둔했던 군대도 모두 이에 호응하여 잠깐 동안에 호령이 천리에 퍼졌었다.

여러 일행과 함께 첩 위에 올라서서 이리저리 사방을 둘러보니, 장성은 북으로 뻗었고, 창해는 남으로 흐르며, 동으로는 큰 벌판을 임해 있고, 서로는 산해관 안을 엿보게 되어 있다. 아무튼 이 대만큼 전망이 좋은 곳은 다시 없을 것이다. 관 안에 있는 수만

호의 시가와 누대가 마치 손금을 보는 듯 조금도 가려진 곳이 없다. 바다 위에 하늘을 찌를 듯 뾰족하게 솟아 있는 한 봉우리는 곧 창려현昌黎縣의 문필봉文筆峯이다.

한참 동안 서서 바라보다가 내려오려 하니, 아무도 먼저 내려가려는 사람이 없다. 벽돌 쌓은 층계가 쭈뼛쭈뼛하여 내려다보기만 하여도 다리가 떨리는데, 하인들이 나를 부축하려 하나 몸을 돌릴 자리가 없어서 일이 매우 급하게 되었다.

서쪽 층계로 간신히 내려와서 대 위에 있는 여러 사람을 쳐다보니, 모두 부들부들 떨며 어쩔 줄을 모르고 있다. 대개 오를 때에는 앞만 보고 층계 하나하나를 밟고 올라갔기 때문에 그 위험함을 몰랐는데, 내려오려고 밑을 내려다보자 저절로 현기증이 일어나니, 그 허물은 눈에 있는 것이다.

벼슬살이도 이와 같아서 한창 위로 올라갈 때에는 한 계급, 반 계급이라도 행여나 남에게 뒤떨어질세라 남을 밀어젖히면서 앞을 다툰다. 그러다가 마침내 몸이 높은 곳에 이르면 그제야 두려운 마음이 생긴다. 외롭고 위태로워서 한 발자국도 나아갈 길이 없고, 뒤로는 천 길이나 되는 절벽이어서 다시 올라갈 의욕이 사라질 뿐 아니라 내려오려고 해도 되지 않는 법이다. 이는 고금을 막론하고 모두 그렇다.

산해관에서
山海關記

산해관은 옛날의 유관楡關인데, 왕응린王應麟의 「지리통석地理通釋」에,

"우虞의 하양下陽, 조趙의 상당上黨, 위魏의 안읍安邑, 연나라의 유관, 오나라의 서릉西陵, 촉나라의 한락漢樂은 모두 그 지세로 보아서도 꼭 웅거해야 하고, 그 성으로 보아서도 꼭 지켜야 한다."

하였다.

명나라 홍무洪武 때에 대장군 서달徐達이 유관을 이곳에 옮겨 다섯 겹으로 성을 쌓고 이름을 '산해관'이라 하였다. 태항산이 북으로 가서 의무려산이 되었는데, 순임금이 열두 산을 봉封할 때 의무려산을 유주幽州의 진산으로 삼았다. 그 산이 중국의 동북을 가로막아 중국과 외국의 경계가 되었으며, 관에 이르러서는 크게 잘려서 평지가 되어, 앞으로는 요동벌을 바라보고, 오른편으로는 창해를 끼고 있다. 『서경』에 나오는 우공禹貢의,

"오른편으로 갈석碣石을 끼었다."

는 것이 바로 이를 두고 일컬음이다.

장성은 의무려산을 따라 꿈틀꿈틀 굽이쳐 내려와 각산사에 이르는데 봉우리마다 돈대가 있고 평지에 들어와서 관을 둔 것이다. 장성을 따라 다시 15리를 가서 남으로 바다에 들어, 쇠를 녹여 터

를 닦아 성을 쌓고는 그 위에 3첨三簷의 큰 다락을 세워서 '망해정望海亭'이라 하였으니, 이는 모두 서달이 쌓은 것이다. 이 관의 첫째 관은 옹성이어서 다락이 없다. 옹성의 동·남·북을 뚫어서 문을 내고, 쇠로 만든 문 위의 무지개 이마에는 '위진화이威振華夷'라 새겼다. 둘째 관에는 4층의 적루敵樓로 되었는데, 무지개 이마에 '산해관'이라 새겼다. 셋째 관에는 3첨의 높은 다락에다 '천하제일관天下第一關'이라는 현판을 붙였다.

세 사신이 모두 문무로 반을 나누어 마치 심양에 들어올 때와 같이 했다. 세관과 수비들이 관 안의 낭무에 앉아 사람과 말을 점검하는데, 전에 봉성의 청단淸單[74]에 준한다. 무릇 중국의 상인과 길손은 모두 주소·성명과 화물의 이름과 수량을 기록하여 매우 엄하게 간사한 놈을 적발하고 사기를 방지한다. 수비들은 모두 만주 사람인데, 붉은 양산과 파초부채를 든 군졸 1백여 명이 칼을 차고 앞에 늘어섰다.

십자가에 성을 둘렀는데, 사면에 둥근 문을 내고 그 위에는 3첨의 높은 다락을 세웠으며, '상애부상祥靄抟桑'이라는 현판을 붙였는데, 이는 옹정제의 글씨다. 원수부元帥府의 문 밖에 돌사자 둘을 앉혔는데, 높이가 각기 두어 길이나 된다. 여염과 시가의 번화함이 성경보다 낫고 수레와 말이 가장 많은데, 청춘 남녀들이 더욱 화려한 화장을 하였으니, 그 번화롭고 풍부함이 지금껏 보아온 가

---

74 조사서.

운데 제일이라 하겠다. 대개 이곳은 천하의 큰 관인데, 이는 아마도 서쪽으로 북경이 얼마 되지 않기 때문인 듯하다.

봉성에서부터 1천여 리 사이에 걸쳐 보니 둔이니 소니 역이니 하여 나날이 성 몇 군데씩은 보아왔지만, 이제 장성을 보고 나니 그들의 시설이나 솜씨가 모두 이 관에서 본뜬 것이다. 그러나 그들은 이 관에 비하면 어린 손자뻘밖에 되지 않는다.

아, 슬프다. 몽념이 장성을 쌓아서 오랑캐를 막으려 하였건만 진나라를 망칠 호胡는 도리어 집안에서 자라났으며,[75] 서중산이 이 관을 만들어 되놈을 막으려 하였으나 오삼계는 관문을 열고서 적을 맞아들이기에 급급하였다. 이리하여 지금 같은 천하가 무사한 때를 당해서는 부질없이 지나는 상인과 나그네들의 비웃음을 사게 되었으니, 난들 이 관에 대해서 무어라 할말이 있겠는가.

---

75 진나라 시황이 진나라를 망칠 자는 호라는 비결을 믿고 만리장성을 쌓았으나 실상은 진나라를 망친 자는 호인胡人이 아니고 자기의 아들 호해胡亥였음을 말한 것이다.

해설

　『열하일기熱河日記』는 조선 정조 때의 수많은 실학파 가운데에서도 특히 북학파의 대가인 연암燕巖 박지원朴趾源의 중국 견문기이다.

　박지원의 자는 중미仲美, 호는 연암이며, 본관은 반남潘南이다. 어려서 아버지를 여의고 조부 슬하에서 자라다가 열여섯 살 때 조부가 죽자 결혼하여 처숙妻叔 이군문李君文에게 수학하고, 서른 살부터는 홍대용洪大容과 사귀어 서양의 신학문에 접하였다. 주요 작품에는 이 『열하일기』외에 『과농소초課農小抄』, 『담총외기談叢外記』, 『양반전兩班傳』, 『호질虎叱』, 『허생전許生傳』 등인데, 정조 4년(1780), 그의 삼종형인 진하사進賀使 박명원朴明源이 청나라 건륭제乾隆帝의 칠순 잔치에 가는 길에 동행하여 중원에 들어가던 도중 열하熱河에 이르러 그곳 문인들과 사귀고, 연경燕京에 가서는 명사名士들과 교류하면서 거기서 듣고 본 문물·제도를 본국에 돌아와 그대로 엮은 것이 이 『열하일기』이다.

　그는 당시 홍대용·박제가朴齊家 등과 함께 북학파의 영수로 평소부터 청나라의 문물을 받아들일 것을 강력히 주장하였다. 직접 중국인들의 이용후생利用厚生하는 실생활, 즉 벽돌·수레 등의 편리한 제도에서부터 정치·경제·병사·천문·지리·문학 등 각 방면에 걸쳐 청나라의 새로운 문물을 서술하여 그곳의 실학 사상을 소개하면서 우리 나라에서도 그런 제도를 하루 속히 받아들일 것을 열망하였다.

그는 문장력 또한 뛰어났는데, 특히 그 동안의 수많은 보수파 학자들의 보수성에 젖은 지리멸렬한 문장을 초월하여 새롭고 산뜻하였으며, 착상이 독특하고 풍부하면서도 번잡하지 않고 간결하면서도 엉성하지 않았다. 뿐만 아니라 그의 문장은 웅장 화려하고 통쾌무비하기에 우리 나라 한문학사에 전무 후무하다고 평가되어야 마땅할 것이다.

여기에 소개된 세 편은 박지원의 관심이 어디에 있는지 한눈에 알 수 있게 해주는 글이다. 다시 말해 그가 보고 즐기는 것은 오로지 명승지나 유명한 사찰에만 그친 것이 아니라, 특히 이용후생적인 면에 중점을 두어, 그 호화찬란한 재료의 구사와 이에 걸맞은 박지원의 문장이 여타의 중국 기행문보다 재미있게 기술되어 있다.

「압록강을 건너며」는 압록강鴨綠江에서 요양遼陽에 이르기까지 겪은 15일 동안의 기록이다. 주로 중국인들의 건축법이나 성제城制와 벽돌 쓰는 법에 대해 세세하게 표현하고 있는 점이 재미있다. 또 「성경잡지」는 십리하十里河에서 소흑산小黑山에 이르기까지 5일 동안의 기록이다. 박지원이 성경盛京에서 만난 사람들 이

야기와 골동품에 대한 진진한 자세가 흥미롭게 그려져 있다. 마지
막으로 「역마를 달리며 적은 수필」은 신광녕新廣寧에서 산해관山
海關에 이르기까지 병참지兵站地를 달리며 겪은 9일 동안의 기록
이다. 수레·누각·시전·가게·교량 등에 대한 이용후생적인 논
평이 독자의 흥미를 끈다.

　이 책은 본래 일정한 판본이 없었고, 여러 전사본傳寫本들만이
세상에 널리 유행되었기 때문에 책마다 각기 편차에 적지 않은
차이점이 있어 고전국역총서에 기준하였다.

민족문화추진회는 1965년 창립 이래
민족문화의 보존 · 전승 · 계발 · 연구를 추진하여
민족문화를 진흥시킬 목적으로 고전국역사업,
고전국역자 양성사업, 편찬사업, 연구사업,
고전독서운동을 계속해오고 있다.

나랏말쏨 7
열하일기

1판 1쇄 1997년 3월 15일
1판 9쇄 2007년 10월 11일

지은이 박지원
엮은곳 민족문화추진회
펴낸이 임양묵
펴낸곳 솔출판사
편집인 임우기

서울시 마포구 서교동 342-8
전화 02)332-1526~8 팩스 02)332-1529
이메일 solbook@solbook.co.kr
홈페이지 http://www.solbook.co.kr

출판등록 1990년 9월 15일 제10-420호

© 민족문화추진회, 1997

ISBN 89-8133-096-4   04810
ISBN 89-8133-124-3   (세트)